Éric Savard

DAVID COOPER

EXODE

Conception et rédaction : Éric Savard

Mise en page : Éric Savard

Couverture : Jean Lalonde

Correction : Éric Pronovost

Dépôt légal :

Bibliothèque et Archives nationales du Québec, 2017

Bibliothèque et Archives nationales du Canada, 2017

ISBN 978-2-9812434-1-6

Voici deux façons de se procurer
des exemplaires du présent document :

En communiquant par courriel
Savard339@icloud.com

Ou directement sur le site Internet
www.ericsavard.ca

Partie
I

Prologue

David Cooper est un jeune homme à l'aube de la vingtaine, fort apprécié de son entourage, en partie par sa personnalité et sa force de caractère.

Dès son jeune âge, les sciences prenaient une grande place dans sa vie. Depuis toujours et avec une patience hors du commun, son père Renaldo tente régulièrement de le guider vers la sagesse et la spiritualité.

Avec l'aide de ses amis Frank, William ainsi que de sa conjointe Lisa, ils créèrent un organisme afin de venir en aide aux gens dans le besoin. Ils le nommèrent « la Renaissance ». C'est à travers celui-ci qu'ils comprirent qu'une partie de l'humanité méritait d'être sauvée.

Cet organisme fut créé sur le simple principe de donner afin de recevoir. En d'autres mots, une supervision adéquate de services échangés par les gens du quartier. La Renaissance ne génère ni revenus ni dépenses, ce qui attise grandement les attaques de lobbyistes corrompus qui préféreraient favoriser d'autres organismes qui utilisent des subventions afin de conserver leurs acquis.

Les gens qui font partie de la Renaissance sont très unis. Ils se considèrent tous comme faisant partie intégrante d'une grande famille. La force de ce groupe réside en sa volonté de protection et d'entraide pour chaque individu.

Dans le premier livre « la Renaissance », malgré l'absence de symptômes, David fut déclaré mort après avoir souffert d'un cancer du cerveau en phase terminale. Par la suite, il est miraculeusement revenu à la vie en conservant chaque souvenir de son aventure dans l'autre dimension. Il prit conscience à ce moment de ce qu'était réellement la vie et surtout, de qui il était en vérité.

L'expérience extraordinaire qu'il a vécue a changé sa vie et celle de ses proches. Il est maintenant intouchable grâce à sa sérénité. Ses sensations et ses capacités sont désormais beaucoup plus intenses et largement plus développées.

Ses parents, Ann-Marie et Renaldo, ont vécu la joie de le retrouver, non sans traverser une vague d'émotions intenses, parfois contradictoires. Maintenant, la crainte de le perdre plane à nouveau.

Son retour à la vie a suscité la curiosité du médecin traitant et urgentologue, le Dr Gagnon. Ce dernier n'a pu que constater cette guérison actuellement totalement inexplicable pour la médecine moderne.

En prenant connaissance de certaines des aptitudes de David, qui sont normalement inaccessibles à l'être humain et qu'il ne pouvait guère expliquer, le Dr Gagnon demanda l'assistance d'un psychiatre renommé dans le domaine de la santé mentale, le Dr Falken.

L'urgentologue connaissait le danger de le laisser sous la responsabilité de ce psychiatre. Ce dernier commençait à être la source de questionnements inquiétants de la part de quelques médecins et collègues de travail. Cependant, grâce à la grande influence du Dr Falken, la situation ne pouvait être différente.

Le Dr Gagnon était néanmoins loin de se douter que les choses se passeraient aussi mal.

En effet, par cette alliance, David et ses proches ont attiré l'attention d'une organisation criminelle qui masque ses crimes odieux à l'aide de rituels démoniaques. Elle semble bien ancrée en Europe et en Amérique du Nord.

Cette secte, la « Gorgon Demon », n'est dirigée par nul autre qu'Ian Falken le psychiatre et son associé mystérieux situé en Europe. De plus, de grosses sommes d'argent, provenant de gens très influents répartis partout dans le monde, circulent à travers les façades de l'organisme.

Ces informations sont parvenues à l'alliance de la Renaissance par le grand-père de Lisa, un enquêteur retraité de la GRC.

Avec ses nouveaux pouvoirs, David menace grandement l'existence secrète de cette organisation. Le Dr Falken tenta donc par tous les moyens à sa disposition de prendre sous sa responsabilité le jeune Cooper afin de pouvoir le manipuler par médication dans le but de le rendre dangereux pour lui-même et la société. Son objectif était clair, soit de l'interner et de le détruire à petit feu.

Le psychiatre était loin de se douter que son patient arrivait maintenant à percevoir le mal sous la forme d'un nuage opaque noir et qu'il arrivait de plus, à le contrôler. Étant sous l'emprise d'une entité d'énergie négative lui-même, il fut violemment repoussé par la simple volonté du jeune Cooper lors d'une confrontation qui eue lieu à son cabinet et il comprit à ce moment la puissance de son adversaire.

L'organisation, présidée par le Dr Falken, entama donc une croisade contre la Renaissance en les forçant à fuir et à se regrouper dans une villa en montagne.

C'est au moment où ils se croyaient tous à l'abri du regard de l'organisation et en sécurité à la Villa, que Lisa fut capturée et séquestrée dans un entrepôt désaffecté.

En raison de la forte influence politique du Dr Falken, ils ne pouvaient se tourner vers les autorités. Dans le but de se protéger tout en faisant la lumière sur l'organisation criminelle, ils décidèrent de créer une alliance avec une journaliste ayant la cote du public et liée d'amitié avec Lisa.

Hélas, suite à ses tentatives médiatiques pour attirer l'attention sur le psychiatre, elle fut très rapidement évincée par la direction de l'entreprise pour qui elle travaillait.

Lorsque les gens de la Renaissance vinrent porter secours à Lisa, en compagnie de David, les mercenaires du psychiatre les attendaient. David se dressa contre eux et un phénomène étrange se produisit.

David, par sa simple pensée, contrôla les malfaiteurs en les immobilisant au sol et en les désarmant. Ses pouvoirs prenaient forme et il devenait de plus en plus apte à les utiliser.

Nul doute qu'après ces derniers assauts de l'organisation criminelle, la Renaissance devait à tout prix échapper au regard du Dr Falken.

Partie
II

I

$\mathcal{L}$es enfants jouaient dans la cour arrière de la maison depuis le dîner. Samuel et sa jeune sœur Lori tentaient de reconstruire les ruines d'un château de neige bâti avec leur père durant l'hiver. Le printemps ne tarderait pas à arriver et la température clémente favorisait ces derniers moments où il était encore possible de profiter des plaisirs de l'hiver avant la fonte des neiges.

Marie-Hélène, attablée dans la cuisine de façon à pouvoir surveiller les enfants, scrutait le sac de publicités reçu plus tôt dans la journée. Elle recherchait des indices qui lui permettraient de débusquer un message venant de William. Ayant pris la responsabilité de faire ces vérifications pour les gens de la Renaissance depuis l'événement tragique, il était hors de question pour elle que quoi que ce soit lui échappe.

Méthodique et ayant le souci du détail, Marie-Hélène était la ressource la plus apte de tout le groupe à déchiffrer le message crypté de William. Celui-ci était primordial puisqu'il leur donnerait les instructions nécessaires pour le rejoindre.

Elle occupait un emploi de gestionnaire-cadre, au service des archives, au sein du Secrétariat du Conseil du trésor. Ce ministère gère les dépenses publiques pour le gouvernement provincial sous la supervision du ministre élu et du sous-ministre.

Elle classait les publicités par catégorie et observait attentivement chaque possibilité d'anomalie qui pouvait s'y cacher. Marie-Hélène recherchait la clé du cryptogramme. Cette clé ce devait, selon les informations qu'elle possédait, être une série de chiffres pouvant lui permettre de déchiffrer un message qui suivrait plus tard. Des indices tels qu'une impression différente dans la même circulaire ou des prix anormaux.

Son attention s'arrêta sur la publicité d'un fleuriste imprimée sur une feuille verte. Elle semblait simple, mais elle suscita chez elle une réflexion. Établi et bien ancré dans un vieux quartier près de la Renaissance, ce fleuriste n'avait pas l'habitude de payer pour des publicités. Sa réputation lui garantissait ses revenus. De plus, c'était un citoyen très avare, près de sa retraite et qui était connu pour difficilement changer ses habitudes.

On pouvait apercevoir une liste de fleurs suivie du prix unitaire. Sachant que les gens recherchent un ensemble formant un bouquet avec un prix fixe et qu'ils recherchent rarement les fleurs à l'unité, la publicité ne faisait pas de sens aux yeux de Marie-Hélène.

Elle prit donc la décision de la mettre de côté afin de valider son intuition. Elle devait, en premier lieu, aller vérifier dans le sac publicitaire de son amie la voisine. Par la suite, elle pourrait discrètement valider avec le fleuriste s'il avait vraiment fait distribuer cette circulaire.

Il était fort aisé pour elle de procéder, car en l'absence du couple de voisins qui était parti en voyage, elle était celle qui avait la charge de prendre leur courrier.

Après plusieurs mois d'attente pour pouvoir entrer en contact avec William, cette ébauche de piste l'enthousiasma. Elle enfila rapidement son manteau et ses bottes et trouva le sac bel et bien accroché à la poignée de porte.

En revenant à la maison, son cœur battait la chamade et elle ne put résister à la tentation d'ouvrir le sac. À sa grande satisfaction, la circulaire verte du fleuriste ne s'y trouvait pas!

Il ne lui restait donc qu'à vérifier auprès du fleuriste en lui demandant quelques prix de fleurs unitaires et ainsi en valider l'authenticité.

Sam, son conjoint, travaillait en ce moment dans le garage à l'entretien mécanique de la voiture. La famille possédait une berline allemande acquise il y avait moins d'un an. La performance et l'économie en essence de celle-ci séduisaient le jeune couple à chaque utilisation.

Électricien de métier, Sam pouvait certainement être considéré comme homme à tout faire. Il possédait cette habilité innée pour les travaux manuels et s'adaptait rapidement et naturellement à pratiquement n'importe quelle situation. Il éprouvait un grand plaisir à faire plusieurs types de travaux. Le changement d'huile ainsi que l'inspection constituaient à coup sûr des activités très agréables pour lui.

Il détenait une gamme complète d'outils versatiles lui permettant d'œuvrer autant en mécanique qu'en travaux de construction. Chaque outil qu'il possédait était rigoureusement rangé. Le garage, entretenu avec un souci du détail incontestable, avait fière allure, autant par sa propreté que pour sa fonctionnalité. En effet, son agencement permettait aussi bien de remplacer un moteur que d'y fabriquer ou d'y restaurer un meuble.

Dans sa poche, il sentit son portable vibrer. Il interrompit ses tâches pour constater qu'il venait de recevoir un texto. Allongé sous la voiture, sur un lit de mécanicien, il se fit rapidement glisser afin de se dégager.

Une fois assis, ses gants retirés, il prit son portable en main et lu le texte de Nancy. Cette dernière administrait la Renaissance en l'absence des quatre dirigeants habituels. Sam savait, avant même de le lire, que Nancy avait fort probablement besoin de ses compétences pour des travaux.

Nancy gérait très bien la Renaissance par intérim. Puisqu'elle incarnait le poste de secrétaire-réceptionniste, au moment où la Renaissance fonctionnait avec pignon sur rue dans le quartier, elle connaissait très bien toutes les personnes qui y étaient reliées ainsi que la façon d'opérer des fondateurs. Elle ne possédait, cependant, pas d'informations pertinentes en lien avec le lieu où se trouvaient David, William, Lisa et Frank.

Tous demeuraient sans nouvelles d'eux depuis le triste événement s'étant produit à la Villa de Shannon et qui les avait poussés à fuir durant la nuit.

Le message fut très bref. Elle lui demandait de venir seul pour la rejoindre au local abandonné de la Renaissance, et ce, aussitôt que possible. Sam lui répondit rapidement en lui demandant s'il devait prévoir des outils pour faire certains travaux.

Il savait qu'il devait rapidement terminer le changement d'huile de la voiture afin de pouvoir l'utiliser pour se rendre au local. Il se remit instantanément au travail.

Une fois la voiture inspectée et sortie du garage, il regarda son portable. Nancy n'avait toujours pas répondu. Plus de trente minutes s'écoulèrent depuis le dernier texto et Sam commençait à ressentir une certaine inquiétude. Ce n'était pas dans les habitudes de Nancy de ne pas répondre. Il décida donc de relancer le message et d'attendre encore un peu.

Par la suite, Sam rangea méthodiquement le garage et il partit rejoindre Marie-Hélène qui analysait toujours les publicités. Cette dernière l'entendit entrer et dans un élan d'enthousiasme, elle le rejoignit afin de lui annoncer sa découverte.

- *Marie-Hélène* : Je crois bien avoir trouvé une piste!

- *Sam :* Un message de William?

- *Marie-Hélène :* Non, une piste. Je dois, tout d'abord, découvrir une trace qui me guidera afin de pouvoir déchiffrer le prochain message. Je suis tout excitée! J'attends ce moment depuis trois mois.

- *Sam :* En es-tu certaine?

- Marie-Hélène : Positif! William m'avait fait savoir que la clé et le message se trouveraient à l'intérieur des publicités hebdomadaires. Je recherchais une anomalie, sans pour autant avoir de balises. Une couleur qui se distinguait, des prix anormaux, un commentaire quelconque faisait, entre autres, partie de mes recherches.

- *Sam* : Tu ne savais pas si elle se trouverait sur la page d'un épicier ou d'un magasin de jouet?

- *Marie-Hélène* : Exactement. Je les classais par catégories et scrutais attentivement chacune d'entre elles. J'ai enfin trouvé un message unique destiné à nous. Il ne se trouve que dans notre sac. C'est la publicité du vieux fleuriste du quartier Sacré-Cœur.

- *Sam* : Oh! C'est ingénieux, car ceux qui le connaissent savent très bien qu'il ne paiera pas pour de la publicité. As-tu validé l'information?

- *Marie-Hélène* : Je lui ai demandé quelques prix unitaires de fleurs et cela ne correspond pas à la liste de prix que voici. Par exemple, les roses se vendent à 3,75 $ chacune et dans la liste elles se retrouvent à 3,47 $. Il m'a certifié que ces prix sont les mêmes depuis plusieurs années et qu'ils sont imbattables.

- *Sam* : On dirait bien que William s'est amusé à battre ces prix. N'était-il pas surpris de savoir que tu recherchais des prix unitaires pour certaines fleurs plutôt qu'un bouquet? Cela me paraît étrange.

- *Marie-Hélène* : Bien, j'ai cafouillé quelque peu. Je lui ai expliqué que je recherchais un bouquet avec un certain prix et que je voulais moi-même faire l'agencement selon mon budget.

- *Sam* : Il t'a crue?

- *Marie-Hélène* : Tu le connais! Dès que l'odeur de l'argent plane, il ne se contient plus. Il a marché. Tu dois cependant aller acheter un bouquet afin d'éliminer tous les soupçons. Je vais te dire les fleurs qu'il faut mettre à l'intérieur.

- *Sam :* Bien essayé chérie, mais j'ai quelque chose qui semble être plus urgent.

- *Marie-Hélène :* Laver la voiture?

- *Sam :* J'ai reçu un message texte de Nancy de la Renaissance, il y a de ça environ 1 heure et depuis, je n'ai plus de retour. Elle me demandait de la rejoindre à l'ancien local dès que possible.

- *Marie-Hélène :* C'est tout? Pas de détail?

- *Sam :* Je lui ai aussitôt demandé si je devais prévoir des outils et depuis, je n'ai plus de contact avec elle. De plus, elle voulait me voir seul.

- *Marie-Hélène :* Cela m'inquiète aussi! Va voir, elle a peut-être besoin d'aide, mais sois prudent.

  Sam : Je prends la voiture. Je ne serai pas parti longtemps.

- *Marie-Hélène :* Appelle-moi, une fois sur place.

- *Sam :* Oui chef!

II

$\mathcal{L}$e quartier semblait tranquille. Cependant, aucun espace de stationnement de libre près du bâtiment. Sam réussi tout de même à se trouver un emplacement quelques rues derrière et revint par les trottoirs enneigés jusqu'à l'endroit où se trouvait auparavant la Renaissance.

De l'extérieur, le local semblait inhabité. Aucun éclairage n'était visible. Sam s'approcha tranquillement tout en scrutant les voitures autour et aperçut la Toyota Corolla grise de Nancy. Il s'avança et l'identifia. Aucun doute possible, le porte-documents de Nancy se trouvait sur le siège arrière.

Les portières semblaient toutes barrées. La neige fraîche lui donnait la possibilité de suivre les pistes de Nancy qui menait de l'autre côté de la rue, jusqu'au portique de l'établissement de la Renaissance.

Sam regarda de chaque côté de la rue avant de traverser et il aperçut une voiture noire qui laissait s'échapper une volute de monoxyde de carbone. Nul doute que le conducteur regardait dans sa direction. La voiture de luxe américaine sortait du lot. Les gens de ce quartier faisaient soit partie de la classe moyenne ou pauvre. Ce genre de véhicule était donc assez inhabituel en ces lieux.

Il porta discrètement attention au conducteur afin de l'identifier, mais ce dernier portait des verres fumés. Sam décida de continuer son chemin en se disant tout simplement qu'il ne risquait rien. Lorsqu'il atteignit les marches du portique d'entrée, les pistes semblaient s'y arrêter. De plus, elles valsaient dans toutes les directions. En complément, une série d'empreintes plus grandes arrivaient d'une autre direction et venaient se fondre au parcours de Nancy.

La scène laissait croire qu'une lutte prit naissance à cet endroit. La neige sur les escaliers semblait intacte, Nancy ne semblait donc pas avoir réussi à atteindre la porte d'entrée de l'immeuble. En se penchant vers la première marche il découvrit une trace de sang. Par la suite, en levant les yeux, il vit également quelques gouttelettes qui menaient jusqu'au bord de la rue.

À ce moment, Sam comprit que Nancy fut vraisemblablement enlevée devant les gens du quartier, et ce, en plein jour. L'homme dans la voiture ne semblait guère être un enquêteur du département de la police, il ressemblait plutôt à un homme de main de l'organisation « GD ».

Il décida donc d'aller voir à l'intérieur, car il possédait toujours les clés, étant l'homme à tout faire de la Renaissance. Une fois à l'intérieur, il constata que d'autres l'avaient précédé.

Près du bureau de Nancy, les classeurs tombés aux tiroirs ouverts suggéraient une scène de crime. Également, de multiples papiers et documents couvraient le plancher. De toute évidence, les gens qui s'introduisirent par effraction cherchaient quelque chose en particulier, car ils ne s'étaient nullement intéressés aux objets ayant un tant soit peu de valeur.

Sam poursuivit son chemin vers la cuisine et aperçu alors des trous dans les murs du corridor. Il comprit à ce moment ce que voulait Nancy. Elle désirait protéger l'information qu'il avait cachée.

Lorsque les agressions commencèrent à la Renaissance, William lui demanda de dissimuler l'unique copie de sécurité d'une sauvegarde complète contenant des renseignements importants pour la Renaissance. William tenait vraiment à ce qu'elle soit dissimulée afin que personne ne puisse la retrouver. Sam comprit la valeur de cette information et fit preuve d'ingéniosité afin de la cacher.

Il prit alors conscience que, puisque William était toujours introuvable pour l'organisation Falken, il devenait dès lors le seul à connaître l'endroit où se trouvait ce disque de données.

De plus, il réalisa que les informations contenues sur ce disque pourraient être soit compromettantes pour la secte « GD » ou bien soit dangereuses pour la Renaissance, si l'organisation les détenait. Il conclut alors qu'il y avait une forte probabilité que Nancy fût piégée et que l'agresseur ait transmis lui-même le message texte qu'il reçut précédemment afin de l'attirer précisément à cet endroit.

L'homme dehors devait probablement surveiller les lieux et attendre que Sam sorte avec la boîte. Il prit la décision de la laisser dissimuler, car personne ne pourrait la trouver. Malgré le danger qui planait maintenant sur lui, le fait qu'il soit le seul à détenir cette information constituait paradoxalement une assurance pour sa sécurité. Il sortit afin d'interroger le voisinage, laissant la boîte en lieu sûr.

Cet enlèvement au su de tous et en plein jour apparaissait clairement comme un avertissement : le Dr Falken était toujours présent. Il ne visait plus seulement David, mais plutôt l'ensemble des gens de la Renaissance. Sam devait informer les autres du danger dès maintenant!

Son cœur battait à vive allure. Il ne savait plus vers où se tourner. Sa famille se trouvait possiblement en danger. Cet homme devait être là pour s'emparer de la boîte. Il regardait les traces de sang et un frisson l'envahit. Sam aurait aimé avoir la possibilité de parler avec Nancy.

Soudain, une force s'empara de lui, tout comme si David se trouvait en sa compagnie. Il sentit les battements de son cœur revenir à la normale et son esprit s'éclaircir. Sam regarda en direction de l'immeuble à sa droite, leva les yeux et aperçut une vieille dame fumer sur la galerie. Il se dit tout bas qu'elle pouvait possiblement témoigner de ce qui s'était passé. Il se dirigea donc vers elle.

- *Sam :* Bonjour madame, je m'appelle Sam. J'aimerais savoir si vous avez constaté quelque chose d'inhabituel dans les dernières heures.

Sam pointait les traces dans la neige en lui souriant.

- *Vieille Dame :* Allez-vous-en! Je n'ai rien vu et je ne dirai rien!

La vieille dame écrasa sa cigarette et lui fit subtilement signe avec les yeux de passer par-derrière. Sam acquiesça et marcha devant la maison sur le trottoir. Il comprit que la dame ne voulait pas avoir de problèmes avec l'homme dans la voiture. Il fit alors le tour du pâté de maisons et revint par l'arrière, loin de l'individu qui surveillait la maison dans la voiture noire.

Sam coupa entre deux clôtures, esquiva le conteneur de poubelles et marcha sur le stationnement asphalté en direction de l'entrée arrière de la maison à trois étages. La bâtisse de briques jaunes possédait un portique d'aluminium gris avec une porte d'entrée donnant du côté opposé à la Renaissance. Il serait forcément à l'abri du regard de l'homme, même si celui-ci passait devant la maison.

La vieille dame revêtait un chemisier jaune et une longue jupe noire. Les cheveux bruns bouclés, elle portait une paire de grosses lunettes aux montures noires. Elle ne portait qu'une veste longue de laine ivoire pour se tenir au chaud et l'attendait à la porte qui était entrouverte.

- *Vieille Dame :* Bonjour jeune homme, je vous reconnais. Vous êtes le gentil garçon qui répare tout. Au fait mon ventilateur de salle de bain ne fonctionne plus. Peut -être vous pourriez y jeter un coup d'œil?

- *Sam :* Bien sûr, montrez-moi.

La vieille dame le laissa entrer et monta les marches une à une vers son logement. Elle éprouvait de toute évidence de la difficulté avec les escaliers. Ses genoux la faisaient souffrir, de plus elle éprouvait également de la difficulté à respirer. Sam lui prit le bras et l'aida du mieux qu'il pouvait.

L'immeuble incarnait un vieil édifice mal entretenu. Les murs de l'escalier ne semblaient pas avoir été repeints depuis plusieurs années. La couleur devait être blanche à l'origine, mais n'y subsistait plus qu'un jaune vieillot. Un mélange d'odeur d'humidité et de mazout flottait dans l'air. La montée fut pénible, la vieille dame toussait pratiquement à chaque pas, ce qui la forçait à reprendre son souffle à chaque palier. Elle voulait visiblement réellement partager l'information qu'elle possédait pour y consacrer autant d'effort vu son état de santé.

Une fois rendue près de la porte de son logement, elle déverrouilla la porte et l'ouvrit.

- *Vielle Dame :* Entrez jeune homme, entrez, je ne mords pas!

Sam hésita quelques instants et entra finalement. Le logement était tellement ordonné qu'il en fut intimidé. De multiples bibelots garnissaient chaque mur de l'appartement. Cela devait constituer un travail de moine que de les garder sans aucune poussière. Dans la cuisine, un vaisselier attira son attention. Il semblait fait de frêne et sculpté sur tous les angles. Il s'approcha doucement pour admirer ces sculptures parfaitement conservées.

- *Vieille Dame :* C'est la vaisselle de ma mère, mon garçon. Elle est rangée à l'intérieur depuis que mes enfants sont partis de la maison. Ils ont grandi tous les trois ici avec moi. J'étais seul pour m'en occuper.

- *Sam :* Votre mari est décédé?

- *Vieille Dame :* Non, il est parti avec une petite minette, le salaud.

- *Sam :* Ho, je suis désolé!

- *Vieille Dame :* Il n'y a pas de quoi, vous ne pouviez pas le savoir. Je m'appelle Rose, je n'ai pas l'habitude de faire entrer des gens ici. Mais ce que j'ai vu ne doit pas rester dans ma tête. Je suis vieille maintenant et je ne peux pas faire grand-chose, outre partager ce que je sais.

- *Sam :* Qu'avez-vous vu?

- *Rose :* Voudriez-vous du thé et des biscuits?

- *Sam :* Non merci, j'aimerais savoir ce que vous avez vu. Il se peut que la dame que je recherche soit en danger en ce moment.

- *Rose :* Le thé est déjà chaud, j'en ai que pour un bref instant.

Sam s'approcha du vaisselier et observa les sculptures attentivement.

- *Rose :* Mon grand-père et mon père faisaient partie de ce que l'on appelle des bûcherons. Ce métier leur tenait à cœur. C'est mon père qui fabriqua ce vaisselier et mon grand-père en profita pour sculpter l'histoire des draveurs de Québec dessus. Ces gens ont contribué, dans l'ombre, à bâtir notre ville. Ils ont donné de leur vie dans des conditions difficiles pour y arriver.

- *Sam :* Oui, je peux voir des radeaux ici.

- *Rose :* Ce ne sont pas des radeaux, mais plutôt des billes de bois regroupés et les draveurs courent dessus pour les diriger vers leurs destinées. Lorsque le temps se réchauffait, on faisait sauter la digue et les draveurs armés de leur pique poussaient le bois au gré du courant. La drave pouvait durer plusieurs semaines. Arrivé le long du fleuve Saint-Laurent, le bois était amené directement à la scierie située en bord d'eau. Cette méthode présentait l'avantage d'être très économique, puisque le bois s'en trouvait ramolli et souvent presque entièrement écorcé sans frais. Cependant, ce travail se faisait sous des conditions de travail très difficiles avec de forts risques de maladie, d'hypothermie et de noyades. Ce travail, mal payé et miséreux, était généralement exercé par des bûcherons ou des agriculteurs inactifs l'hiver et pauvres. Les Anglais propriétaires-commerçants les surnommaient les castors. Car ils vivaient dans des huttes et leur ingéniosité, leur tempérament ainsi que leur acharnement les rapprochaient du castor, qui est ensuite devenu, en partie pour cette raison, l'emblème du Canada.

- *Sam :* Je vois, avant de bâtir il nous faut des matières premières et ces draveurs garantissaient la livraison du bois.

- *Rose :* Tu as bien compris jeune homme, car derrière les bâtisseurs se trouvait dans l'ombre le métier de draveur.

- *Sam :* C'est une œuvre d'art historique ce vaisselier.

- *Rose :* Tout à fait. Dans un autre ordre d'idée, dites-moi Sam, qu'est devenu le gentil Garçon que l'on appelle David?

- *Sam :* Il s'est enfui suite à une agression. Personne ne sait où il se trouve.

- *Rose :* Ainsi que William?

- *Sam :* Ainsi que William... Vous les connaissiez?

- *Rose :* Oui, c'était de bons voisins et je m'inquiétais pour eux. Venez prendre place au salon que l'on parle de l'événement qui vient de se passer sous mes yeux.

Rose déposa un cabaret argenté sur la table du salon qui comprenait deux tasses de thé et quelques biscuits. Sam sourit et prit la tasse qui lui était offerte. Le décor du salon reflétait un style champêtre. On pouvait remarquer plusieurs photos de ses enfants. Un métier à tisser derrière un sofa ainsi qu'un rouet pour filer la laine se tenait près de la fenêtre. Une pile de catalognes reposait sur le sol, probablement l'œuvre de Rose, fait à temps perdu.

- *Sam :* Merci, c'est gentil.

Le goût du thé était très amer, mais Sam ne voulait pas décevoir la vieille dame qui s'était donné la peine de le faire pour lui. Il en reprit une deuxième fois afin de lui démontrer qu'il appréciait cette attention. Rose le regardait attentivement sans parler avec un certain sourire qu'il ne pouvait expliquer.

Soudain, le décor se mit à bouger. Sa vue diminuait, la fatigue le gagnait rapidement. Il n'arrivait plus à parler. Il échappa la tasse qui se brisa au contact du sol. Sam tenta de se lever et il tomba sur le plancher de bois verni en se fracassant la tête sur le coin de la table. Il ouvrit les yeux avec difficulté et il aperçut de façon embrouillée un homme costaud avec une coupe militaire qui s'approchait de lui. Nul doute que ce devait être l'homme de la voiture.

Le sang, chaud et poisseux, coulait sur son visage jusqu'à ces lèvres. Le goût du sang le tint réveillé. Le coup sur la table lui fit une entaille au-dessus de l'œil droit. D'un effort surhumain, il réussit à se lever et il se rendit vers la porte du balcon qui donnait dans le salon. L'homme lui prit le bras, mais Sam réussi à se libérer de son emprise, il ouvrit la porte donnant sur le balcon et il se jeta en bas sans réfléchir.

La neige amortit sa chute et le réveilla brutalement. Il se releva et courut jusqu'à sa voiture. En se retournant, du balcon, l'homme habillé en noir le regardait s'enfuir.

III

Marie-Hélène attendait patiemment le retour de Sam en contemplant sa découverte. La clé du message qui allait suivre sous peu la rendait fébrile et lui suscitait l'espoir de pouvoir retrouver David prochainement.

Elle ne pouvait néanmoins s'empêcher de se questionner sur la possibilité du danger lié à l'organisation « GD ». Elle envisagea la possibilité qu'après tout ce temps, cet homme chercherait toujours à trouver David. Le silence de Nancy pouvait-il réellement être relié à ces gens ou plutôt à une panne de cellulaire?

La survie de son empire dépendait, en partie, du silence de la Renaissance. Pour quelle raison prendrait-il le risque d'en faire abstraction? Le secret bien gardé de ses activités lui permettait de continuer, mais il devait certes s'assurer que ce silence devait perdurer. Un frisson lui parcourut l'échine. Sam courrait possiblement un grand danger et d'autres aussi.

La prudence devait rester une priorité. Toutefois, elle savait que seule Nancy pouvait les relier tous. Deux heures s'écoulèrent depuis le départ de Sam et toujours aucun appel. L'inquiétude l'envahit. Les enfants entrèrent sur l'entrefaite et elle s'évertua à ne pas laisser paraître ses émotions.

Marie-Hélène se dirigea vers l'entrée de la maison afin de prendre les habits de neige encore humides. Elle les mit à sécher près du foyer qui crépitait.

Lori, une adorable et délicate fillette aux yeux bleus et cheveux bruns, raconta sa journée de jeu avec son frère sans faire de pause. Elle parlait beaucoup et disait tout ce qui la fascinait dans le moindre détail. Son frère Samuel savait que la discussion se terminerait seulement lorsque sa mère en aurait assez. Il s'avança vers le garde-manger afin de prendre une poignée de biscuits et retourna au salon pour allumer le téléviseur.

Cette routine familiale fit temporairement diminuer l'angoisse de la mère. Après quelques minutes d'écoute attentive, Marie-Hélène vint couper le moulin à paroles que peut être Lori en lui demandant si elle avait faim. Celle-ci lui demanda en retour où se trouvait son père. Marie-Hélène angoissa de nouveau. Elle savait qu'elle ne devait pas paraître inquiète devant les enfants, alors, après un bref moment d'hésitation, elle répondit qu'il allait bientôt rentrer et se tourna pour aller simuler une tâche à la cuisine.

La sonnerie du téléphone se fit entendre. Marie-Hélène se précipita sur le portable pensant entendre la voix de Sam. L'afficheur indiquait « numéro inconnu ». Lorsqu'elle répondit, une voix robotisée lui indiqua de sortir dehors et de regarder sur le sol près de l'escalier.

Son cœur battait la chamade et un frisson l'envahit de nouveau. Elle mit tous ses efforts à ne rien laisser transparaître devant les enfants. Les voisins ne pouvaient l'aider puisqu'ils étaient partis en vacances. Elle se dirigea donc vers la salle de bain puis ferma la porte. Les deux mains sur le comptoir de céramique, elle se regardait dans le miroir, se convainquant de se ressaisir.

Le calme revenu, la prudence restait une priorité. Elle décida d'attendre avant de sortir et d'ignorer l'appel. De cette façon, si on l'observait, un deuxième appel aurait lieu afin qu'elle sorte dehors. De plus, si ces gens voulaient la faire tomber dans un piège, il ne fallait pas réagir sans réfléchir.

Marie-Hélène sortit de la salle de bain et se dirigea vers le salon afin d'ajouter une bûche au feu. Elle admira ses enfants qui demeuraient sagement assis sur le divan à regarder des dessins animés. Rien ne pouvait les atteindre pour l'instant.

Par la suite, elle se rendit à la cuisine et prit son portable afin de rejoindre Sam. Les sonneries défilaient, mais aucune réponse. Une larme à l'œil, elle se mit à préparer le souper en tentant de se convaincre que tout rentrerait enfin dans l'ordre.

La sonnerie du téléphone se fit entendre de nouveau, la peur prit possession de son corps. Elle ne pouvait plus bouger, étant totalement terrifiée. La possibilité d'une voix robotisée la hantait encore une fois.

Une force vint dissiper sa peur et la guida vers le portable afin qu'elle puisse voir l'afficheur. Il indiquait le numéro de son frère. D'un élan de joie intense, elle répondit et se dirigea vers la salle de bain de nouveau. Elle répondit à voix basse pour ne pas éveiller l'attention des enfants, ce qui causerait une situation plus difficile à gérer.

- *Marie-Hélène :* Je suis contente d'entendre ta voix, mon grand frère.

- *Jean :* Où es-tu en ce moment?

- *Marie-Hélène :* À la maison avec les enfants.

- *Jean :* Je viens de recevoir un texto de Sam. J'ai tenté de le rejoindre, mais il ne répond pas.

Marie-Hélène peinait à retenir ses sanglots et ça se percevait dans sa voix. Sam se trouvait possiblement en danger.

- *Marie-Hélène :* Quel est ce message?

- *Jean :* De venir le rejoindre en ville près de l'hôpital au 2915 Maufils. Ça n'a pas de sens à mes yeux, ce n'est pas dans ses habitudes. Je voulais valider avec toi.

- *Marie-Hélène :* Jean, viens me rejoindre ici dès que tu peux, je t'expliquerai. Sois prudent.

- *Jean :* Est-ce que tout va bien?

- *Marie-Hélène :* Viens vite s'il te plait!

- *Jean :* D'accord, donne-moi quinze minutes, le temps de me rendre.

- *Marie-Hélène :* Merci!

IV

*S*am courrait vers la voiture avec une certaine confusion. Les derniers événements avaient certes réussi à le désorienter. Il tentait du mieux qu'il pouvait d'éponger le sang avec de la neige. En arrivant au coin de la rue, il put apercevoir sa voiture devant lui. Rapidement, il plongea ses mains dans ses poches afin d'en sortir ses clés.

Stupéfait, il s'aperçut qu'elles ne s'y trouvaient plus, de même que son portable. C'était probablement dû à la chute dans la neige. Pas question d'y retourner. Il prit une pause afin de se ressaisir. Ses vêtements étaient souillés de sang.

Sam ne comprenait pas ce qui venait de se passer, la vieille dame semblait si gentille. Soudain, une jeune passante vint le rejoindre pour s'assurer que tout se passait bien.

- *Maryse :* Bonsoir, je m'appelle Maryse. Avez-vous eu un accident?

Un mètre soixante-quatre, cheveux blond cour avec des mèches châtaines. Maryse le regardait gentiment avec ses yeux bruns. Après avoir vécu cette trahison avec la vieille dame, il demeurait craintif quant aux personnes qu'il ne connaissait pas.

- *Sam :* Je suis tombé et ma tête a heurté la glace.

- *Maryse :* Je suis étudiante en technique ambulancière et je suis également secouriste. Comment vous sentez vous? Quel est votre nom?

- *Sam :* Je m'appelle Sam Tremblay. Je vais bien. J'ai cependant perdu mes clés de voiture et mon portable.

- *Maryse :* Voulez-vous que nous refassions votre trajet ensemble afin de les retrouver? Mais tout d'abord, il nous faut nettoyer cette entaille et arrêter le saignement.

Sam ne savait plus s'il devait lui faire confiance. Cependant, si l'homme en noir retrouvait les clés avant lui, sa famille pourrait être en danger. Récupérer celles-ci devenait la meilleure solution afin de rapidement retrouver sa famille. Il acquiesça.

- *Sam :* Que proposez-vous?

- *Maryse :* Je demeure tout près là-bas, voyez-vous l'édifice de briques grises?

Maryse pointait du doigt une maison à revenu de huit logements, située à près de cent mètres. Cet édifice venait certes d'être rénové. Les fenêtres neuves au goût du jour et les balcons refaits avec des gardes de verre et d'aluminium attiraient l'œil.

- *Sam :* OK, je vous suis.

Il se questionnait toujours sur la possibilité de lui faire confiance et de tout lui raconter. La vérité n'est-elle pas toujours bénéfique? Or, si l'homme en noir pouvait les suivre, elle courrait possiblement aussi un grand danger. D'un autre côté, il pouvait aussi la terrifier en racontant les événements et elle pourrait se méprendre sur ses intentions. Après tout, elle ne le connaissait pas. Il décida tout de même de tenter le coup tout en gardant à l'esprit la possibilité que Maryse puisse le ramener sur ces pas dans le but de lui tendre un piège et de le remettre entre les mains de l'homme en noir.

- *Maryse :* Voilà, on y est. Suivez-moi, Sam.

La bâtisse datait de plusieurs années, mais semblait très bien entretenue. En entrant dans le portique sécurisé, on percevait tout de suite une odeur de lessive qui flottait dans l'air. Lorsqu'il franchit la porte principale, il remarqua la caméra de surveillance située en haut sur sa droite.

Ils descendirent quelques marches et prirent le corridor de droite vers la deuxième porte à leur gauche, l'appartement 103.

- *Maryse :* Voilà, ne désespérez pas, ma trousse n'est plus très loin. Il faut s'occuper de votre blessure rapidement pour éviter l'infection.

Sam la suivit et entra dans le logement modique agréablement décoré. Les couleurs vives et joyeuses étaient plaisantes. Les meubles modestes, mais parfaitement agencés à la décoration, s'agençaient parfaitement avec le reste du logement. Une jeune fille s'avança vers lui et ne put s'empêcher de couvrir sa bouche en constatant le visage ensanglanté de Sam.

- *Maryse :* Anne, pourrais-tu aller nous chercher la trousse de premiers soins dans la salle de bain?

- *Anne :* J'y vais sur-le-champ. Mais doux Seigneur, que s'est-il passé?

Sam eut à peine le temps de retirer son manteau qu'Anne revint avec la trousse et une serviette humide afin de lui laver le visage. Sam tenta une touche d'humour afin de détendre l'atmosphère.

- *Sam :* Je n'ai pas voulu remettre mon porte-monnaie à Maryse et elle m'a attaqué.

- *Maryse :* Vous récupérez vite, mon cher Sam! Où est-ce arrivé exactement et de quelle façon?

Pendant que les deux jeunes filles s'occupaient de lui, Sam réfléchissait à sa réponse. Le mensonge ne faisait pas partie de sa nature. Devait-il les protéger ou les prévenir du danger?

Anne lui épongeait le visage avec la serviette pendant que Maryse sortait de la trousse le nécessaire pour le soigner.

- *Maryse :* Vous allez sentir un picotement.

Afin de désinfecter la plaie, Maryse lui épongea la blessure avec un tampon alcoolisé. L'alcool eut pour effet de faire saigner la coupure davantage. Elle lui colla par la suite trois stéri-strips en remplacement des points de suture. Enfin, elle ferma le tout avec une compresse de gaze humectée d'une crème antibiotique.

- *Maryse :* Voilà, c'est fait. Vous n'avez même pas pleuré, bravo! Je vous conseille cependant d'aller à l'hôpital afin d'éviter l'infection. De plus, j'ai fait de mon mieux, mais vous risquez d'avoir une cicatrice indésirable au-dessus de l'œil si la plaie s'infecte ou se referme mal.

- *Sam :* J'en prends bonne note, merci infiniment. Avez-vous une lampe de poche?

- *Anne :* Oui, j'en ai une aux DEL. Je vous la ramène tout de suite.

- *Maryse :* Je sens que vous me cachez quelque chose. Vous ne répondez pas à mes questions, mystérieux Sam.

- *Anne :* Voilà.

- *Sam :* Merci beaucoup, vous n'êtes pas obligé de me raccompagner, je me sens bien maintenant.

- *Maryse :* J'allais dans cette direction. De plus, je veux récupérer la lampe de poche et j'aimerais bien faire la connaissance du morceau de glace qui vous a fait ça!

- *Anne :* Je suis heureuse d'avoir fait votre connaissance Sam. La prochaine fois qu'une jolie femme vous abordera, tendez-lui votre porte-monnaie!

- *Sam :* J'y compte bien, merci encore et bonne fin de soirée.

Sam et Maryse prirent le chemin inverse vers la Renaissance. Sam devenait plus inquiet et nerveux. Il cherchait du regard l'homme en noir. Maryse le ressentait, elle tenta de le rassurer en débutant simplement une discussion sur son travail.

- *Maryse :* Que faites-vous dans la vie, Sam? Avez-vous une famille, des enfants?

- *Sam :* Je suis contremaître sur les chantiers de construction. J'ai deux enfants et une conjointe qui m'attendent à la maison. Je ne demeure pas très loin d'ici, à Charlesbourg.

- *Maryse :* Vous avez de la chance, j'aurais bien aimé rencontrer le bon « mec » qui aurait su me rendre heureuse. Celui avec qui j'aurais fini mes jours et qui aurait été le père de mes enfants. Les choses ont changé depuis. Je rêve souvent à une famille. Dans mes rêves, je suis avec mes enfants qui jouent autour de moi.

- *Sam :* Ne vous en faites pas, vous êtes encore jeune, vous êtes jolie et vous avez un bel avenir de tracé devant vous. Lorsque vous rencontrerez le bon « mec », vous le saurez à l'intérieur de vous. Je l'ai ressenti lorsque j'ai croisé Marie-Hélène. Je ne peux l'expliquer clairement, mais j'ai tout de suite su que ce serait la bonne.

- *Maryse :* Vous êtes gentil! Mais dites-moi, où allons-nous?

- *Sam :* Encore quelques mètres et nous y serons. Nous allons à l'ancien local de la Renaissance, une ressource d'entraide qui n'est pas très loin d'ici.

- *Maryse :* Je connais bien la Renaissance, mon frère fait partie des gens qui s'y impliquent. Il est ambulancier. Connaissez-vous Bryan Fecteau? Savez-vous où se trouve la Renaissance maintenant?

Cette question fit hésiter Sam. Voulait-elle le cuisiner gentiment ou voulait-elle en faire partie? Il décida de détourner l'attention puisqu'ils se trouvaient pratiquement devant la maison de la vieille dame.

- *Sam :* Soyons prudent, ce n'est pas un bloc de glace qui m'a agressé, mais une organisation criminelle qui pourrait fort probablement être encore ici. Voici la maison où je suis tombé.

- *Maryse :* Dieux du ciel, vous êtes tombés du haut de ce logement?

- *Sam :* Oui, c'est forcément ici que j'ai perdu mes clés.

Maryse éclaira Sam avec la lampe de poche pendant que celui-ci cherchait. Sam plongeait les mains dans la neige aléatoirement et soudain, il sentit le métal sous ses doigts.

- *Sam :* Eureka! les voici. Je vais continuer de chercher mon portable.

- *Maryse :* Que faisiez-vous dans ce logement? Vous vouliez le louer?

- *Sam :* Non, j'étais avec la vieille dame qui l'habite.

- *Maryse :* Elle est décédée! Je l'ai visitée avec ma conjointe la semaine dernière. Ce logement est à louer, regardez l'affiche sur le garde au balcon. La dame qui l'habitait s'est enlevé la vie suite au décès de son époux qui a succombé à un cancer des poumons. C'est le fils du couple qui possède la maison maintenant et qui m'a tout raconté. Il n'a pas encore sorti les meubles de ses parents. Il a de la difficulté à louer l'appartement en lien avec le suicide de sa mère. Pour être honnête, cela nous a refroidis également. Dans un autre ordre d'idées, il ne semble pas pressé de le louer, possiblement que son deuil n'est pas terminé.

- *Sam :* Je suis sans mots. L'affiche n'y était pas lorsque je m'y trouvais cet après-midi. J'ai bien remarqué la vieille dame sur le balcon et cette affiche ne s'y trouvait certainement pas. Elle avait les clés du logement et j'ai vu le vaisselier dans la cuisine. Elle m'a même raconté l'histoire de son père, de son grand-père ainsi que des draveurs de Québec! J'ai pris le thé avec elle...

- *Maryse :* Il y a effectivement un vaisselier avec des sculptures selon ce dont je me souviens, mais je n'ai pas porté attention. Je préfère la décoration moderne et épurée... Regardez, Sam, les deux hommes là-bas. Ils semblent nous observer.

- *Sam :* Ce sont eux. Repartons tranquillement vers la voiture.

- *Maryse :* Et votre portable?

- *Sam :* Ça n'a plus d'importance.

Ils se dirigèrent rapidement vers la voiture, sans toutefois courir. Sam se retourna et il constata que les deux hommes marchaient derrière eux à une distance d'environ cinquante mètres. Sam attrapa la main de Maryse en s'écriant :

- *Sam :* Courrons jusqu'à la voiture! C'est notre seule chance.

- *Maryse :* Expliquez-moi ce qui se passe. Vous me faites peur Sam!

- *Sam :* Je vous dirai tout ce que vous voulez savoir, mais courez, nous sommes en danger.

Sam et Maryse couraient le plus vite qu'ils pouvaient. Les hommes gagnaient du terrain. La voiture devenait visible, plus que quelques mètres les séparaient d'une certaine sécurité. Sam saisi ses clés et déverrouilla le véhicule. Il attrapa aussitôt la portière et l'ouvrit. Lorsqu'il se retourna, les hommes se trouvaient de l'autre côté de la rue, immobiles, les scrutant.

Il démarra la voiture, attendit que Maryse prenne place et partit rapidement en direction de la maison.

- *Sam* : Je ne comprends pas. Ces hommes auraient pu nous intercepter et ils ne l'ont pas fait.

- *Maryse* : Expliquez-moi où nous allons, que se passe-t-il ?

- *Sam* : Nous allons chez moi, je vais tout vous expliquer. Tout d'abord, appelez votre frère pour qu'il puisse nous rejoindre. Je le connais bien et il sait où je demeure.

V

$\mathcal{L}$a sonnerie de la porte d'entrée se fit entendre. Marie-Hélène s'empressa d'aller jeter un coup d'œil par la fenêtre du salon afin de s'assurer que son frère Jean s'y trouvait. Rassurée, elle se dirigea avec empressement pour lui ouvrir la porte.

Jean, un grand homme de trente-six ans, costaud aux cheveux noirs courts et au regard perçant, se tenait devant la porte avec une boîte entre les mains. Il personnifiait parfaitement ce à quoi l'on s'attend d'un homme très actif. Il était toujours volontaire pour participer à toutes sortes d'activités physiques, marathons, randonnées extrêmes de vélo de montagne ou encore de l'escalade sur glace.

- *Marie-Hélène :* Merci d'être venu aussi vite. Que contient cette caisse?

Jean déposa la caisse à l'entrée et prit sa sœur dans ses bras. Elle sanglota. Les enfants étaient derrière.

- *Lori :* Oncle Jean, tu nous as apporté une surprise?

- *Jean :* Non ma belle, je suis venu voir ta maman. La boîte était sur le porche.

- *Lori :* Vas-tu manger avec nous?

- *Jean :* Bien sûr Lori, je vais manger tous tes légumes.

- *Lori :* Non! Maman dis-lui que je vais les manger.

- *Marie-Hélène :* Mais non Lori, Oncle Jean te taquines, va avec ton frère regarder les dessins animés, je vais vous appeler lorsque le repas sera prêt.

Les enfants partirent vers le divan puis Jean prit la boîte de carton soigneusement emballée et l'apporta à la cuisine.

- *Jean :* Elle se trouvait sur le porche, ai-je bien fait de la mettre à l'intérieur?

- *Marie-Hélène :* Je ne sais pas. J'ai reçu un appel d'une voix robotisée tout à l'heure me sommant de sortir dehors. Le but était probablement de voir ce paquet.

- *Jean :* Explique-moi ce qui se passe.

Jean faisait partie des gens reliés à la Renaissance. Il savait donc la raison de la fuite des dirigeants en lien avec la dernière agression de la secte « GD ». Il connaissait également le danger relié à cet organisme.

- *Marie-Hélène :* Sam est parti rejoindre Nancy suite à un message texte ce midi. Il semblait inquiet puisqu'elle ne répondait plus à ces appels. Lorsque j'ai reçu un appel pensant que c'était lui, une voix robotisée me guidait vers l'extérieur. J'ai pris la décision de ne rien faire et de t'appeler. Maintenant, c'est à son tour de ne plus répondre. Je suis inquiète et on ne peut se tourner vers les autorités, nous le savons tous.

- *Jean :* Tu as pris la bonne décision! Ce paquet ne pèse pas grand-chose. Lorsque je le manipule, je ne sens rien bouger à l'intérieur. Je ne crois pas qu'il y ait un danger physique à l'ouvrir, mais plutôt une manipulation psychologique. Allons dans le garage l'ouvrir loin de la vue des enfants.

- *Marie-Hélène :* Bonne idée, nous serons enfin fixés.

Marie-Hélène alla retrouver les enfants dans le salon en remettant son portable à Samuel.

- *Marie-Hélène :* Je serai au garage avec Oncle Jean quelques minutes et nous allons revenir rapidement. Si papa appelle, répond et vient me voir, d'accord?

- *Samuel :* Oui, maman. J'ai faim, mange-t-on bientôt?

- *Marie-Hélène :* Dès que l'on revient, le repas est prêt. Tu vas pouvoir m'aider à mettre la table.

Samuel prit le téléphone et sourit fièrement à sa mère qui lui donnait une responsabilité.

Jean et Marie-Hélène se dirigèrent vers le garage annexé à la maison. Ils fermèrent la porte derrière eux afin de s'assurer que les enfants ne puissent les surprendre.

Jean déposa la caisse sur l'établi et prit un couteau pour l'ouvrir. Des balles de styromousse rose comblaient le vide. Il prit le temps de les mettre à la poubelle et regarda ce qui restait dans le fond de la boîte.

- *Jean :* Regarde, ce sont des vêtements de femme!

- *Marie-Hélène :* J'ai déjà vu ce chemisier. C'est comme si une femme s'était déshabillée dans cette caisse. Regarde les sous-vêtements.

- *Jean :* Il y a une enveloppe collée au fond. Je vais l'ouvrir.

Jean ouvrit l'enveloppe soigneusement et sortit une chaîne avec un pendentif en forme de cœur d'or blanc orné de diamants.

- *Marie-Hélène :* C'est le collier de Nancy!

Marie-Hélène recula de deux pas. Elle était terrifiée. Jean n'en croyait pas ses yeux. Nancy se trouvait forcément en danger. Jean remarqua une feuille blanche avec un énorme bonhomme sourire jaune au fond de la boîte.

Jean remit les effets personnels de Nancy à l'intérieur de la caisse puis la referma doucement. Marie-Hélène ne pouvait plus supporter ces émotions et éclata en sanglots. Jean la prit dans ces bras pour la consoler.

Après quelques minutes elle le regarda directement dans les yeux et lui demanda :

- *Marie-Hélène :* Je vis un cauchemar, pourquoi se déchaîne-t-il ainsi sur nous?

- *Jean :* Je n'ai pas de réponse petite sœur. Il doit avoir très peur de nous pour s'acharner ainsi.

- *Marie-Hélène :* Cela fait bientôt quatre mois que David, Lisa, William et Frank sont partis. Ann-Marie et Renaldo les ont rejoints peu après leur départ. Depuis ce temps, nous ne faisons rien de menaçant pour la secte. Nous voulons simplement vivre en paix.

- *Jean :* Il cherche à nous éliminer. Il faut prendre du recul, car possiblement que s'il ne le fait pas, c'est que c'est lui qui le sera pour une raison que nous ne connaissons pas encore.

- *Marie-Hélène :* Nous ne voulons rien faire pour le détruire et ne savons rien de toute façon.

- *Jean :* Possiblement que sans en avoir conscience, nous pouvons changer les choses et c'est ce qui lui fait peur. Allons rejoindre les enfants et on en discutera lorsque nous serons avec Sam.

Lorsque Marie-Hélène ouvrit la porte qui les séparait de la maison, elle sentit une grande fraîcheur sur ses pieds. Elle demanda aux enfants si la porte était ouverte et elle n'obtint aucune réponse.

C'est alors qu'une grande peur l'envahit. Son cœur battait si vite que sa vision s'en trouvait affectée. Elle s'avança craintive vers le divan du salon et les enfants ne s'y trouvaient plus. Cependant, le téléviseur fonctionnait toujours.

Jean parti sur-le-champ vérifier dans les chambres et la salle de bain. Marie-Hélène criait sans cesse le nom des enfants. Ils étaient tous les deux complètement affolés.

Elle se dirigea vers la porte d'entrée grande ouverte et cria de toutes ses forces le nom des enfants. Aucune réponse ne lui parvint, le silence total.

Jean passa près d'elle et sortit dehors afin de comprendre la situation. Il remarqua les traces d'un adulte dans la neige. Il les remonta jusqu'à la rue et put voir des traces de pneus de voiture qui semblaient fraîches. Marie-Hélène constata que les habits de neige ainsi que les bottes ne s'y trouvaient plus également.

La disparition des enfants devenait évidente. Marie-Hélène s'effondra sur le sol en pleurant. Son frère lui prit la main, mais elle était inconsolable. Ils étaient impuissants face à la situation.

VI

La température extérieure devenait hivernale. Le vent et la neige s'étaient levés depuis la matinée et s'intensifiaient. Par la fenêtre de la salle familiale, on arrivait à peine à voir la voiture stationnée, due à la neige qui tourbillonnait. Le sifflement du vent se faisait entendre à travers les fissures de la structure de la maison datant de 1953.

Certaines rafales entraînaient des craquements intenses dans les murs extérieurs. La tempête prenait d'assaut l'antique résidence.

À l'intérieur, le feu crépitait doucement, prodiguant une chaleur réconfortante. Encastré dans un mur de pierres avec un manteau de bois massif, le foyer donnait fière allure à la pièce. Un cadre de bois travaillé et peint argent, ceint par deux chandeliers de chaque côté trônait au centre de la tablette.

La photo représentait les cofondateurs de la Renaissance à son ouverture. David, Lisa, Frank et William s'y tenaient dignement debout, inséparables, devant le local au cœur d'une belle journée d'été. Le reste de la décoration et du mobilier provenait de l'ancienne vocation de la vieille et grande maison.

Cette bâtisse servait, auparavant, de « Bed and breakfast » pour les touristes. William remarqua à l'époque une publicité pour vendre la propriété directement des propriétaires sans intermédiaires. Il prit discrètement contact avec eux avant la tragédie qui les fit rapidement fuir la ville.

Ce drame survint au moment où les dirigeants de la Renaissance se trouvaient tous réunis à la villa de Shannon. Deux voitures étrangement stationnées, à l'opposé l'une de l'autre, attirèrent leur attention. Frank sortit pour constater que l'une d'elles, une auto-patrouille avec deux agents de police et l'autre, une voiture de luxe noire avec ce qui semblait être deux hommes de main de la secte, faisaient le guet dans la rue.

David fit ressentir à Frank la vraie source du danger et il s'avéra qu'elle ne semblait pas venir des hommes de main de l'organisation, mais plutôt des policiers, probablement complices de l'organisation Falken.

La corruption de certains effectifs au sein de la sécurité publique pouvait expliquer la rapidité d'action du Dr Falken lorsque les gens de la Renaissance tentaient de lui échapper.

La conscience du danger qui les guettait mena unanimement à la décision de quitter rapidement la ville. La priorité était d'échapper aux griffes de leur prédateur. Conséquemment, William avança l'idée d'acquérir discrètement cette belle villa loin de la portée du Dr Falken.

Cette proposition fit l'unanimité. Efficacement, ils coordonnèrent leur départ. Ils décidèrent de louer l'immeuble temporairement, en payant comptant et sans documents légaux afin d'être invisibles aux yeux des membres de la secte. L'achat devait se faire plus tard afin de réunir les sommes nécessaires.

Par la suite, William proposa d'offrir un montant supérieur aux attentes des propriétaires afin de favoriser leur proposition d'une entente sous le couvert de la discrétion.

Pendant leur discussion, la sonnerie de la porte retentit. Craignant une autre attaque de la secte, la peur s'empara du groupe. Prudemment, William et France ouvrirent la porte. Deux policiers s'y tenaient, armes en main. En lui pointant son arme au visage, l'un d'eux demanda à France de leur livrer David, en échange de quoi, ils seraient tous épargnés.

France et William eurent à peine le temps de réfléchir que deux coups de feu se firent entendre et un des policiers s'effondra sur le sol. Deux balles l'atteignirent à la poitrine, provoquant un saignement abondant. L'autre policier cherchait désespérément les assaillants en pointant son arme dans toutes les directions.

Un des hommes de la voiture de luxe sorti de l'ombre en lui indiquant qu'il était couvert par un tiers. Il avançait en visant le policier devant lui. Les gens à l'intérieur regardaient la scène, terrorisés.

L'homme marcha vers la résidence avec une mitrailleuse militaire de type « C-6 » munie d'un silencieux et d'une lunette de vision nocturne pointant sur le policier. Il lui ordonna de placer son arme sur le sol devant lui et de se mettre à genoux avec les mains sur la tête.

Le policier exécuta les ordres de l'homme armé qui ne se trouvait qu'à quelques mètres devant lui. D'un sourire moqueur il l'informa qu'il ne pourrait s'en sortir ainsi.

Au moment où il termina sa phrase d'un ton arrogant, l'ex-militaire lui tira une balle dans la tête provoquant instantanément sa mort. La blessure fit éclabousser du sang sur France et William qui s'écroulèrent à genoux sous le choc de l'émotion.

L'homme avança vers l'escalier et tira une balle dans la tête du second policier déjà au sol, afin de s'assurer de sa mort.

Dans la cohue, Frank et Lisa prirent France et William en main afin de les retirer de cette scène sans précédent. David s'avança calmement vers l'homme pour l'identifier, pendant que l'autre sortait de l'ombre en étant également armé.

Il s'agissait bien de l'agresseur que David laissa sur le sol à l'intérieur de l'entrepôt lors de l'enlèvement de Lisa. Sous le contrôle de David, ce dernier fut paralysé par sa colère. La seule possibilité de s'en sortir à ce moment était de se pardonner et de changer sa vision de la vie.

L'homme expliqua à David que ce dernier, d'une certaine façon, l'avait libéré de sa colère et qu'il revenait pour les protéger des policiers au service du psychiatre. Il lui confirma qu'il ne semblait plus être le même homme depuis sa dernière rencontre avec David et que ses intentions étaient saines pour la Renaissance.

Il lui demanda de lui pardonner et de l'accueillir au sein de son équipe en lui faisant miroiter son utilité. Il connaissait les intentions du Dr Falken et pouvait leur permettre de disparaître rapidement. Le deuxième homme avança doucement vers la maison en pointant son arme vers le sol et en lui demandant la même chose.

David ressentait la sincérité des deux hommes et leur indiqua qu'ils recevraient les informations pour les rejoindre au moment opportun. William prit les coordonnées des hommes.

Les ex-militaires leur firent comprendre qu'ils devaient fuir rapidement afin qu'ils puissent effacer la scène de crime et brûler la maison. Ces hommes avaient l'habitude et le professionnalisme pour masquer les traces efficacement. Frank et les autres comprirent qu'il ne pouvait en être autrement. C'était l'occasion d'enfin disparaître et d'ainsi sortir des griffes de la secte. Cette occasion ne se reproduirait pas une seconde fois.

Ils prirent tout le nécessaire et partirent promptement vers la destination proposée par William.

Pendant ce temps, les deux hommes de main reculèrent leur voiture à proximité de l'entrée et sortirent de la valise le corps d'un autre policier assassiné, enveloppé dans une bâche transparente. Ils l'installèrent dans la maison avec les corps des deux agents abattus afin de simuler une scène de combat. L'un des deux hommes retira la bâche du cadavre et lui plaça entre les mains le « C-6 », utilisé pour tuer les deux autres.

Frank trouva cette mise en scène ingénieuse. L'enquête policière n'en serait que plus compromettante pour la secte Falken et détournerait l'attention vers celle-ci, ce qui leur donnerait davantage de temps pour disparaître.

Ils quittèrent la Villa avec les voitures de Frank et de William, en laissant derrière eux les deux hommes qui terminaient leur simulacre avant l'incendie.

Un des deux hommes fracassa la conduite de propane alimentant le foyer du salon puis alluma une bougie sur la table à café, trois mètres plus loin. Ils quittèrent la maison en laissant la conduite brisée emplir tranquillement la pièce de gaz et fermèrent la porte derrière eux.

À proximité de l'auto-patrouille des policiers abattus, le conducteur sortit et à l'aide de la radio, demanda du renfort à la villa pour une effraction. Lorsqu'il regagna la voiture, une détonation se fit entendre fracassant plusieurs fenêtres de la maison. Le feu pouvait se voir de la rue, la villa se consumait rapidement dans les flammes ardentes.

VII

Sam s'assura que personne ne le suivit sur le chemin du retour. Il immobilisa sa voiture dans le stationnement d'une épicerie, à quelques rues de sa demeure, afin d'expliquer la situation à Maryse. Cette dernière semblait de toute évidence terrorisée par les derniers événements.

Garé parmi plusieurs voitures, Sam s'assurait ainsi d'une quiétude momentanée afin de prendre le temps de fournir toutes les informations nécessaires à Maryse. Les deux mains sur les cuisses, les yeux fixés droit devant et le teint pâle de celle-ci témoignaient de son désarroi. Sam devait rester calme et rassurant.

- *Sam :* Je vais prendre le temps de tout t'expliquer. Sois sans crainte, nous ne sommes plus en danger pour le moment.

- *Maryse :* Pour le moment? Ma conjointe est seule à la maison. Je dois la prévenir du danger!

- *Sam :* Pour l'instant ces gens n'ont aucune idée de qui tu es. Ils ne chercheront pas à savoir où tu demeures pour faire pression, du moins, à court terme. Ils en ont après moi et la Renaissance et tu n'en fais pas partie.

- *Maryse :* Maintenant oui! J'en suis au même point que toi. Si je retourne chez moi, ils pourraient m'intercepter et m'obliger à les conduire vers toi. Je cours également le même danger. Qui sont ces gens et que veulent-ils?

- *Sam :* Bien, tu dois posséder une vue d'ensemble alors je vais te faire l'historique à partir du début.

- *Maryse :* J'ai tout mon temps.

- *Sam :* Au départ, David, Frank, William et Lisa ont créé une ressource d'aide pour les gens du quartier qui sont dans le besoin. Les personnes qui participaient à ce projet se lièrent d'amitié très rapidement et une force bienfaisante les as unis telle une grande famille.

- *Maryse :* Est-ce que mon frère est en danger lui aussi?

- *Sam :* Je me suis joint à eux avec ton frère, dans les débuts. Je suis devenu l'homme à tout faire et cela me plaisait vraiment. J'avais l'impression d'accomplir des gestes qui possédaient un sens profond. Chaque action accomplie entraînait une grande satisfaction suivie d'une grande reconnaissance. J'ai découvert comme les autres qu'il est fort profitable de donner avec le sourire. Une force nous pousse à agir de la sorte. Ton frère me disait souvent qu'il préférait travailler avec nous plutôt que pour le service ambulancier qui le rémunérait. C'est difficile à comprendre, car nous croyons tous avoir besoin d'argent pour survivre dans la société, mais la Renaissance a brisé ce paradigme promu par le grand ego collectif. C'est ce qui, je crois, a attiré l'attention sur nous au départ. La menace n'était cependant qu'administrative à ce moment.

- *Maryse :* Para... quoi?

- *Sam :* Un paradigme c'est une idée qui est ancrée depuis longtemps et qu'on ne croit pas pouvoir changer. Le fonctionnement de la Renaissance nous a tous prouvé qu'il est possible de vivre sainement sans argent. Le principe a fonctionné très bien depuis les débuts et a rapidement pris de l'expansion. La Renaissance attira les intimidations des hauts fonctionnaires de l'état et de la ville. Il faut bien comprendre que sans la circulation de la monnaie, les revenus basés sur les taxes et les impôts en sont imputés. Donc, l'état et les autorités ne peuvent tolérer cette expansion et doivent maintenir les paradigmes déjà établis afin d'assurer leur survie.

- *Maryse :* Comment peut-on fonctionner sans l'argent? Il faut payer l'épicerie et l'essence dans la voiture!

- *Sam :* Le principe est fort simple. Il faut donner pour recevoir. Dans mon cas, je devais me défendre contre le ministère du Revenu pour une erreur fiscale commise dans le passé par un comptable lors de la transmission d'une déclaration de revenus. J'avais payé ce comptable et je devais maintenant payer un avocat pour protéger ma famille et moi-même contre ces procédures légales qui nous menaçaient. Notre situation, comme celle de bien d'autres, était très précaire. Nous avions de la difficulté à boucler nos mensualités avec nos deux salaires combinés. Le coût de la vie est vraiment élevé avec deux enfants à charge et nous ne pouvions nous permettre les amendes salées de l'état ou même le luxe de les réduire avec l'aide d'un avocat. J'ai donc fait appel à la Renaissance par l'intermédiaire de mon beau-frère qui en faisait partie. Un avocat m'a contacté et il a pris en charge rapidement le dossier. Il a découvert, avec l'aide d'un fiscaliste, qu'une vicieuse manipulation comptable avait été effectuée par l'état. Ce qui nous fut fort profitable au final, puisque c'était eux qui nous devaient de l'argent maintenant. Nous sommes sortis de cette fâcheuse situation et j'ai commencé à offrir mes services pour des travaux divers à temps perdu. Il faut bien comprendre qu'en aucun moment l'argent n'a circulé dans cette aventure. Le début de la Renaissance était uniquement axé sur les services rendus.

- *Maryse :* Comment font-ils pour équilibrer la valeur monétaire des services rendus? Car l'aide d'un avocat est beaucoup plus dispendieuse que celle d'un menuisier.

- *Sam :* Tu restes encore dans le paradigme de l'ego collectif. Le temps d'un homme équivaut au temps d'un autre. Prenons l'exemple d'un psychologue qui a besoin d'ajouter une chambre pour ses enfants et qui n'a pas la connaissance pour se lancer dans de tels travaux. Il aura autant besoin de ce service qu'une personne qui veut de l'écoute. Le temps qu'il aurait passé à faire les travaux peut maintenant être utilisé dans une sphère qu'il maîtrise mieux que celle de fixer des cloisons de gypse. Il aura quand même le résultat escompté en ayant participé autrement. Dans la vision de la Renaissance, nous formons un tout. Donc la main gauche aide la main droite à soulever une caisse.

- *Maryse :* Qu'en est-il pour le matériel?

- *Sam :* L'approche est différente. Ils ont établi une liste de choses essentielles comme les vêtements, la nourriture et les médicaments en leur attribuant une valeur fictive. Il faut noter qu'aucun item de luxe n'en fait partie, seulement les choses vitales ou utiles pour se loger, se nourrir et se vêtir. Les gens portent leurs achats sur un compte virtuel administré par la Renaissance et un système de crédit est établi pour les échanges.

- *Maryse :* Alors il est maintenant possible avec la force du groupe de fonctionner sans débourser d'argent!

- *Sam :* Effectivement, et cela a permis à plusieurs familles de reprendre le contrôle et d'avoir une vie plus saine, sans l'endettement collectif. Le coût de la vie, les impôts et les taxes trop élevés étouffent plusieurs couples et plusieurs familles. La Renaissance leur apporte de l'espoir et du bonheur sans les tracas de la société. C'est, entre autres, ce qui nous unit si fort les uns aux autres. On ne veut pas perdre la Renaissance.

- *Maryse :* Que veulent ces hommes?

- *Sam :* David, un des fondateurs, a succombé à un cancer du cerveau. Il est revenu à la vie en conservant en mémoire ce qu'il a vécu dans l'autre monde. Il est maintenant plus fort. Cependant, ses nouveaux pouvoirs ont attiré l'attention d'un psychiatre à l'hôpital. Ce dernier s'avère être à la tête d'une organisation criminelle. Il a tenté de s'en prendre à David et maintenant il s'en prend à nous tous.

- *Maryse :* Il a vécu une EMI?

- *Sam :* On peut dire que oui, je pense. Mais l'important c'est que maintenant il est beaucoup plus fort qu'avant son décès. David a des pouvoirs, il peut contrôler certaines choses autour de lui. Jusqu'à présente, il a repoussé cet homme et ces militants. Or, il y a de ça environ quelques mois, une tragique attaque l'a fait fuir ainsi que les dirigeants de la Renaissance. Nous ne savons pas où ils se sont cachés pour échapper à cet homme et nous sommes sans nouvelles depuis. William avait découvert quelque chose sur l'organisation et m'avait demandé de cacher l'information qu'il a dissimulée sur un disque dur. Je l'ai bien caché à l'intérieur de l'ancien local de la Renaissance avant son départ.

- *Maryse :* C'est pour cette raison que tu es retourné à cet endroit?

- *Sam :* Bien, en l'absence des dirigeants, Nancy fut mandatée pour assurer le fonctionnement de la Renaissance et faisait le pont entre nous et eux. Elle m'a contacté ce matin en me demandant de la rejoindre là-bas sans préciser quoi que ce soit. À mon arrivée, j'ai constaté des traces d'enlèvement et de sang dans la neige et elle a disparu depuis.

- *Maryse :* En es-tu certain?

- *Sam :* Tout à fait! J'ai pu suivre les pistes dans la neige. De plus, sa voiture est toujours stationnée en face de la maison. J'ai demandé à la vieille dame du balcon que je t'aie montré, si elle avait vu quelque chose et elle semblait vouloir me transmettre de l'information. Elle m'a fait signe de la rejoindre discrètement par l'arrière et j'avais cru qu'elle voulait se protéger des agresseurs, mais elle ne voulait que masquer ma disparition aux yeux des voisins. Il y avait de la drogue dans le thé qu'elle m'a fait boire, j'ai senti ma vision se troubler et mes sens se confondre. Mes mains devenaient engourdies, j'ai donc sauté en bas du balcon afin de leur échapper puisqu'un des deux hommes était présent avec elle lors de ma fuite.

- *Maryse :* Mais de quelle vieille dame me parles-tu? Ce logement est vacant!

- *Sam :* Elle s'appelle Rose et le logement n'était pas vacant avant ma chute. Elle s'y trouvait bien. Je suis tombé dans un piège et tu connais la suite.

- *Maryse :* Alors, il faut aviser les policiers à tout prix!

Maryse prit son portable et tenta de composer le 911. Sam lui prit doucement la main afin de l'empêcher de le faire, car il devait également l'informer de l'emprise que pouvait détenir l'organisation sur les autorités locales.

- *Sam :* On ne peut malheureusement pas le faire. Ça ne ferait qu'aggraver la situation.

- *Maryse :* Mais le service de police ne peut être corrompu et servir une organisation criminelle. Vous poussez loin Sam! J'ai l'impression de vivre une aventure d'espionnage. Si je récapitule les faits, je vous ai croisé ensanglanté, je vous ai porté secours et depuis, je suis loin de chez moi dans votre voiture avec des hommes à mes trousses. Les policiers devraient certainement pouvoir m'aider.

- *Sam :* Le tragique événement qui a fait fuir David et les autres fut orchestré par des policiers payés par l'organisation.

- *Maryse :* Tu emploies le terme « tragique », y aurait-il eu des blessés graves ou pires?

- *Sam :* J'ai bien peur que oui!

- *Maryse :* Oui blessé ou oui pire?

- *Sam :* Les policiers corrompus furent tirés à bout portant par les hommes de main du psychiatre. Ces derniers semblaient vouloir nous rejoindre et nous aider dans cette frappe qu'ils avaient appréhendée. Ils ne voulaient plus servir le psychiatre et se joindre à nous, car David avait provoqué un changement en eux.

- *Maryse :* Mais c'est terrible, je ne veux plus être mêlé à tout ça! Laisse-moi ici, je vais rentrer chez moi par mes propres moyens.

- *Sam :* La portière n'est pas verrouillée, tu peux partir, mais prends le temps d'appeler ton frère, il te confirmera tout ceci. Soit prudente, car comme tu l'as si bien dit, vous faites malheureusement partie de cette réalité maintenant, comme nous tous. De plus, toi et ta conjointe risquez d'avoir la visite de ces hommes qui vous traqueront pour nous atteindre. Sachez que nous serons toujours là pour vous si vous en sentez le besoin. Je dois rejoindre ma famille maintenant, ils sont peut-être en danger en ce moment. Je n'ai plus de portable pour être rejoint et je m'inquiète pour eux.

Maryse ouvrit doucement la portière de la voiture et le remercia pour sa gentillesse. Elle se trouvait, de toute évidence, ébranlée de vivre cette aventure et de se trouver ainsi, sans l'avoir décidé, mêlée au danger qui planait sur Sam. Elle avait peine à croire ce qu'elle venait d'entendre. En marchant tranquillement vers l'entrée principale de l'épicerie, Maryse réfléchissait sur ce qu'elle venait d'apprendre et comprit qu'il était possible que les choses ne soient pas toujours ce que l'on croit qu'elles sont.

VIII

*N*ancy revenait tranquillement à elle dans la confusion. Couché nue sur le plancher de béton humide d'une pièce sombre et sinistre, elle se sentait désorientée.

Les murs de pierres qui l'entouraient semblaient former une voûte. Une porte en forme de demi-lune, construite solidement de barreaux de métal forgés, donnait l'impression d'être à l'intérieur d'une prison datant de l'époque des croisades.

La crainte de faire un cauchemar ou de se trouver projetée dans le passé occupait son esprit. Aucune fenêtre ne lui permettait de crier à l'aide.

Une nausée l'envahit, la forçant à bouger. Sa mémoire ne lui permettait cependant pas de l'éclairer sur sa présence dans cet endroit. Elle avait forcément été droguée pour faciliter son transport. La faiblesse l'envahissant, elle se tourna péniblement sur le côté afin de se mettre à genoux.

Elle ressentit aussitôt une douleur intense venant de son genou droit. Maintenant assise, elle regarda la plaie et le sang séchés qui lui couvraient la rotule. À cause de l'inflammation, son articulation prenait de l'expansion de chaque côté. Elle ne possédait toujours pas la force nécessaire pour se relever.

Le délicat son d'un filet d'eau qui coulait tranquillement le long des murs de pierres se faisait entendre.

Sa soif devenait si intense qu'elle ne voulait qu'une chose, se diriger vers cette source d'eau. C'est en se traînant péniblement vers le mur de pierres à l'aide de ses bras, qu'elle réussit à se déplacer. La déshydratation lui occasionnait également un mal de tête. Le béton rugueux lui irritait la peau au passage.

Elle remarqua un sillon d'eau dans une rainure du plancher au coin du mur et se rapprocha de celle-ci. L'odeur d'humidité et de pourriture était omniprésente.

La pièce était si sombre qu'elle ne pouvait en voir l'ensemble. Elle ressentait cependant une présence, comme si quelque chose l'observait.

La sécheresse intense ressentie dans sa gorge détourna son attention un bref instant. Il n'y avait rien à boire à proximité d'elle. Elle regardait les murs suinter et l'eau couler. L'idée de s'abreuver directement aux pierres l'obsédait.

Elle avança doucement son visage près d'une coulisse d'eau et s'humecta la langue. Le goût était si horrible qu'elle en vomit sur le sol.

Lorsqu'elle releva la tête, elle aperçut deux yeux briller dans l'ombre, à la hauteur des siens. Soudain, un grognement se fit entendre. Elle se recula, s'adossa au mur et baissa les yeux vers le sol, totalement pétrifiée. Lorsqu'elle recouvrit son visage avec ses mains, accroupie et terrifiée, les grognements cessèrent.

Elle se dégagea le visage et regarda son corps nu et frigorifié. Nancy ne comprenait pas ce qui s'était passé. Ses souvenirs étaient flous, elle ne faisait pas le lien entre l'enlèvement devant la porte de l'ancien local de la Renaissance et l'endroit où elle se trouvait.

Soudain, le bruit d'une chaîne qui glisse sur le béton se fit entendre. Il provenait de l'endroit d'où elle ressentait une présence. Elle se releva tranquillement afin de se reculer. Ces forces l'ayant abandonnée, elle s'écroula sur le sol. Son corps entier tremblait de peur et de froid.

Nancy tenta de crier à l'aide sans pouvoir y arriver. Aucun son ne sortit de sa gorge maintenant trop sèche.

Brusquement, un molosse énorme, une sorte de croisement entre un rottweiler et un bull-dog, surgit de l'ombre et se dirigea vers elle. Son poil laissait supposer que la bête était mal entretenue et qu'elle subissait également de mauvais traitements. L'écume aux lèvres, la bête bondit vers elle. La chaîne qu'elle avait au coup l'arrêta net. Ce dernier demeurait sur sa position.

Les molosses servaient originellement à protéger les biens des voleurs et des prédateurs. Les Romains les ont formés au combat et les ont intégrés à leurs légions. Les Allemands suivirent les traces des Romains, mais en dressant ces chiens menaçants pour l'attaque et le combat.

Le chien rugissait et aboyait si fort que l'écho donnait l'impression d'être en présence d'une meute de loups. L'écume sortait de sa bouche à chaque aboiement. Ces yeux fixés sur Nancy et le râlement de cette respiration étouffée par la chaîne tendue n'étaient guère rassurants sur la nature des intentions de la bête.

Sous le coup de l'émotion et de l'épuisement, Nancy perdit conscience et se fracassa la tête sur le plancher, à moins d'un mètre de la bête.

IX

$\mathcal{D}$ès son arrivée à proximité de la maison, Sam reconnut immédiatement la voiture de Jean garée dans la rue. Il comprit à ce moment que les choses avaient probablement mal tourné pendant son absence. Une fois sa voiture stationnée, il sortit et prit le temps d'analyser les multiples pistes de bottes dans la neige.

Certaines empreintes menaient jusqu'à la rue où des traces de pneus de voiture les emportaient. Inquiet, il revint avec vers la maison et entra rapidement.

Il aperçut Marie-Hélène dans les bras de Jean, elle restait inconsolable et se perdait dans sa tristesse. En entendant Sam entrer, elle s'écria d'un sursaut de colère :

- *Marie-Hélène* : Où étais-tu passé? Samuel et Lori ont été enlevés! J'ai tenté de te rejoindre et tu ne répondais pas, merde! J'étais seule et j'avais peur!

- *Sam :* Je me trouvais à la renaissance et j'ai dû me sauver des griffes de deux hommes. Où sont les enfants?

Marie-Hélène constata les pansements ensanglantés de Sam, le sang sur ses vêtements et la peur qu'il tentait de cacher. Le couple n'avait pas l'habitude de vivre de pareilles aventures. Ils possédaient une vie bien rangée et n'attiraient pas l'attention des gens.

Jean comprit que sa sœur était trop émotive pour partager à Sam le détail des faits. De plus, ils devaient faire la lumière sur les événements afin de bien comprendre la situation. Il entreprit donc d'expliquer avec calme et assurance ce que Marie-Hélène avait vécu. Il lui apporta la boîte qui contenait les vêtements de Nancy. Le cœur de Sam cessa de battre lorsqu'il prit conscience que la scène, qu'il avait soupçonnée être un enlèvement, en était finalement un.

Sam partagea lui aussi son aventure et les trois conclurent qu'ils avaient bêtement exécuté le plan établi par leur agresseur. Le message devenait clair. Le psychiatre pouvait les manipuler et les prendre à tout moment. De plus, il avait pris les enfants en otage, sous leur nez, afin de pouvoir négocier.

- *Marie-Hélène* : Mais que réclame-t-il? Je veux ravoir mes enfants!

- *Sam* : Je suppose que c'est l'information que William m'a demandé de dissimuler à l'intérieur de l'ancien local de la Renaissance. C'est possiblement pour ça que Nancy voulait me voir et qu'ils ont tenté de me faire prisonnier. Lorsqu'ils ont échoué, ils ont probablement mis à l'œuvre leur plan « B ».

- *Marie-Hélène* : Donnons-lui ce qu'il veut!

- *Sam* : Ce n'est pas aussi simple. Il ne nous laissera pas tout bonnement reprendre notre vie comme si rien ne s'était passé. Je crois qu'avec ce que nous savons, nous représentons un danger pour lui. Il peut aisément nous éliminer ensuite et masquer son crime en accident de la route, comme il sait si bien le faire.

- *Jean* : Sam a raison. Nous semblons posséder quelque chose de précieux à ses yeux. Il faut procéder différemment et ne pas tomber dans son piège. Stratégiquement, nous devons le déstabiliser et le placer sur la défensive afin de pouvoir nous en sortir.

- *Marie-Hélène* : Lui tenir tête demeure très dangereux. Il ne nous laissera jamais en paix. Rappelez-vous ce que David et les autres ont vécu. Maintenant, ils sont tous introuvables. Il faut récupérer les enfants le plus rapidement possible. C'est tout ce qui compte à mes yeux.

- *Sam* : Je suis d'accord avec toi chérie, la situation me déchire également. Soyons rationnels afin de trouver une solution rapidement. Jean, est-ce qu'il y avait un message dans la boîte?

- *Jean* : Non seulement ce « smiley » au fond.

- *Marie-Hélène* : Montre-le-moi!

Marie-Hélène scruta attentivement le smiley en tentant de trouver une signification. Ce n'était qu'un smiley jaune souriant, avec de petites cornes et une queue fourchue.

- *Marie-Hélène* : Sam, apporte-moi ta loupe. Je crois voir une inscription sur sa queue.

Sam s'empressa de prendre sa loupe dans son coffre d'outils et l'apporta à Marie-Hélène qui tentait tant bien que mal de voir l'inscription. Lorsqu'elle prit la loupe, Jean et Sam se placèrent derrière elle et purent voir à leur tour le message dans une autre langue :

« *visitare caesari quod et caesaris* »

- *Sam* : Qu'est-ce que cela veut dire?

- *Marie-Hélène* : J'ai étudié le latin en troisième secondaire et je crois que le message pourrait être traduit par ceci : rendez à César ce qui est à César.

- *Jean* : Il se prend pour un empereur maintenant ce fou?

- *Marie-Hélène* : Il ne faut pas le sous-estimer. Ce message est très intimidant. Il veut que nous le percevions comme étant invincible et tout puissant, en comparaison avec Jules César qui prit de force Rome et devint le premier empereur. De plus, il nous ordonne de lui rendre ce qui est à lui.

- *Sam :* César fut vaincu par le sénat il me semble, non?

- *Marie-Hélène* : Effectivement, les sénateurs se sont regroupés et l'ont assassiné à coups de couteau à l'intérieur du sénat. C'est la force du groupe qui fit tomber l'homme. Cependant, l'empire ne prit pas fin par ce geste et les Romains vécurent des années sombres par la suite. Alors nous ne devons pas simplement nous arrêter à l'homme, mais plutôt à l'empire lui-même directement.

- *Sam :* Ce smiley, n'est-ce pas la signature du jeune ami de Justin qui a piraté le serveur de la secte?

- *Marie-Hélène* : Je crois bien que oui, alors le disque dur doit être ce qu'il cherche.

- *Jean :* Nous devrions convoquer une réunion générale afin d'informer les gens de la Renaissance du danger qui nous guette tous.

- *Marie-Hélène* : C'est une bonne idée et possiblement que d'autres ont aussi vécu des agressions. Nous devons nous réunir afin d'être plus forts et retrouver les enfants.

- *Sam :* Marie-Hélène, prête-moi ton iPhone, je dois trouver le mien avec l'application de recherche. Je l'ai perdu lors de ma chute. La majorité des gens de la Renaissance se retrouvent dans mes contacts. Je pourrai alors les rejoindre.

Marie-Hélène lui apporta rapidement son iPhone afin que Sam puisse retrouver son appareil. À leur grande surprise, ils découvrirent que le portable était en mouvement, à proximité de l'institut Falken.

- *Marie-Hélène* : Efface le contenu, il ne doit pas réussir à l'ouvrir et obtenir cette information.

- *Sam* : Maintenant, je dois obtenir un autre iPhone afin de réinitialiser mes contacts avec la sauvegarde iCloud.

- *Jean* : Tiens, prend le mien, change ta carte SIM je vais le réinitialiser et l'effacer pour que tu puisses retrouver ta sauvegarde.

Sam et Jean échangèrent leurs portables afin d'obtenir la liste des contacts leur permettant de rejoindre l'ensemble des membres de la Renaissance.

Jean proposa de faire la réunion chez lui puisqu'il possédait une grande maison avec l'espace suffisant au sous-sol pour accueillir les 42 personnes concernées. Sam et Marie-Hélène acquiescèrent et se préparèrent pour se diriger à la maison de Jean, qui était déjà parti.

Sam débuta les appels et demanda de l'aide aux premiers répondants, afin de former une chaîne téléphonique dans le but d'accélérer le processus.

X

William venait tout juste de transmettre le message crypté, afin qu'il soit inséré à l'intérieur du sac de publicités qui était destiné à Marie-Hélène. Il restait peu de temps pour terminer les travaux permettant d'accueillir les gens de la Renaissance à l'intérieur du bâtiment, à l'arrière de la maison.

À l'origine, cette bâtisse servait à abriter les animaux. Par la suite, elle fut rénovée en auberge touristique lorsque le bâtiment principal affichait complet.

La rénovation avait préservé son architecture d'origine. On pouvait voir, au deuxième étage, les poutrelles sculptées à la hache et retenues avec des chevilles de bois laissées volontairement découvertes, soulignées par une magnifique vue sur la mer.

Dans l'ensemble, cette bâtisse renfermait trente-six petites chambres avec huit salles de bain. Comparable à un dortoir pour de jeunes étudiants en vacances, son architecture ne laissait pas les visiteurs indifférents. Le registre à l'entrée principale était rempli de beaux commentaires.

Trois poêles à combustion lente assuraient le chauffage. Le mobilier rustique s'y trouvait encore.

Malheureusement, cet investissement n'était pas rentable et les anciens propriétaires durent l'abandonner durant plusieurs années, n'ayant plus les liquidités pour l'entretenir.

Frank, Justin, Renaldo et David travaillaient pour lui redonner bonne mine dans le but d'accueillir les gens de la Renaissance qui ne tarderaient plus à arriver.

Repeindre les surfaces et effectuer un bon nettoyage suffiraient à redonner vie à cette magnifique auberge.

Par la suite, un agrandissement sera nécessaire pour assurer le confort de tous. Cependant, ces travaux auront lieu quand le reste de l'équipe sera en place et qu'ils seront prêts à se mettre à l'œuvre.

XI

*L*e secteur « Rivière des Roches », dans l'arrondissement Charlesbourg, valait le déplacement. La vue sur les montagnes et l'architecture de plusieurs maisons nouvellement construites y donnait du prestige. Certaines rues du quartier furent creusées dans la montagne, laissant ainsi le spectacle d'un flanc abrupt derrière certaines résidences.

Le printemps s'écoulait merveilleusement bien dans ce quartier. La verdure commençait à se déployer. Les aménagements paysagers de nombreuses demeures faisaient rêver. De toute évidence, les gens qui habitaient ce secteur provenaient de la classe de la société la plus aisée.

La demeure de Jean se démarquait des autres avec son architecture contemporaine, mêlant pierres grises et bois teint noir. Sa généreuse fenestration aux dimensions asymétriques offrait un avant-goût de l'intérieur. En approchant, on pouvait remarquer une jolie terrasse aménagée sur la toiture. Un grand terrain boisé séparait celle-ci de la rivière qui coulait derrière.

Avocat de profession ayant acquis une excellente notoriété, Jean pouvait se permettre un tel luxe. Peu de temps après avoir terminé son barreau à l'université Laval, il fut recruté par une firme reconnue qui perçut aussitôt son talent. Depuis plus de sept ans, il compte parmi les associés de cette firme et apporte, par le fait même à la Renaissance, un bon soutien dans le domaine légal.

Le garage avait fière allure. Une grande établie toute neuve, en acier inoxydable, était ornée d'outils de qualités bien rangés. Le plancher de béton était généreusement enduit d'un vernis à base d'uréthane, alliant la couleur naturelle du béton à une propreté impeccable. Sa grandeur faisait rêver. S'y trouvait, une magnifique BMW cabriolet Z4 grise, qui ne gênait nullement le passage. Les murs et les plafonds étaient enduits d'une pellicule de plastique blanc imperméabilisant le plafond lors du lavage des voitures. L'éclairage aux DEL rendait les couleurs plus éclatantes.

La porte du garage demeurait ouverte afin d'accueillir les derniers arrivants. Près de la descente qui menait au sous-sol de ce grand cottage, deux tables étaient sur le passage. Celle garnie de jus et de brioches ne passait pas inaperçue ni l'autre avec quarante-deux boîtes identifiées au nom de chacun des membres.

Jean ferma la porte à l'aide de la télécommande et rejoignit ces invités afin de débuter rapidement la réunion. Au sous-sol, sept rangées de six chaises faisaient face à un petit podium. La totalité des places était comblée. Les derniers arrivants restèrent debout, regroupés à l'arrière. L'inquiétude pouvait se palper, le silence régnait.

Jean débuta la réunion avec une bonne nouvelle afin de détendre l'atmosphère. Il fit part de la découverte de la clé du cryptogramme que Marie-Hélène avait trouvé dans le sac de publicité. L'espoir revint de nouveau puisque le message transmis laissait croire que les dirigeants de la Renaissance étaient toujours vivants et qu'ils ne les avaient pas abandonnés.

Marie-Hélène prit la parole pour expliquer les étapes de sa découverte et ainsi effacer tout doute possible.

- *Marie-Hélène :* Bonsoir à tous. Lors du départ précipité de William et des autres, Nancy reçu des indications qu'elle m'a transmises et que j'ai suivies à la lettre. Dans le sac de publicités hebdomadaires, je devais recevoir une clé afin de pouvoir décrypter un message qui suivrait sous forme d'annonce publicitaire uniquement destinée à nous. De plus, cette publicité ne devait jamais avoir été transmise par le commerçant. J'ai donc analysé chaque publicité et classé celles-ci depuis le début. La clé du cryptogramme est finalement apparue. J'ai validé qu'elle avait bien été transmise de façon unique et sans l'autorisation du commerçant. Maintenant, nous savons qu'ils sont toujours vivants et qu'ils ne nous ont pas abandonnés. De plus, nous serons en mesure de déchiffrer le message qui viendra dans les prochains jours, et ce, par la même source.

- *Josiane :* Quand l'avez-vous reçu?

- *Marie-Hélène :* Ce matin.

- *Martin :* Quelle est cette clé?

- *Marie-Hélène :* La clé d'un cryptogramme ne nous permet que de déchiffrer le message. C'est un indice nous indiquant de quelle façon lire le texte. Le message est donc essentiel afin de comprendre la clé.

Marie-Hélène éleva dans sa main droite un carton avec les l'inscription :

« **CLÉ : +3** »

- *Marie-Hélène :* Dans cet exemple, on nous indique la clé du cryptogramme comme étant « +3 ». Vous comprendrez qu'à ce niveau, on ne peut la comprendre.

Par la suite elle tourna le carton afin de montrer le verso avec les lettres inscrites :

« J B P P X D B »

- *Marie-Hélène :* Ceci représente le message de notre exemple. Pour la plupart des gens, il ne veut rien dire. Cependant en utilisant la clé « +3 » donc en avançant chacune des lettres de trois dans l'alphabet, on obtient :

« J B P P X D B »
« M E S S A G E »

Elle brandit un autre carton indiquant l'alphabet ainsi que le message décrypté.

- *Marie-Hélène* : Pour l'instant, nous avons l'annonce publicitaire d'un fleuriste avec des noms de fleurs ainsi que des prix. Lorsque nous aurons le message entre les mains, il nous suffira d'utiliser les nombres pour cibler des lettres qui formeront un texte. Il se peut que les fleurs soient des indices également pour chercher les lettres. Pour le moment, nous devons attendre.

Jean regagna le podium et reprit la parole en remerciant Marie-Hélène.

- *Jean* : Nous avons vécu une certaine accalmie avec l'organisation criminelle qui a persécuté les dirigeants de la Renaissance. Depuis leur départ, nous sommes à la fois sans nouvelle d'eux, mais aussi sans intimidation du psychiatre. À la veille de la réception des informations pour reprendre contact avec David, les frappes ont recommencé. Le but de cette rencontre générale est de vous faire voter sur la direction que nous prendrons tous. Le vote devra être unanime. Les attaques se sont intensifiées et deviennent dangereuses pour tous ceux qui sont reliés à la Renaissance. C'est dans l'union que nous réussirons à vaincre et que nous préserverons notre liberté et notre quiétude. C'est donc dans ce but que chacun de vous pourra prononcer librement son intention d'être uni ou au contraire, choisira de quitter la salle. Avant d'aller plus loin, est-ce qu'il y a des gens qui veulent quitter la salle dès maintenant et quitter la Renaissance? Si vous avez des choses à ajouter, il suffit de le dire à tout moment.

Un silence régna suite aux propos de Jean. Nul doute qu'aucun ne voulait quitter le groupe. Après près de deux minutes de silence qui parurent une éternité, Yves se leva pour prendre la parole.

- *Yves* : Je ne sais pas ce que je serais devenu sans vous tous. Vous êtes ma famille présentement. Je ne voudrais perdre aucun frère ni aucune sœur. Nous avons bâti une saine structure qui dérange certainement l'ego collectif et nous étions tous prêts à affronter les intimidations qui en émaneraient. Cependant, les attaques de la secte représentent une grande menace pour tous. Ce ne sont plus que de simples intimidations administratives. Je crois que nous devons rester tous unis et forts, les uns avec les autres, afin d'y survivre. Le fait de partir pourrait être imprudent en ce moment. Bien que la situation puisse nous apeurer ou nous donner envie de fuir, elle est ce qu'elle est. Nous ne pouvons la changer, alors il faut l'accepter et l'affronter.

- *Josiane :* Je n'ai pas envie de revivre les malheurs que j'ai vécus à respecter les règles de la société avant de vous connaître. Je n'y arriverai pas. Vous m'avez donné l'espoir et la preuve que la vie peut fonctionner dans l'harmonie. La société tente de taire les malheurs de chacun et chacune en nous épuisants, sous le poids des taxes et des impôts. Le coût de la vie est trop élevé pour la classe moyenne même en ne tenant compte que de ce qui est essentiel pour survivre. Nos enfants et nos petits enfants sont hypothéqués à la naissance sous le poids d'une dette collective qui ne leur appartient pas et qui ne cesse d'augmenter. La corruption est présente à tous les niveaux. Je suis d'accord avec Yves et vous êtes ma famille maintenant. Je suis avec vous et le serai jusqu'au bout.

- *Linda :* Nous sommes pris au piège et en otage dans la société. Il est évident qu'elle ne fonctionne pas et que tôt ou tard une catastrophe va arriver. Nous sommes indépendants et avons une porte de sortie afin d'éviter la chute libre que les gens hypnotisés par les médias, l'égoïsme et la surconsommation ne voient pas venir. Notre structure peut fonctionner partout dans le monde. La force est ici ce soir, c'est nous tous. Chacun accomplit un rôle dans la sérénité en aidant son prochain. Nous devrons retrouver le cœur de cette structure qui nous attend. Comme les Spartiates, nous avançons en couvrant notre partenaire de droite confiant que celui de gauche nous couvre. Je ne laisserai jamais tomber une si belle union. Le moment est venu d'avancer vers notre destinée.

- *Jean* : J'en comprends que chacun de vous tous sera solidaire jusqu'au bout. De plus, lorsque nous aurons les coordonnées de David, vous serez tout partant pour aller les rejoindre, je suppose. Alors, je vais vous transmettre les informations des derniers événements. Pour débuter, permettez-moi de vous introduire ces deux nouveaux membres.

Deux hommes assis derrière lui, près de Sam et Marie-Hélène, se levèrent et avancèrent vers Jean. Dans la cinquantaine, corps athlétiques, cheveux grisonnants avec une coupe militaire et vêtus de chandails moulants noirs, de pantalons de denim noirs et de bottes noires, ces hommes étaient de toute évidence d'anciens militaires ou mercenaires actifs.

- *Jean* : Certains d'entre vous les ont certainement reconnus. Dan et Chris étaient impliqués dans l'enlèvement de Lisa au service du Dr Falken à l'entrepôt Steinberg. Ils ont été maîtrisés à ce moment par la force de David. Par la suite, ils se sont portés au secours de nos amis à la Villa de Shannon. C'est grâce à eux si nous avons pu avoir un répit de l'organisation criminelle et que nos amis sont toujours en vie. J'aimerais les accueillir parmi nous comme il se doit. Les nouveaux membres doivent être acceptés de façon unanime. J'aimerais voir la main haute de celui ou celle qui voudrait s'opposer à les accueillir parmi nous.

- *Yves* : Comment pouvons-nous être certains qu'ils sont de bonne foi et que ce n'est pas une supercherie du psychiatre pour nous infiltrer?

- *Jean* : David les a sondés et il a certifié que leurs intentions étaient saines. De plus, ils ont mis également leur vie en danger afin de nous aider. Ce qu'ils ont fait à la Villa pour la Renaissance est irréversible pour eux. Ils ont maintenant besoin de nous.

- *Yves* : Alors, bienvenue parmi nous et merci d'avoir porté secours à nos amis.

La totalité des gens assis se leva et leur souhaita la bienvenue en applaudissant leur arrivée au sein du groupe. Dan et Chris tentaient de dissimuler leurs émotions sans pour autant y arriver. Ils semblaient si émus. Après quelques instants, Jean reprit la parole et tous regagnèrent leurs sièges en silence.

- *Jean :* Les enfants de Sam et Marie-Hélène furent enlevés ce matin. Nancy également. Dan et Chris connaissent bien la façon de procéder de l'organisation. Leurs connaissances tactiques nous seront utiles. Les enfants ont été enlevés avec leurs habits de neige ainsi que leurs bottes alors qu'ils regardaient paisiblement la télévision. Ceci nous laisse croire qu'ils ne seront pas maltraités pour l'instant. Cependant, nous avons reçu les vêtements que Nancy portait lors de son enlèvement. Elle court, de toute évidence, un grand danger. Il va probablement la torturer afin de la faire parler. Nous devons agir, et ce, rapidement. Tout d'abord, nous devons nous structurer afin de faciliter la communication. Fractionnons-nous en six sous-groupes. Chaque sous-groupe aura un responsable des communications. Je cède la parole à Marie-Hélène pour vous expliquer la procédure.

- *Marie-Hélène* : Vous pouvez constater qu'il y a sept rangées de six chaises. Nous formerons six groupes de sept personnes. Le premier à l'avant sera le chef d'unité responsable de transmettre l'information aux autres. Il devra y avoir à chaque sous-groupe, un remplaçant du responsable prêt à prendre les commandes au cas où celui-ci ne répondrait plus à l'appel. La deuxième chaise derrière sera pour cette personne. Nous devons en premier lieu créer une alliance qui sera sous la responsabilité de Sam, qui prendra en charge les gens qui ont une facilité avec les travaux manuels. Le deuxième groupe, sous la supervision de Josiane, s'occupera des soins hospitaliers ou de santé. Le troisième groupe gérera les médias et les communications, sous la tutelle de Linda. Ensuite, un autre groupe sera attitré à l'ingénierie et la technologie sous l'expertise d'Yves. Sans oublier une équipe tactique pour assurer la sécurité et les interventions sur le terrain, qui seront sous le contrôle de Chris. Enfin, ceux qui ne seront pas identifiés aux cinq catégories précédentes seront sous l'autorité de Jean. Je vous laisse le soin de vous séparer à l'instant et nous prendrons note de vos positions par la suite.

- *Jean :* Il est important de bien comprendre le fonctionnement de cette structure de communication. Vous devrez uniquement communiquer avec votre responsable. Ce dernier nous transmettra les informations et de cette façon, nous pourrons être en contrôle de l'information et garderons chaque unité informée. Ainsi, vous serez tous informés de l'ensemble des opérations, même si vous n'êtes pas directement impliqué.

Les gens prirent près de trente minutes pour se déplacer selon la configuration expliquée par Marie-Hélène.

- *Marie-Hélène :* Chris et Dan vont distribuer des consoles de jeux à chacun des responsables, avec un no. de compte inscrit sur une feuille collée sur la boîte. Bien vouloir mémoriser les informations de celle-ci et la remettre par la suite. Vous aurez un pseudonyme propre à vous ainsi qu'un mot de passe. Il n'y a qu'un seul jeu installé sur chaque console pour jouer en réseau. Ce jeu est désuet et vous permettra d'être pratiquement seul entre vous. Chaque matin, vous devrez vous présenter en ligne et vérifier si vos collègues pseudonymes sont présents. Afin de communiquer entre vous de façon sécuritaire, une fenêtre de texte peut être ouverte entre deux équipiers et s'efface à la fermeture sans laisser de trace. Il y a des casques d'écoute également, au cas où vous seriez en présence de joueurs inconnus. Ce mode de communication ne laisse pas de trace. Une démonstration sera faite dans quelques minutes afin de nous assurer que vous comprenez parfaitement la procédure avant votre départ.

- *Jean :* Une dernière chose avant de passer à la démonstration de la console. Vous pourrez récupérer à la sortie, une boîte sur laquelle est inscrit votre nom. Il s'agit d'un téléphone portable activé et fonctionnel avec son chargeur. Prendre note qu'ils sont tous piratés afin d'être invisibles sur n'importe quel réseau. Vous devrez le garder sur vous en tout temps. Ces portables ne devront être utilisés qu'en cas d'urgence seulement, car ils ne possèdent que trente minutes de temps d'antenne. De plus, à partir de maintenant, soyez prêt à partir en tout temps. Nous voyagerons léger avec un maximum de liquidités. Aucune transaction avec crédit ou débit ne sera possible après notre départ. Il est hors de question de laisser des traces.

XII

*L*orsque Nancy revint à elle, la bête ne se trouvait plus près d'elle. Sa tête lui faisait mal et elle ne sentait plus ses extrémités. Elle glissa tranquillement ses doigts près de son œil droit et sentit une plaie couverte de sang séché.

L'eau s'égouttait toujours, lui rappelant sa soif intense. Les yeux fixés sur les pierres du plafond, elle se retourna tranquillement sur le dos. Des larmes coulaient sur son visage et elle se demandait pourquoi Dieu l'avait abandonné ainsi.

Dans ce moment de tristesse, elle entendit une voix de l'autre côté du grillage. Elle se tourna péniblement et put apercevoir la silhouette d'un homme qui se tenait debout devant elle. Il semblait vêtu d'un costume sur mesure et possédait le corps athlétique d'un quinquagénaire. Ses cheveux tombant sur le côté droit, mais rasé sur la nuque et les côtés lui donnaient une allure « nazie ». Il avait un regard perçant ainsi qu'une voix autoritaire.

Malgré sa faiblesse, Nancy put remarquer qu'il lui brandissait une bouteille d'eau de la main gauche.

- *Dr Falken :* Allons ma jolie, lève-toi et marche vers moi. Je peux mettre fin à tes souffrances.

Nancy tenta de lui répondre, mais aucun son ne sortit de sa bouche frigorifiée. Elle avait les lèvres bleues et sa vue se voilait doucement. La vision de la bouteille d'eau lui donna cependant l'énergie nécessaire pour se tourner tranquillement et se mouvoir péniblement vers l'homme derrière les barreaux. Le béton lui égratignait la peau, mais elle ne sentait pratiquement plus la douleur.

- *Dr Falken :* Faites attention pour ne pas abîmer votre corps, jolie dame. Levez-vous, car je pourrais en avoir encore besoin si vous ne voulez pas coopérer. Allez! Dépêchez-vous! J'ai une journée bien chargée qui m'attend.

Nancy sentait le danger qui émanait de cet homme. Elle pouvait palper le négatif en lui, malgré son apparence d'homme d'affaires. Elle se retourna sur le dos, épuisée et accepta le sort qui lui sera destiné. C'était la fin du combat, ses forces l'abandonnaient progressivement. Elle lâche prise, plus rien ne pouvait l'atteindre.

La rage du psychiatre se faisait sentir du fait qu'elle ne lui obéissait plus. Elle restait sereine, étendue sur le sol. Soudainement, une énergie sombre l'enveloppa. Le peu de chaleur qui lui restait la quittait et alimenta cette énergie sombre qui s'intensifiait autour d'elle. Un frisson électrisant la toucha à la tête et au dos, même si elle était couchée au sol. Soudain, l'homme hurla ces mots :

- *Dr Falken :* « FRESSEN, FRESSEN »

Suite aux paroles d'Ian Falken, la bête bondit vers Nancy en aboyant maladivement, l'écume à la bouche. Elle attrapa le bras mou de sa victime en le serrant fermement. Une fois la prise bien ancrée dans sa gueule, laissant le sang couler de chaque côté, le chien s'arrêta et regarda son maître.

- *Dr Falken :* « NEIN, SCHIEBE ZURÜCK »

Le molosse relâcha immédiatement sa prise et recula d'un mètre pour prendre une position de garde assise les yeux fixés sur le cou de sa proie. Le corps droit et immobile telle une statue, il n'attendait que les ordres pour arracher la vie à sa cible.

La peau de son avant-bras pendait en lambeaux, Nancy saignait abondamment. Par contre, la douleur ne la dérangeait pas. Son regard restait fixé au plafond et elle n'entendait plus les ordres du psychiatre lui sommant de se rendre près de lui. L'ombre se dissipa et les frissons s'arrêtèrent.

- *Dr Falken* : Dois-je en comprendre que vous ne voulez pas coopérer gente dame?

Nancy demeurait toujours silencieuse, perdue dans sa sérénité.

- *Dr Falken* : « SCHLAFEN »

Le chien émit un petit son aigu de déception puis retourna se coucher dans l'ombre de la pièce, la chaîne au cou.

Épuisée, un voile se glissa doucement devant ses yeux. Les sons s'assourdirent également et un sommeil profond gagna rapidement Nancy. Elle n'offrit aucune résistance et se laissa dériver, sereine.

XIII

$\mathcal{A}$limenté par l'espoir, l'esprit d'équipe était palpable dans la salle. Chacun avait un rôle bien déterminé à jouer dans la quête de la Renaissance. L'ascension vers David et la survie devenaient la priorité de tous.

Avant de partir, Justin introduisit Alexandre auprès de William dans le but de créer un réseau complexe de serveurs dispersés à plusieurs endroits dans le monde.

Le but de ce réseau était d'y placer sécuritairement l'information reliant la secte au Dr Falken afin de la publier éventuellement sur les réseaux sociaux du monde entier. De plus, l'expansion de la Renaissance pouvait se faire à travers celui-ci.

La réputation d'Alexandre le plaçait sur un piédestal au niveau du piratage informatique. L'intrusion à l'intérieur des réseaux sécurisés de même que certains piratages de sites Web ciblés faisaient déjà partie de ses exploits incontestables. L'ami de Justin possédait également une grande connaissance dans le monde des virus informatiques.

Ce dernier réussit aisément à infiltrer le serveur de l'organisation et à y retirer plusieurs informations compromettantes, entre autres, pour les clients de la secte. Ces renseignements furent dissimulés à l'intérieur d'un disque dur qu'il remit à William.

La demande de William était de passer inaperçu au départ. Or, Alexandre fit l'erreur d'introduire un virus après son passage afin de détruire la base de données qu'il supprima au passage. Par la suite, il signa son œuvre d'un smiley jaune avec de petites cornes et la queue fourchue comme il avait l'habitude de faire.

Alexandre comprit la gravité de son erreur lorsqu'il analysa les informations recueillies. Il avait sous-estimé la menace que pouvait représenter l'organisation criminelle infiltrée. Il permit, par son erreur, à relier les gens de la Renaissance à son geste gratuit, les mettant ainsi en danger.

C'est à ce moment précis qu'il comprit l'importance de se racheter et de faire partie du groupe afin de les aider jusqu'au bout. L'unité de technologie et d'ingénierie, sous la responsabilité d'Yves, faisait maintenant partie de sa nouvelle vie.

Avec Alexandre, Jean regroupa les responsables de chacune des divisions pour une démonstration sur l'utilisation de la console de jeux afin de s'assurer que tous puissent maîtriser la procédure de communication.

À quelques mètres du groupe, Bryan discutait paisiblement avec Josiane, la responsable de son unité. Soudain, il reçut un appel qui vint le troubler.

Josiane : Est-ce que tout va bien, Bryan? Tu sembles inquiet.

- *Bryan :* Je viens de recevoir un appel de ma sœur, ses mots si précipités, sa voix en détresse… elle ne va pas bien.

- *Josiane :* Allons voir Jean, il est tout près. Il doit être informé!

- *Bryan :* Pardonne-moi de te déranger Jean. Ma sœur vient à l'instant de me contacter et sa voix semblait en grande détresse.

- *Jean :* Tu ne me déranges pas, mais quels étaient précisément ces mots?

- *Bryan :* Elle n'a pas l'habitude d'être dérangeante a priori. Elle vit une vie très rangée avec sa conjointe loin des regards et des jugements. Le fait qu'elle me contacte pour mon aide renforcit mes craintes. La communication fut très brève. Elle me dit qu'*au retour à son appartement, sa conjointe fut sauvagement battue et laissée pour morte au sol, il y avait des traces d'effractions, Sam avait raison...* et l'appel coupa sur ces mots. Depuis, elle ne répond plus à mes appels. Je suis inquiet, elle semblait affolée.

- *Jean :* Allons voir Sam et Chris, ils sauront nous éclairer sur cet appel.

Jean, Bryan et Josiane se dirigèrent vers Sam qui discutait justement avec Chris de son aventure avec Maryse.

- *Jean :* Pardonnez-moi, de vous interrompe mes amis, mais la sœur de Bryan, Maryse, semble en danger présentement.

Les deux hommes s'arrêtèrent et écoutèrent attentivement la réplique exacte des paroles de Maryse transmises par Bryan. Sam recula d'un pas, car il l'avait laissé sortir du véhicule et la culpabilité l'envahit. Il mit les mains sur ces yeux, car la charge émotive de ses enfants additionnés à Maryse devenait trop lourde pour lui.

Chris fit, signe à Dan de s'approcher et il prit soin d'apaiser Sam et Bryan.

- *Chris :* Ce n'est pas de votre faute, elle aurait probablement été battue elle aussi si vous ne l'aviez pas pris sous votre garde dans la voiture. Vous n'aimerez pas ce que je vais vous dire, mais Ian Falken joue présentement avec vous tous. Il veut vous terroriser et vous déstabiliser. Il va se nourrir de votre peur ou de votre silence. Nous devons lui envoyer un message ferme l'appelant à négocier. Il ne peut tuer tout le monde autour de lui. Si nous l'attaquons à sa manière, il sera déstabilisé à son tour et voudra négocier avec nous.

- *Sam* : Que devons-nous faire?

- *Chris* : C'est forcément un piège pour vous attirer. Trois hommes sont probablement positionnés chez votre sœur à attendre la venue de Sam avec du renfort. Donnons-leur l'impression que le plan fonctionne afin d'éviter les soupçons. Ils possèdent probablement la description de la voiture de Sam. Je propose que tu y retournes et te stationnes devant la porte de la maison de l'autre côté de la rue. Nous pourrons travailler plus facilement. L'attention des trois hommes sera fixée sur Sam, ce qui nous permettra de les surprendre par-derrière.

- *Jean* : Logique, ça fait du sens, mais ça semble risqué.

- *Chris* : En tout temps, il pourra s'enfuir puisque la voiture restera en marche. Ils vont nécessairement attendre qu'il descende et qu'il s'approche de la porte pour l'intercepter. Ce qui n'arrivera pas.

- *Sam* : Donc je servirai d'appât!

- *Chris* : Exactement. N'est crainte, les poissons, ne se rendront jamais à l'hameçon. Il sera plus facile de récupérer les enfants par la suite.

- *Sam* : Je suis partant.

Jean, Sam et Marie-Hélène expliquèrent en détail les événements passés en présence de Josiane et Bryan à Chris. Ce dernier s'arrêta sur la boîte et le message qu'elle avait.

- *Chris* : Le latin est symbolique. Cette langue morte fut préservée par les rites religieux chrétiens. Il fait un parallèle avec Nancy, car il va en faire une prochaine victime dans un de ses rituels et ses chances de survie sont pratiquement nulles. La comparaison avec César n'est que pour vous intimider. Cependant, il l'a dépourvue de ses vêtements pour vous faire comprendre qu'il peut tout vous retirer également. Il ne faut pas le sous-estimer, car il est très influent et pratiquement intouchable. Les gens qui le protègent, généralement avec le couteau sur la gorge, sont très actifs dans la société. La seule façon de l'avoir sera de lui donner ce qu'il veut ou ce qu'il croira vouloir en échange de ce que vous voulez. Nous en reparlerons plus tard, car il est urgent d'intervenir très rapidement pour les deux filles.

XIV

$\mathcal{N}$ancy reprit connaissance, toujours nue, mais couchée sur une civière dans une salle de soin. Elle avait des bandages sur le genou, l'avant-bras et la tête. Un soluté branché sur son bras gauche lui permit de se réhydrater. Du personnel prit même le soin de la laver afin de lui redonner sa belle apparence de jolie rousse aux yeux bleus avec les cheveux bouclés tombant sur les épaules. Un mètre soixante et onze, mince et âgée de seulement trente-quatre ans, elle ne passait jamais inaperçu.

Lorsqu'elle tenta de se lever, son mouvement fut immédiatement freiné puisque quatre sangles la retenaient aux pieds et aux poignets.

Elle cria de toutes ses forces en vain, car la salle de soin possédait une excellente isolation acoustique. Ses appels à l'aide se dissipaient dans les murs et les plafonds.

Nancy lâcha prise encore une fois en se demandant ce qu'elle vivait. Pourquoi se trouvait-elle toujours en vie et nue? Elle fixait le plafond songeuse, lorsqu'un infirmier bedonnant dans la trentaine, aux cheveux blonds lissés de gel entra dans la salle, concentré sur le cartable qu'il tenait à la main.

Son regard se détourna vers ce dernier qui fut surpris de constater son éveil. Il s'avança vers elle en rangeant son porte-documents au pied de la civière. L'infirmier commença à lui caresser les cuisses, puis monta vers le bas du ventre. Ses yeux demeuraient fixés sur la partie génitale de Nancy. Il caressa doucement son clitoris d'un doigt et monta l'autre sur ces seins.

Elle tenta de se débattre en vain, il tournait tranquillement son doigt autour des lèvres. Son regard devenait pervers et ces gestes plus torrides. Elle cria de nouveau puis l'homme se tourna vers elle et lui dit :

- *Infirmier* : Ne perds pas ton énergie à crier de la sorte. Personne ne viendra t'aider ici. Ton âme est perdue et ton corps nous servira de jouet. Laisse-toi faire et ne résiste pas.

- *Nancy* : Va te faire foutre, connard! J'ai des droits. Je veux que tu me détaches à l'instant!

L'infirmier se mit à rire aux éclats sans se soucier de ce qu'elle pouvait éprouver ou ressentir. Son comportement égoïste et méchant la répugna, elle lui cracha au visage. Celui-ci s'essuya la joue avec la main qui tenait son sein puis il lécha la salive de Nancy. Elle le regardait, dégoûtée de son geste.

- *Infirmier* : Tu n'as pas idée de ce qui t'attend. Tu devrais te laisser aller un peu pour au moins prendre du plaisir aujourd'hui. Demain tes jours vont s'assombrir.

- *Nancy* : Jamais, laisse-moi partir!

Il glissa sa main encore humide dans son pantalon et commença à se masturber devant elle. De son autre main, il l'enfonça torridement entre ses lèvres. Il lui faisait mal et elle se débattait dans tous les sens, toujours pieds et mains liées par les sangles.

Soudain, il s'immobilisa telle une statue. Son regard était comparable à celui d'un lièvre pris au piège face à une meute de loups. Sa main devint très froide. Seuls ses yeux bougeaient dans tous les sens. De toute évidence, il avait très peur.

La porte s'ouvrit peu de temps après et le même homme qui se trouvait derrière les barreaux entra. Un veston sur mesure vert rayé avec une chemise vert très pâle garnie d'une cravate rouge se tenait derrière l'infirmier. Elle ne pouvait clairement voir son visage. Il semblait sous l'effet d'une distorsion de la réalité. Elle pouvait percevoir les yeux noirs de l'homme à travers un filtre qui se plaçait entre les yeux de Nancy et le visage de ce dernier.

Elle pouvait également entendre plusieurs voix chuchoter autour du lit. Un froid glacial envahit la pièce telle une entité qui prend toute l'énergie qui se trouve dans son environnement.

L'infirmier se mit à léviter de quelques centimètres, sa tête bascula par l'arrière. Il devint également très vascularisé à un tel point qu'on aurait pu croire que le sang allait gicler dans tous les sens. Même ses yeux devenaient rouges.

L'homme vêtu d'un complet fit le tour de la civière et se plaça devant l'infirmier à la gauche de Nancy. Il plaça ces mains sur le garde du lit. Celui-ci se mit à vibrer créant un bourdonnement insupportable dans les oreilles de Nancy. Elle ne pouvait rien faire. L'homme devant l'infirmier crispa tous ses muscles, il pencha la tête vers l'arrière et ouvrit la bouche.

Sans même articuler, des paroles en latin ou en araméen sortirent du larynx de l'homme avec une voix stridente. Les lumières de la pièce se mirent à scintiller. Un cri aigu insupportable sorti de la bouche de l'infirmier. Il fut projeté sur le mur derrière lui, tombant inconscient.

La chaleur réintégra la salle. Le visage et les yeux bleus du Dr Ian Falken redevinrent clairement visibles sans la distorsion. Les bourdonnements et les chuchotements se dissipèrent. Ce dernier recula et se dirigea tranquillement vers l'infirmier qui revenait péniblement à lui.

- *Dr Falken :* Nous allons devoir avoir une bonne discussion afin de ne plus vivre ce genre de situation.

Les cheveux dans le visage dans une position fœtale, l'infirmier semblait de toute évidence très ébranlé. Son élocution rendait difficile la compréhension de ses propos.

- *Infirmier :* Je suis désolé de vous avoir manqué de respect. Cela ne se reproduira plus.

- *Dr Falken :* Nous allons voir cela plus tard afin de clarifier ton avenir au sein de l'institut. Pour l'instant, va m'attendre dans le corridor, je te rejoindrai à ma sortie.

- *Infirmier :* Certainement Dr Falken. Merci!

L'homme quitta de la pièce en prenant le porte-documents au pied de la civière, toujours ébranlé. Il se doutait du prix qu'il devrait payer pour son comportement irrespectueux envers le psychiatre. Un loup ne pouvait manger directement le repas du chef de la meute, car il se devait d'attendre les restes. De désobéir entraînerait des blessures marquantes, car il faut bien transmettre un message aux autres. La porte se referma derrière l'infirmier qui appréhendait les souffrances qui lui seraient réservées pour sa trahison.

Le psychiatre s'approcha de Nancy doucement en la regardant directement dans les yeux.

- *Dr Falken :* Je n'aime pas que le plancher de béton ou bien qu'un individu irrespectueux abîme un corps qui me sera utile très bientôt. Êtes-vous plus disposé à coopérer aujourd'hui, Mme Hébert?

- *Nancy :* Laissez-moi partir, je ne sais rien.

- *Dr Falken :* Vous n'êtes certes pas sans savoir que vos amis ont infiltré nos serveurs en créant des dommages et en volant des informations que j'aimerais bien reprendre. Dites-moi où se trouve cette information ma jolie dame, et je vous laisserai partir.

- *Nancy :* Je vous le répète encore une fois, je ne sais rien. Vous vous en prenez à la mauvaise personne. C'est probablement William qui a remis cette information à une autre personne.

- *Dr Falken :* On avance Mme Hébert! Vous me confirmez maintenant que vous savez que cette information est au sein de votre groupe de simples d'esprit. Selon vos dires, William remit cette information à une personne. Vous étiez responsable de la bonne marche de l'entreprise par intérim en leurs absences. Alors une dernière fois, où puis-je récupérer l'information?

Nancy sentit qu'elle ne devait plus rien lui dire. Elle comprit également que peu importe ce qu'elle lui dirait, il ne la laisserait jamais partir et reprendre sa vie. Elle opta alors pour accepter son destin et lâcha prise. Elle redevint sereine et fit le vide dans sa tête. Les paroles du Dr Falken ne l'atteignaient plus. Elle fixa son regard au plafond et plongea dans un profond bien être, hors de portée de l'ego. Elle revint pour le regarder une dernière fois en lui disant :

- *Nancy :* L'information est en lieu sûr, loin de votre portée. Elle verra le jour très bientôt causant votre perte et vous le savez. Si vous voulez vraiment connaître quelqu'un, Dr Falken, il ne faut pas écouter ce que cette personne vous dit, mais plutôt observer ce qu'elle fait. Je vous ai suffisamment observé pour savoir qui vous êtes vraiment. Je n'ai plus rien à vous dire.

Elle dirigea à nouveau son regard vers le plafond à la recherche d'un point pour y concentrer son attention. Après un bref instant et malgré la colère palpable qui montait à l'intérieur de son ravisseur, son bien-être redevint inatteignable, elle était sereine.

- *Dr Falken :* En fait, j'espérais ce genre de réponse stupide et irréfléchie. Il aurait été profitable pour vos amis de vous sacrifier afin qu'ils soient épargnés. Vous servirez donc d'appât afin de les faire tomber un à un dans mes pièges. Ils vont remuer ciel et terre pour vous récupérer et je vais m'amuser avec votre corps en attendant. Vous connaîtrez vraiment qui je suis très bientôt. Sur ces quelques mots, je vous souhaite une belle fin de journée.

Lorsque le psychiatre sortit de la salle de soin, les bourdonnements et cillements se dissipèrent complètement. Le calme revint et la sérénité gagna Nancy. Rien ne pouvait l'atteindre en ce moment.

XV

Sam arriva à deux rues de l'appartement de Maryse. Il se gara sur la droite de la chaussée puis regarda sa montre qu'il avait synchronisée avec Chris avant son départ. N'ayant pas l'habitude de vivre pareille situation, l'anxiété le gagnait. Il avait les mains moites et son cœur battait la chamade. Il ne restait que quatre minutes avant l'intervention de Chris et de Dan. Le temps filait et il devait poursuivre le plan.

Le jeune père de famille reprit le volant de sa voiture allemande et s'engagea sur le chemin de la scène. À son arrivée, plusieurs espaces de stationnement étaient disponibles. Il en choisit un devant la porte, du côté opposé de la rue comme l'avait demandé Chris.

La voiture tournait. Sam regarda sa montre discrètement et il restait deux minutes au décompte synchronisé. Il remarqua que les rideaux bougeaient discrètement. L'appartement se trouvait dans la noirceur totale. Le plan semblait fonctionner, car il captait leur attention.

Il décida d'ouvrir la portière et sortit doucement de l'auto, restant entre la portière et son siège. Ces jambes devenaient faibles, des sueurs lui coulaient de chaque côté des tempes.

Bryan apparut en sens inverse et arrêta près de Sam. Les rideaux bougèrent de nouveau. Il fit signe à Sam qu'il se stationnerait et qu'il reviendrait le rejoindre afin de faire diversion. Sam resta immobile à l'attendre. Bryan se stationna plus loin et se prépara pour un rapide départ forcé.

Pendant ce temps, derrière la maison près de la fenêtre de la chambre à coucher de Maryse, Chris fit signe à Dan d'intervenir. Celui-ci attira l'attention de Maryse en claquant discrètement son doigt dans la fenêtre. Assise sur son lit dans la pénombre de la nuit, éclairée que par une demi-lune, elle se retourna vers Dan. Il lui fit signe avec un doigt sur la bouche de garder le silence puis de lui ouvrir la fenêtre. Elle acquiesça et ouvrit celle-ci afin de les faire entrer.

Chris entra le premier et aida Dan à le suivre. Les deux mercenaires étaient vêtus de noir avec des vestes pare-balles noires et portaient chacun une tuque noire sur la tête. Armé chacun, d'une « C-6 » équipée d'un silencieux et de lunettes de combat « night vision » sur la tête, ils donnaient l'impression de faire partie d'une escouade tactique policière.

Chris indiqua discrètement à Maryse de reprendre sa place puis de demander aux ravisseurs la permission d'aller aux toilettes. Elle exécuta rapidement leur demande. Chris se plaça sur le côté de la porte et Dan le couvrait dans l'ombre de la pièce. Maryse brisa le silence de l'appartement.

- *Maryse* : Pardonnez-moi, mais je dois aller aux toilettes immédiatement, ça ne peut pas attendre.

Aucune réponse ni mouvement ne se fit entendre. Elle regarda Chris afin d'avoir des instructions supplémentaires. Ce dernier semblait avoir anticipé la scène, il lui indiqua de recommencer plus fort en ajoutant qu'elle ouvrirait la porte et la lumière pour s'y rendre. Chris savait que les hommes ne pouvaient la laisser brouiller leur mission en ouvrant la porte et en risquant d'allumer les lumières pour faire fuir Sam.

La porte s'ouvrit doucement et un homme armé d'un pistolet s'avança tranquillement vers Maryse. Il sentit cependant rapidement la fraîche d'une fenêtre qui venait d'être ouverte et arrêta subitement. Chris lui administra violemment un coup de crosse sur la nuque, ce qui le fit s'écrouler brusquement sous l'impact. Dan le rattrapa rapidement afin de ne pas faire de bruit et attirer l'attention des autres.

Dan tira l'homme vers lui et le désarma. Par la suite, il lui relia les mains avec des attaches de nylon. Enfin, il lui enveloppa le visage d'une pellicule plastique flexible dans le but de l'empêcher de respirer et de crier. Maryse comprit, à ce moment, que ces hommes ne faisaient pas partie d'une unité policière.

Chris perçut le regard méprisant de Maryse suite à ces manœuvres. Afin de la garder silencieuse, il lui demanda en chuchotant la position de sa conjointe. Ensuite, il lui expliqua que son frère, Bryan, n'était pas très loin en lui donna sa position pour qu'elle puisse le rejoindre. Elle lui indiqua donc l'endroit où elle avait aperçu Anne la dernière fois, puis elle lui transmit l'information qu'il restait trois hommes armés dans le salon.

Maryse voulait rester avec les mercenaires et attendre sa conjointe. Dan lui fit comprendre qu'il serait préférable pour la mission qu'elle rejoigne immédiatement son frère en lui promettant de lui rapporter Anne saine et sauf. Il ne voulait certainement pas qu'elle puisse témoigner de la suite des événements, sachant très bien ce qui allait se passer.

Elle exécuta donc les recommandations de Dan, comprenant qu'il en serait mieux ainsi. Elle ne voulait pas vivre la mort des hommes qui l'avaient séquestré. Son amour pour la santé primait sur la vengeance ou toute autre violence. Elle comprenait cependant la nécessité d'agir ainsi pour les deux mercenaires et quitta discrètement la chambre par la fenêtre, afin de rejoindre son frère.

Chris fit alors signe à Dan avec trois doigts et pointa le salon. Les deux hommes avancèrent silencieusement vers l'autre pièce. Ils avaient l'habitude de ce genre de mission et possédaient les équipements adéquats. Chris baissa sa lunette de vision nocturne et pointa les positions des hommes dissimulés. Ils convinrent d'en tirer chacun un et de tenter de maîtriser l'autre.

Dan fit signe à Chris de tirer. Deux coups presque simultanés se firent légèrement entendre et deux hommes tombèrent sous l'impact de la balle dans leur tête. Le troisième déstabilisé par l'attaque sournoise se retourna. Chris visait l'épaule droite qui tenait le Beretta de l'homme en main dans la mire. Ce dernier cherchait les assaillants dans toutes les directions. Chris tira un coup et l'arme tomba sur le sol. Dan se pointa bien en vue devant lui en lui ordonnant de se coucher au sol.

L'homme se lamentait et perdait beaucoup de sang. Chris avança vers lui et du pied, tassa l'arme tombée au sol. Il lui mit sa botte sur la nuque et appuya le canon de son arme près de son pied sur la tête de l'homme. Par la suite, il lui demanda d'une voix calme et autoritaire.

- *Chris* : Où est la jeune fille?

- *Mike :* Ne me tue pas Chris! Je te dirai tout ce que tu veux savoir. S'il te plait, ne me tue pas!

- *Chris* : La fille?

- *Mike :* Elle est dans la cuisine.

Chris fit signe à Dan de vérifier à la cuisine si Anne s'y trouvait. Il retira la pression de son arme sur la tête de Mike en la gardant pointée sur sa cible.

- *Chris* : Je t'écoute.

Mike et Dan étaient les deux partenaires de Chris au service du Dr Falken. Ils possédaient tous les trois le même parcours dans les forces soit le groupe tactique d'intervention ou GTI des forces armées canadiennes. Chris était le plus expérimenté des trois et avait atteint un grade supérieur.

Le passé les liait d'amitié, mais lorsque Chris et Dan décidèrent de quitter l'organisation suite aux événements de l'entrepôt Steinberg, Mike préféra rester sous l'emprise du psychiatre. Ce qui laissait Chris et Dan suspicieux de ses intentions.

- *Mike :* Depuis votre départ, je ne prends plus sa médication. Il le saura tôt ou tard. Je suis perdu. J'ai peur de lui. Vous n'avez aucune idée de ce qu'il peut faire! C'est au-delà des armes et du combat.

- *Chris* : Continu!

Chris recula et prit place sur le sofa. Dan revint avec Anna semi consciente dans ces bras. Chris lui demanda d'aller la porter discrètement en passant par la chambre de Maryse. Il jeta un foulard à Mike afin que celui-ci puisse panser sa plaie. Ce dernier se releva tranquillement et fit une pression sur la blessure avec son autre main. Puis il prit place sur le plancher adossé au fauteuil derrière lui.

- *Mike :* Que veux-tu savoir?

- *Chris* : Pourquoi tu ne nous as pas suivis?

- *Mike :* Lorsque le jeune Cooper nous a paralysés, j'ai ressenti un profond bien-être par la suite. C'est ce qui m'a libéré, je crois. Mais ce psychiatre n'est pas un homme ordinaire et tu le sais. Il nous traquera partout où nous serons. Il est au service du mal. On ne peut lui échapper. Lorsque je suis revenu à lui et que je lui ai expliqué les événements...

- *Chris* : Tu lui as dit quoi?

- *Mike :* J'ai tenté de masquer la vérité, mais tu ne peux comprendre ce que j'ai vécu. Il m'a forcé à lui rapporter les faits réels. Il sondait mon cerveau, je ne pouvais lui mentir. Il sait donc ce que David nous a fait et il sait que vous avez déserté. J'aurais pu ne rien dire et il l'aurait su simplement en sondant mon esprit. J'étais cuit de toute façon. Ma survie dépendait de la confiance que je gagnerais à ce moment. Cette force qui l'habite a grandi dernièrement. Il est beaucoup plus puissant. Je ne sais pas ce qui s'est passé, mais il est redoutable.

- *Chris* : Essaie toujours! Qu'a-t-il fait?

- *Mike :* Je voulais me rapporter à ce stupide ingénieur qui se fout éperdument de nous et qui servait de lien entre nous et lui et par la suite, disparaître à mon tour. Lorsque je suis entrée dans son bureau, son corps lévitait au-dessus du sofa. Je te jure que c'est la vérité. Ian Falken se trouvait bien assis et calme derrière le bureau de Jérôme. Il m'a demandé d'avancer et la porte se referma toute seule doucement derrière moi. Je n'en croyais pas mes yeux. La pièce devint très froide et je pouvais entendre des bourdonnements ou des chuchotements partout autour de moi. Il souriait avec des yeux si noirs. Son visage se voilait et le corps de Jérôme se mit à tourner si vite que le sang finit par sortir de sa bouche giclant dans toutes les directions. Je me trouvais cloué au plancher. J'ai donc tenté de masquer la vérité bien que je ressentais la conviction qu'il la connaissait. Ce n'est pas un homme ordinaire Chris!

- *Chris* : Continu!

- *Mike :* Les bourdonnements s'intensifièrent et je n'arrivais plus à le percevoir, il semblait changer de visage, mais je ne pouvais le voir clairement. Puis, il bascula sa tête vers l'arrière. Je te jure, Chris, je ne voyais que son menton. Sa bouche grande ouverte sans articuler, une voix si horrible me parlait et je ne comprenais rien de la langue que parlait cette chose. Bien que cependant au fond de moi, je semblais la comprendre. Soudain, les lumières s'éteignirent et je fus totalement paralysé. Je me sentis léviter comme si plusieurs mains me transportaient vers lui. Je me trouvais face à lui et parallèle au bureau à quelques centimètres de ces yeux, paralysé de tous mes muscles. Une avalanche de frissons électrisants parcourait tout mon corps. Je ne souhaite jamais revoir ces yeux ténébreux de toute ma vie. J'ai tout dit en fermant les yeux pour ne pas les voir, mais malgré le fait d'avoir les paupières fermées, je le voyais clairement. J'étais seul dans le noir avec cette chose. Je ne veux plus y retourner ni être en contact avec lui. Il peut nous traquer partout, dans nos rêves, le soir, partout.

- *Chris* : Calme-toi, Mike.

- *Mike* : Mes yeux se trouvaient bien fermés et je le voyais comme s'ils étaient ouverts. C'est inquiétant! Ensuite, il m'a reposé à l'endroit où je me trouvais. J'ai remarqué lors de mon retour que l'ingénieur ne tournait plus sur lui-même et qu'il n'y avait aucune trace de sang dans la pièce. C'est tout comme si le sang n'était pas sorti de lui, telle une hallucination, mais je te jure que ça s'est bien passé! Jérôme lévitait toujours à l'horizontale et me regardait avec les yeux blancs vitreux. J'ai pu reprendre le contrôle de mes muscles, mais je tremblais de tout mon corps. J'avais si peur et cela semblait l'amuser. Je suis parti tranquillement de la pièce. Il regardait chacun de mes mouvements.

- *Chris* : Que veux-tu faire maintenant?

- *Mike* : Nous ne serons jamais à l'abri de cette chose. Si nous tuons le psychiatre, elle reviendra dans le corps d'un autre. Ces histoires de rituel que nous pensions être une frime s'avèrent être réelles. Nous ne pouvons lutter seuls contre cette bête de l'enfer!

- *Chris* : Que veux-tu maintenant?

- *Mike* : Tu es drôle avec tes questions de sagesse. Je veux être libre de tout ceci, mais cette chose me voit maintenant. Je l'ai vu clairement les yeux fermés! Elle est entrée dans ma tête.

- *Chris* : Que veux-tu dire par « cette chose me voit maintenant »?

- *Mike* : Bien lorsque tu te déplaces dans un centre commercial et qu'il y a plein de gens. Tu les vois, mais ne les connaît pas, ils ne sont que des personnes figurante qui défile devant toi sans importance n'est-ce pas?

- *Chris* : Oui, mais où veux-tu en venir?

- *Mike :* Si tu me croises à travers ces gens ou ces figurants, tu vas possiblement m'aborder ou de moins me reconnaître et me regarder au passage sachant qui je suis. Par la suite, l'image de moi restera en toi contrairement aux autres passants. Cette chose me connaît maintenant et me reconnaîtra partout où je serai. Je crois que nous sommes à l'abri tant et aussi longtemps que nous n'attirerons pas l'attention de cette bête maléfique. Du moment où elle nous a vus et reconnus, la chasse est ouverte et ce n'est pas nous les prédateurs.

- *Chris* : Il ne possède ni la force ni le pouvoir que tu veux bien lui donner. Nous avons David Cooper avec nous. Il faut le protéger, car il est plus fort que tout ceci. Il peut contrôler la psychiatre et ces amis maléfiques.

- *Mike :* Il est beaucoup plus fort maintenant. Il va t'avoir aussi, Chris ne le sous-estime pas.

- *Chris* : On verra!

Dan entra dans la pièce et indiqua à Chris que Bryan et Sam revenaient vers la maison de Jean. Chris se leva et regarda Mike qui se trouvait toujours dans la mire de son arme.

- *Mike :* Ne me laissez pas retourner là-bas. Je vais vous suivre, nous allons reformer l'équipe d'autre fois et vaincre cette chose.

Chris et Dan prirent du recul et discutèrent de la possibilité qu'il vienne avec eux. Chris partagea tout ce qu'il venait d'entendre à Dan. Ils revinrent vers Mike qui attendait impatiemment leur décision.

- *Chris* : Le fait que cette chose soit entrée dans ta tête nous dérange. Falken pourrait se servir de toi pour connaître notre position ou obtenir des informations dans le but de nous atteindre plus facilement. Je suis certains que tu comprends.

Cependant, nous serons solidaires à ta demande et en parlerons pour toi aux dirigeants dans le but de faire en sorte que tu puisses nous rejoindre à l'abri.

- *Mike :* Je ne peux retourner avec lui, il me tuera!

- *Chris :* Je sais, tu devras te mettre à l'abri temporairement. Nous allons masquer la scène pour laisser croire à un de ces rituels. Tu porteras le blâme et tu diras aux policiers que les ordres venaient directement de lui. Ne parle surtout pas de paranormal pour l'instant, car il te transférerait dans son institut. Le temps passé avec cette fâcheuse situation, nous pourrons nous réorganiser pour te sauver. Enlève tes gants et met tes empreintes un peu partout autour de la scène.

Mike acquiesça la demande de Chris. Il retira ses gants afin de mettre ces empreintes de doigts sur les sofas, les poignées de porte, les murs et il égratigna même les deux mercenaires morts sur le plancher afin de laisser des traces d'ADN. Il prit soin de mettre ses empreintes également sur l'arme de Dan qu'il laissa sur le sol près du sofa.

- *Chris* : Où sont les enfants et Nancy?

- *Mike :* La fille est à l'institut. Les enfants ont été placés dans une famille d'accueil. Tu te rappelles les familles qui aident l'institut en fermant les yeux pour de l'argent?

- *Chris* : Oui ils sont quatre si je me souviens bien.

- *Mike :* Le gros barbu avec les cheveux gras que l'on avait remarqué avec la camionnette rouge stationnée en double devant l'escalier principal. Tu l'avais intercepté pour qu'il se déplace.

- *Chris* : Celui qui travaille comme analyste en informatique pour le ministère du Revenu ?

- *Mike :* Je ne suis pas certain, mais je l'ai vue à l'institut la journée où les enfants ont disparu. Il se peut fort bien que ce soit cette famille. Je ne devais que les ramener à l'institut. Je n'en sais pas plus Chris.

- *Chris* : Merci, ça suffira pour nous aider.

Dan et Chris dépouillèrent un des hommes afin de lui retirer la totalité de ses vêtements. Ils lui lièrent les pieds avec un cordage solidement attaché laissant un mètre disponible pour le mettre dos au mur, la tête en bas. Dan brisa quelques morceaux de gypses au plafond près du mur afin de passer la corde entre une solive de soutien. L'homme était maintenant suspendu par les pieds, la tête en bas, adossé au mur séparant le salon de la cuisine. Ils lui fixèrent, ensuite les bras en croix, en passant des cordes à travers le mur qui l'adossait.

Ensuite, à l'aide du couteau de chasse de l'homme suspendu, Chris lui fit une incision verticale sur le ventre. L'homme se vida de ses boyaux intestinaux sur le sol. Il fit plusieurs incisions sur les jambes et les bras. Par la suite Dan inséra le couteau ensanglanté dans la main droite de l'autre homme qui gisait sur le sol.

Mike regardait la scène, adossé au sofa près de l'arme de Dan, en gardant une pression sur sa blessure.

Chris trouva dans le sac d'un des hommes une bonbonne de peinture en aérosol rouge. Il la lança à Dan. Chris prit soin de mettre tous les effets personnels de l'homme en croix sur le mur dans le sac à dos de ce dernier. Puis il enfila le sac sur son dos.

Dan peint sur chacun des murs de la pièce le logo de la secte « GD » afin de laisser croire que celle-ci revendique l'horrible crime.

Chris sortit de sa poche deux cartes professionnelles. La première portait l'inscription du Dr Falken avec l'adresse de l'institut Falken et la deuxième, celle de Jérôme avec l'adresse de « Q.C. engineering ». Il prit soin de mettre les empreintes ensanglantées de l'homme en croix dessus. Il déposa par la suite les deux cartes sur la table du salon. Ensuite, il prit plusieurs photos de la scène avec son portable.

Dan retourna à la chambre pour retirer la pellicule de plastique du visage de l'homme qui se trouvait également sans vie. Ensuite, il simula un étranglement afin de laisser des traces sur le coup de la victime. Il lui retira également les attaches de nylon et s'éclipsa par la fenêtre.

- *Chris* : Je vais t'envoyer à l'infirmerie afin tu sois en sécurité et protégé. Tu seras à l'abri quelque temps. Dis tout ce que tu sais sur l'organisation et la secte. Les policiers te placeront sous protection comme témoin important.

- *Mike* : Ils ne pourront me protéger longtemps.

- *Chris* : Je sais, nous ferons ce qu'il faut pour te ramener avec nous rapidement. Les premiers qui t'interrogeront seront de vrais enquêteurs au service de la population. Ils seront vite remplacés par des larbins au service du psychiatre. Tu devras être prudent, car ils tenteront de nous atteindre. Falken ne pourra venir te rejoindre en prison sous les caméras. Tu seras en sécurité pour le moment. Nous trouverons un moyen de communiquer avec toi rapidement. Ne parle surtout pas de paranormal, pour l'instant.

- *Mike* : Merci mon ami.

Chris sourit à Mike et lui plaça une balle dans l'autre épaule puis une autre dans la cuisse gauche. Il prit le portable d'un des hommes et signala le « 911 ». Lorsqu'une voix féminine répondit, il lui indiqua l'adresse de l'appartement et prenant soin de mentionner qu'il avait entendu plusieurs coups de feu, puis il laissa tomber l'appareil sur le plancher et d'un coup de talon le fracassa. Chris reprit son foulard couvert de sang et se dirigea rapidement vers la fenêtre de la chambre.

Il devait rejoindre Dan rapidement avant l'arrivée des policiers. Celui-ci l'attendait dans la voiture à proximité de la scène. Mike gisait inconscient sur le parquet, mais vivant.

Chris prit soin d'effacer toutes les traces derrière lui en courant vers la voiture que Dan avait volé précédemment pour la mission. Ils sortirent rapidement du quartier et croisèrent deux auto-patrouilles, gyrophares allumés, roulant à vive allure vers l'appartement.

Dan stationna la Honda Civic noire près de leur voiture dans le stationnement d'une épicerie. Ils transférèrent le sac renfermant les armes, les vestes et les lunettes de vision de nuit ainsi que le sac à dos dans la valise arrière du véhicule et prirent place à l'intérieur. Dan démarra le moteur et ils sortirent tranquillement du stationnement.

XVI

*L'*institut Falken avait pignon sur rue dans la municipalité de Beauport. Située à l'intérieur d'une vieille bâtisse qui fut longtemps administrée par un ordre de religieuses, elle servait à l'origine d'orphelinat pour les enfants dans le besoin. Les cinq étages de ce bâtiment possédaient la même configuration. Des dortoirs au centre avec une chapelle et des petites chambres pour les religieuses autour.

À l'époque, le rez-de-chaussée regroupait les cuisines et les quartiers des religieuses supérieures. Le sous-bâtiment renfermait des entrepôts et des tunnels vers le garage extérieur et la chaufferie.

Il fut un temps où l'ordre religieux, qui possédait ce bâtiment ainsi que les terres avoisinantes, ne pouvait plus subvenir aux frais fixes qu'engendraient de tels actifs. L'époque changeait et la mentalité des gens évoluait. Les hommes ne voulaient plus consacrer leur temps bénévolement pour l'église. Les sœurs devaient donc payer pour plusieurs services d'entretien ou même engager des entreprises par processus d'appel d'offres.

La vocation des orphelinats disparut. La Direction de la protection de la jeunesse en assurait maintenant la pérennité. La possibilité de se départir des terres ainsi que des bâtisses inactives qui dissipaient leur liquidité fut alléchante.

L'ordre décida de vendre à un prix dérisoire plusieurs terres et certains bâtiments ciblés, afin de pouvoir augmenter leurs liquidités. Les sœurs placèrent par la suite les capitaux produits par les ventes afin de pouvoir vivre de l'intérêt des placements faits dans quelques bâtiments qu'elles avaient conservés.

Ian Falken fut l'un de ceux qui profitèrent de ces opportunités. Il acquit plusieurs terres et cette magnifique bâtisse. Le produit de la vente des terres avoisinantes à certains promoteurs immobiliers lui permit de payer la totalité de l'immeuble et d'en faire une rénovation majeure.

Les dortoirs devinrent des laboratoires, les chambres des sœurs servent actuellement de bureau pour les consultations et de salles de soins. Les chapelles sont devenues présentement des salles de conférence.

Devant la façade de l'immeuble, un fascinant et massif escalier de granite orné d'un garde de pierre également sculptée et représentant l'histoire des apôtres, conduit à l'entrée principale. La devanture de briques et de granite se trouve garnie de plusieurs statues de papes et d'évêques qui ont marqué l'histoire chrétienne.

À l'intérieur, un grand hall d'entrée avec un poste de réceptionniste sur la gauche près des vestiaires. Le reste du rez-de-chaussée fut restauré en un magnifique musée sur l'histoire de la psychologie, qui est réputé mondialement. Il est accessible au public et gratuit pour tous. Les gens le visitent massivement, que ce soit des familles ou des groupes d'étudiants, certains viennent de très loin pour en profiter.

L'entrée de ce musée mettait en évidence une réplique du papyrus égyptien « Ebers » (-1 550 av. J.-C.). Celui-ci contient une courte description clinique de la dépression avec des recettes magiques ou religieuses pour la chasser.

Sur une plaque d'or massif placée sous la réplique, on pouvait lire l'inscription suivante : *basé sur le fait que l'histoire de la psychologie remonte à l'antiquité. Les premières traces de réflexion sur les phénomènes mentaux et le comportement ont été retrouvées dans des écrits datant de l'Égypte ancienne. Dès cette époque, les hommes s'intéressaient à la perception, aux sensations, aux émotions, aux sentiments et à la pensée. Les témoignages se trouvent dans L'Iliade et l'Odyssée ainsi que dans les livres sacrés.*

Sur le plancher conduisant à cette entrée remarquable se trouvait un regroupement de trois flèches de couleur qui pointaient dans des directions différentes. Le musée se présentait sous forme de labyrinthe. Des parcours de flèches bleu, jaune et rouge gravées au plancher indiquaient le niveau recherché de la visite. Le trajet bleu représentait un parcours sommaire et rapide, le jaune intermédiaire et d'une durée moyenne et finalement le rouge, de niveau avancé et d'une plus grande durée.

C'est précisément à ce point que le Dr Falken se trouvait lorsque la réceptionniste le croisa sur son chemin. Une grande dame mince d'un âge avancé, avec des cheveux bouclés noirs tombant au milieu du dos. Avec ses talons aiguilles, sa démarche se faisait entendre et remarquer.

- *Réceptionniste :* Bon matin, Dr Falken. Toujours aussi élégant! J'ai reçu un colis pour vous à la réception. Il est joli, sûrement une admiratrice.

- *Dr* Falken : Je vous remercie, je le prendrai dans quelques minutes.

- *Réceptionniste :* Je l'ai placé sur le plancher près de ma chaise.

- *Dr, Falken :* J'en prends bonne note. Vous devriez cesser de voler la vedette à ma célèbre réplique, ma chère Élise.

- Élise : Vous devrez prendre des mesures disciplinaires Dr, j'ai un fouet dans le premier tiroir.

Le sourire aux lèvres, elle poursuivit son chemin vers la machine à café, laissant les regards se tourner à son passage. Ian finit de contempler la réplique et se dirigea vers la réception afin de prendre le colis lui étant destiné.

Il ramassa le paquet, qui ressemblait, a priori, à un cadeau de remerciement. Une petite carte était collée sur le côté. Il se dirigea vers son bureau et ferma la porte derrière lui. Il déposa le paquet sur son bureau et l'observa un instant.

L'emballage soigné avec des rubans délicats l'intriguait. Il retira l'emballage qu'il prit soin de placer dans le bac à recyclage. Une simple boîte blanche sans inscriptions se cachait sous l'emballage délicat. Il l'ouvrit et remarqua des vêtements à l'intérieur avec une paire de bottes. Il prit conscience à ce moment qu'il tenait entre les mains les vêtements complets de l'un des hommes envoyés à la rencontre de Sam. Il ouvrit la carte et lut l'inscription :

« VADE RETRO DAEMON »

Au même moment où il prenait conscience de la mise en scène, on frappa à la porte. Perdu dans ses pensées, il demanda simplement d'entrer en remettant les vêtements dans la boîte. Deux enquêteurs de la GRC accompagnés de deux policiers de la sûreté du Québec entrèrent spontanément dans la pièce.

La Gendarmerie royale du Canada au Québec joue le rôle de police fédérale dans la province. L'unité spécialisée canalise ses efforts dans des créneaux tels que l'intégrité financière, la sécurité nationale et frontalière et la lutte contre le crime organisé. La GRC au Québec dispose de ressources particulières pour ses enquêtes. En joignant ses efforts et ses activités de renseignement criminel à ceux de ses coéquipiers à l'échelon local et à l'étranger, elle mène des enquêtes interterritoriales très profitables.

L'un des enquêteurs portait un complet noir recouvert d'un paletot long. Ce dernier mesurait près d'un mètre quatre-vingt-cinq, il était chauve et portait des lunettes. Malgré son apparence soignée, on pouvait clairement supposer qu'il était un grand fumeur au timbre de sa voix. Il remit au Dr Falken un mandat d'arrestation pour interrogation.

Le second, plus petit, aux cheveux grisonnants très courts portait également un complet, mais de couleur marine sous un paletot. Il fit signe aux deux constables de menotter la psychiatre pendant que Simon, son collègue lui lisait ses droits.

Louis prit du recul et remarqua la boîte renfermant des vêtements militaires souillés de sang dont le couvert demeurait entre-ouvert.

- *Dr Falken :* Vous ne pouvez m'arrêter, car je jouis d'immunité diplomatique, vous n'avez qu'à vérifier.

- *Simon :* Nous avons bien vérifié M. Falken et veuillez prendre note qu'un mandat a été émis, vous pouvez en prendre connaissance.

- *Dr Falken :* Vous n'avez aucun droit de lancer un mandat sous mon immunité. C'est absurde!

- *Simon :* L'immunité dont vous jouissez à l'égard du droit de juridiction du pays est réglementée par le droit coutumier international et par la convention de Vienne sur les relations diplomatiques. En vertu de cette convention et des droits coutumiers, vous bénéficiez d'une immunité restreinte au point de vue pénal criminel. Nous sommes dans nos droits de vous arrêter suite au mandat émis afin de clarifier une situation en vous interrogeant.

- *Dr Falken :* Quelle est donc cette situation qui génère autant d'énergie?

- *Simon :* Ce n'est pas vous, malheureusement, qui posez les questions M. Falken, mais nous. Contentez-vous de nous suivre sans résister.

- *Dr Falken* : Serait-ce possible d'enlever ces bracelets qui s'avèrent inutiles? Je suis dans mon institut et cette fâcheuse situation peut nuire à ma réputation.

- *Simon* : Malheureusement, ce ne sera pas possible, car nous devons vous arrêter en bon et due forme. Restez discret et vous passerez inaperçu pour votre personnel.

- *Dr Falken* : J'ai des relations, votre arrogance vous coûtera cher, jeune homme!

- *Simon* : Vos menaces ne m'atteignent pas Falken. Gardez vos belles paroles pour l'interrogatoire.

- *Dr Falken* : J'ai bien compris, lorsque vous m'avez lu mes droits que j'avais le droit de contacter mon avocat!

- *Simon* : Effectivement, vous le ferez à nos bureaux. Maintenant préférez-vous sortir avec douceur ou avec force?

- *Louis* : Cette boîte Dr Falken, que vous tentiez de dissimuler derrière votre bureau, elle se trouve entrouverte et l'on peut apercevoir des vêtements avec de toute apparence du sang, puis-je l'observer plus en détail?

- *Dr Falken* : C'est forcément une mauvaise blague. Elle retenait mon attention lors de votre arrivée.

- *Louis* : Je peux?

- *Dr Falken* : Faites donc!

Le jeune enquêteur mit des gants de latex et à l'aide de son crayon, il déplaça légèrement le couvercle. Louis dégageait une assurance remarquable dans son travail. Sa minutie et son sens de l'observation très aiguisé contribuaient, entre autres, à ces qualités de détective.

- *Louis* : On dirait bien une pièce intéressante du puzzle!

Il referma le couvercle et sortit de sa veste un sac transparent. Il inséra la boîte à l'intérieur et scella le sac.

- *Dr Falken* : Je n'ai rien à voir avec ce colis, je peux vous le prouver.

- *Louis* : Nous allons voir M. Falken. Pour l'instant, il part pour l'analyse. Veuillez nous suivre.

Le regard du psychiatre semblait rempli de colère. Il ne pouvait, cependant le démontrer. Il n'en croyait pas ses yeux d'être si facilement tombé dans ce piège. Ça ne pouvait venir que de Chris. Il suivit donc les agents vers la sortie.

La situation créait un malaise auprès des employés. La déception et l'incompréhension pouvaient se lire à travers les regards.

Lors de son passage escorté près de l'entrée principale, la réceptionniste ne s'y trouvait plus. Était-elle en contact avec Chris? Le fait est qu'elle s'est assuré qu'il reçoive bien le colis qu'elle avait placé près de sa chaise. Avait-elle fait cet emballage si soigné afin de lui faire penser cadeau de remerciement?

Perdu dans ces pensées, il leva les yeux dans l'escalier extérieur et constata la foule de journalistes qui se tenaient présents au pied de celle-ci afin de publier son arrestation. Il baissa les yeux afin d'éviter leurs regards et resta silencieux à leurs questions en rafale.

XVII

*L*es responsables de chaque sous-groupe de la Renaissance se trouvaient tous réunis à la maison de Sam et Marie-Hélène afin de faire le point sur les prochaines interventions.

Ils profiteraient d'un léger répit en lien avec l'arrestation du psychiatre. Cependant, le risque de représailles suite à cet événement n'était pas à négliger. Ils se devaient d'agir avec efficacité afin que la situation reste à leurs avantages.

- *Jean :* Nous devrions profiter de l'accalmie afin de récupérer le disque dur qui renferme les informations tant convoitées par le Dr Falken.

- *Sam :* Devrions-nous le faire le jour ou le soir?

- *Chris :* Combien de temps nécessites-tu une fois à l'intérieur pour récupérer la boîte?

- *Sam :* Au moins deux heures.

- *Chris :* Bon sang, l'as-tu enterré sous la maison?

- *Sam :* En quelque sorte, oui!

- *Jean :* Que veux-tu dire?

- *Sam :* William m'avait demandé de le cacher en m'assurant que personne ne puisse le trouver rapidement. J'ai fait une ouverture dans le plancher de la salle familiale au sous-sol en retirant le revêtement. Ensuite, j'ai cassé le béton de la fondation et retiré un peu de matériau granulaire. Enfin j'ai inséré un conduit d'égout en fonte avec le disque à l'intérieur dans le trou puis refermé la dalle avec du sable, du béton ainsi que le revêtement existant.

- *Jean :* Comment comptes-tu reprendre le disque sans l'endommager. Casser le béton avec une masse ou un marteau pneumatique serait risqué. La vibration pourrait l'endommager, non?

- *Sam :* Lors de la coulée du béton, j'ai placé un regard de plomberie dirigé vers la conduite de fonte qui renferme le disque. En ouvrant celui-ci il y a un fond de béton niveleur très mince, facile à retirer. Par la suite, je devrai retirer le sable à l'aide d'une seule main afin de rejoindre le dessous de la conduite. Le fond de celle-ci possède une ouverture rectangulaire me permettant d'atteindre le disque. Enfin, il me restera à retirer l'uréthane qui garde cette porte d'accès étanche.

- *Chris :* Tu ne fais pas les choses à moitié, Sam! Je suis impressionné. Je propose de faire cette opération la nuit. Le jour on risquerait d'attirer l'attention. Le psychiatre paie le voisinage pour des informations. Il a offert cinq mille dollars à tous ceux qui pourraient l'aider à nous prendre. De plus, le soir, il me serait plus facile de me dissimuler sur le toit d'un immeuble avoisinant afin de te protéger. J'aurai une excellente vision et un bon angle de tir. Dan pourrait t'accompagner et s'assurer de ta sécurité à l'intérieur.

- *Yves :* Il serait plus rassurant que d'autres personnes soient dans quelques voitures non loin, et prêt à intervenir s'il survient un imprévu.

- *Chris* : Ils ne devront pas attirer l'attention, car une voiture stationnée pendant plus de trente minutes avec des gens à l'intérieur devient suspecte. Ils devront donc être en mouvement dans les environs.

- *Marie-Hélène* : Les enfants! Nous devrions prioriser leurs recherches. On ne sait pas quels soins leur sont attribués, présentement.

- *Josiane :* Je comprends l'inquiétude d'une mère, mais il ne faut pas oublier Nancy. Elle est certainement la personne qui nécessite le plus rapidement une intervention.

- *Jean :* Il faut prendre du recul et classer les priorités. Il est vrai que Nancy nécessite rapidement notre aide. Cependant, nous ne savons pas où elle se trouve et dans quel état elle est. Alexandre travaille présentement dans la base de données de l'institut pour retracer les informations pertinentes qui pourraient nous conduire aux familles d'accueil qui détiennent vos enfants. Donc, pour le moment, il serait préférable d'attendre sachant qu'il est fort peu probable que les enfants soient maltraités. Nous n'aurons plus d'occasion comme celle-ci pour intervenir dans les anciens locaux de la Renaissance et récupérer la boîte qui risque de mettre l'organisation à genoux, du moins, si j'en crois l'énergie qu'elle met à la récupérer. Cette boîte pourra nous assurer la sécurité et le retour des enfants.

- *Linda :* En diffusant ces informations, il est fort probable que nous puissions lui retirer l'assistance de ses appuis politiques.

- *Jean :* Nous devrons discuter de Mike par la suite. Il aura besoin d'une collaboration également pour sortir de prison. Chris et Dan en ont confiance. Mike pourra nous être très utile également.

- *Marie-Hélène* : Ou très nuisible en lien avec la chose qui est entrée en lui. Ça restera à démontrer. Nous devrons l'évaluer psychologiquement avant de le mettre en contact avec des informations privilégiées. Il se peut qu'il ait vécu une hallucination, mais nous sommes vulnérables face à cette dimension n'ayant aucun point de repère.

- *Chris* : L'intervention pour les enfants sera sans risque et très rapide. Dès que nous aurons une piste sur le lieu où ils se trouvent, nous agirons rapidement. Je vous propose, Marie-Hélène, de rester en contact avec Alexandre afin de l'aiguiller dans ses recherches. Il ne faut pas perdre également de vue les informations dans les publicités en lien avec le message crypté. Vous êtes notre spécialiste pour le message. Je vous promets de vous redonner vos enfants très rapidement.

- *Jean* : Je connais bien l'avocat qui va représenter Mike et je vais suivre de proche le dossier dans le but de vous tenir informé de l'évolution. Pour l'instant, il est sous garde policière à l'hôpital. Il sera incarcéré rapidement dès que sa situation le permettra. Il sera possible de l'intercepter lors du transport, car une fois emprisonné, la sécurité ne nous le permettra plus.

- *Josiane* : Je vais m'informer sur l'hôpital qui le soigne. Je vais tenter d'en savoir plus et d'avoir le nom du médecin traitant.

- *Sam* : Quel serait alors le calendrier des opérations?

- *Chris* : Nous pourrions, dès demain, récupérer le disque. Pour ce qui est du psychiatre, Jean, penses-tu qu'ils pourront le garder longtemps en arrestation?

- *Jean* : Ils vont certainement le relâcher dans la journée. Puisqu'il doit sûrement être bien représenté et qu'il peut largement payer la caution. Ian Falken sera surveillé étroitement, ce qui nous laisse un peu de temps pour Nancy. Il se doit de présider ses rituels n'est-ce pas?

- *Chris* : En effet, mais soyons vigilants. Tenez-moi informé s'il tente de quitter le pays. Il se pourrait qu'il fasse le rituel à l'extérieur et revienne dans la même journée en feignant une rencontre pour son institut.

- *Jean :* Ce qui expliquerait que Nancy soit toujours introuvable. Il l'aurait déjà transférée! De quelle façon il communique les lieux et dates des rituels à ces clients?

- *Chris* : Nous en étions informés par le bureau d'ingénierie. Forcément par courriel crypté ou incitatif.

- *Jean :* Encore une tâche pour Alexandre. Il devra rechercher les derniers courriels en provenance de l'institut vers cette firme.

- *Chris* : Il ne serait pas surprenant qu'il utilise les anciens locaux de la renaissance pour masquer le suicide lorsqu'il l'aura tué.

- *Sam :* Donc, demain nous prioriserons le disque avant que les lieux ne deviennent une scène de crime, si son plan réussit. Ensuite, nous intercepterons Mike pour le mettre en lieux sûrs sachant que sa condition sera stabilisée et pour Nancy et les enfants, nous attendons l'information pour les cueillir.

- *Marie-Hélène* : Je vais voir avec Alexandre les renseignements qu'il peut obtenir et vous reviens dès que l'on aura du nouveau. Préparez-vous à intervenir rapidement, car je vais retrouver l'adresse où se trouvent mes enfants très rapidement. Je vous garantis que vous aurez à me les rapporter avant la mission du disque dur, Chris.

Jean prit la parole pour le mot de la fin, mais chacun savait déjà ce qu'il devait faire. Parmi les grandes forces de cette équipe, la confiance et le dévouement de chacun en faisaient partie.

XVIII

$\mathcal{L}$a nuit tombait, après avoir confirmé visuellement la présence de Chris sur le toit de l'édifice en biais, Sam entra avec Dan à l'intérieur de l'ancien local de la Renaissance.

Dan consulta sa montre et partagea l'heure à Sam en lui indiquant de le suivre derrière. Il devait d'abord sécuriser les lieux.

La neige s'était infiltrée par la fenêtre du salon temporairement cloîtré par Frank et William avant leur départ. L'odeur d'humidité était présente à chaque mètre parcouru. Des débris et plusieurs papiers couvraient le sol.

Dan avançait en silence, mais Sam ne pouvait en faire autant. Ses bottes et ses outils ne lui permettaient pas d'être silencieux.

Un son se fit entendre en provenance du sous-sol. Dan leva sa main gauche afin de faire signe à Sam de se ranger derrière lui. Il empoigna sa « C-6 » et utilisa sa lunette de vision nocturne afin de bien voir malgré l'obscurité environnante.

Le plancher craquait légèrement sous leur pas. Le bruit d'une bouteille qui tombe sous les escaliers les fit sursauter. Aucun doute, Dan et Sam n'étaient pas seuls.

Dan ouvrit doucement la porte de l'accès au sous-bâtiment avec le bout de son arme et alluma son pointeur laser. Ensuite, il lança une bombe fumigène au pied des marches et recula afin de forcer les gens qui s'y trouvaient à bouger.

Le silence qui régnait terrorisait Sam qui vivait cette expérience pour la première fois. Il devait laisser Dan travailler sans le déconcentrer.

Après quelque temps, des mouvements se firent entendre, accompagnés de chuchotements. Une voix incohérente et plutôt jeune leur demanda de les épargner.

Autoritaire, Dan leur demanda de s'identifier. Ils comprirent très rapidement que ce n'était que des jeunes sous l'influence d'une forte drogue.

Le local abandonné était parfait pour abriter quelques jeunes qui voulaient se défoncer sans être vus. Sa formation militaire tactique exigeait la prudence, car la situation pouvait s'avérer être un piège.

Il fit abstraction des apparences et ordonna aux jeunes de se mettre à genoux avec les mains sur la tête et bien en vues. Le premier, un adolescent grand et mince aux cheveux long et gras se démarquait par l'inquiétante couleur blanchâtre de sa peau. Il ne semblait pas en bonne santé et on pouvait voir des marques d'injections infectées sur ses avant-bras.

Les yeux cernés et les dents grises, il traînait sa compagne qui semblait à demi consciente au sol. Une jeune fille aux cheveux rasés et habillée trop légèrement pour la température froide et humide de ce sous-sol. Il prit la position ordonnée par Dan, lui allongea la tête sur sa cuisse et mis ses mains derrière sa tête. Le jeune toussait sous l'épaisse fumée jaune qui l'entourait. Soudain la fille qui l'accompagnait revint à elle et se tourna sur le ventre afin de vomir sur le plancher.

Dan descendit tranquillement en gardant son arme bien en joue sur les adolescents.

-   *Dan :* Êtes-vous seul?

-   *Jeune homme :* Oui, svp ne tirez pas. Nous ne reviendrons plus jamais.

- *Dan* : Levez-vous et dirigez-vous au fond de la pièce. Agenouillez-vous face au mur.

- *Jeune Homme* : Oui, monsieur. Pouvez-vous m'aider avec la fille?

- *Dan* : Allez! Débrouille-toi! Je n'ai pas de temps à perdre avec vous deux. Je peux la tirer et tu n'auras plus à la transporter!

- *Jeune homme* : Non, svp je vais le faire.

L'adolescent se leva péniblement et transporta la jeune fille vers le fond de la pièce. Ensuite, Dan sécurisa les lieux. Après une fouille approfondie, il indiqua à Sam qu'il pouvait procéder.

Ce dernier déposa ses outils au sol près de la cachette et se mit à genoux. Pendant ce temps, Dan transmit un message texte résumant la situation à Chris.

Dan garda son arme pointée sur les deux adolescents pendant que Sam récupérait la boîte. Sam releva le revêtement de plancher flottant afin d'atteindre le regard de plomberie.

Au moment où Sam retirait les dernières portions de sable lui permettant d'atteindre le disque dur, ils entendirent des pas sur le plancher du rez-de-chaussée. Dan se dissimula derrière une chaise en faisant un geste de la main indiquant à tous d'être silencieux.

La radio de communication d'un policier se fit entendre. Dan regarda les deux jeunes adolescents afin d'être assuré qu'ils seraient coopératifs. Il vissa son silencieux à l'extrémité de sa « C-6 » puis il regarda Sam afin de le rassurer. Sam ne bougeait plus, une fois de plus terrorisé. Était-ce de bons policiers venus faire une ronde de sécurité ou des sbires du Dr Falken venus pour les capturer? L'angoisse et la peur l'envahirent de nouveau. Il arrivait à peine à respirer.

D'autres bottes se firent entendre et une voix d'homme demanda à son compagnon s'il avait trouvé quelque chose. On pouvait entendre l'ouverture et la fermeture des portes de garde-robe et des armoires ainsi que les pas qui se mouvaient dans tous les sens.

La porte de l'escalier resté entrouverte, l'un des policiers s'engagea tranquillement dans les marches afin de s'adapter à la noirceur. Il scrutait en direction des jeunes adolescents. Dan leur fit signe d'y aller et ils coururent vers le policier qui leur pointa son arme afin de les arrêter.

Dan pointait également son arme sur les jeunes prêts à tirer s'ils les dénonçaient. Le jeune affirma au policier qu'il ne reviendrait jamais dans cette maison, s'il le laissait partir. Le policier baissa son arme et leur fit signe de partir.

Les adolescents montèrent les marches, de toute évidence ébranlés par leur expérience sous l'influence de la drogue. Le policier scruta attentivement le sous-bâtiment avec sa lampe de poche.

Soudain, l'adolescente perdit l'équilibre et tomba sur le sol, ce qui fit raisonner la maison en entier. L'autre policier demanda l'aide de son coéquipier afin qu'il l'aide à expulser ces adolescents des lieux.

- *Mario :* Yves, viens m'aider! Ils sont complètement défoncés.

- *Yves :* J'arrive! Le voisin nous avait bien fait part de deux personnes qui entraient dans l'immeuble?

- *Mario :* Oui, ces deux pauvres adolescents qui passent à côté de leur vie avec la drogue.

- *Yves :* Je vais faire le tour afin de m'assurer qu'il n'y a pas de seringues sur le plancher.

Le policier s'avança tranquillement, avec son arme jumelée à sa lampe torche, devant lui. Il ne se trouvait qu'à un mètre de Dan et pouvait voir Sam s'il se retournait vers la droite.

Une rafale de bruit de pieds et de poings frappant le plancher à répétition se fit entendre. La lampe du policier pointa le plafond au-dessus de lui sur le fait.

- *Yves :* Que se passe-t-il là-haut?

- *Mario :* Viens m'aider, elle convulse. J'appelle une ambulance. On sécurisera le sous-sol après.

À l'aide de sa radio, le policier appela l'officier en service au poste en lui demandant une ambulance au 231 Melance. Le coordonnateur répondit rapidement qu'elle partait à l'instant. Il lui demanda ensuite quelques précisions supplémentaires afin de faire le relais avec les ambulanciers. Ces derniers devaient se préparer lors du trajet afin d'intervenir rapidement à leur arrivée.

Lorsque le policier s'engagea dans l'escalier, Dan fit signe à Sam d'accélérer la récupération du disque. Les deux agents de la paix s'affairaient à stabiliser l'adolescente qui semblait dans un état de panique compulsive.

- *Mario :* Qu'avez-vous pris?

- *Jeune Homme :* Rien de dangereux. De « l'ecstasy ».

- *Yves :* Rien de dangereux? Regarde ta copine et réfléchi avant de refaire ça ou de banaliser cette merde.

Le policier lui inséra un crayon afin de lui faire mordre dans la bouche et tenta de la stabiliser. Elle se calma, puis vomi encore une fois. Il la tourna par la suite sur le côté. Dan et Sam percevaient chaque son, car l'immeuble ne possédait aucune insonorisation. Ils devaient rester très silencieux afin de ne pas attirer leurs attentions.

- *Yves :* Elle m'a vomi dessus après n'avoir pris rien de dangereux. Qu'en penses-tu?

Pendant que le policier sermonnait le jeune, Sam reprit son travail en silence. Il devait cependant casser le béton léger qui recouvrait le fond du regard. Il jumelait les coups de marteau sur la tranche avec les pas des policiers.

Après avoir retiré le fond et tout le sable, Sam tenta d'enlever l'uréthane sous la conduite de fonte afin d'atteindre le disque à l'intérieur. La tâche semblait plus ardue qu'il l'avait cru. Elle avait pris beaucoup d'expansion lors de son injection et il arrivait à peine à la retirer avec ses doigts.

Le manque d'espace rendait impossible l'utilisation de ses outils. Dan fit glisser vers lui un petit couteau rétractable afin de l'aider à retirer l'isolant.

Sam retira près du deux tiers de l'uréthane avec le petit couteau de Dan, mais le disque ne bougeait toujours pas d'un millimètre. Il semblait collé dans le reste de l'isolant. La prise difficile d'atteinte ne lui donnait pas la possibilité de le décoller en forçant.

Il répéta l'opération avec plus d'intensité. Son avant-bras saignait au contact répétitif du rebord du regard de plomberie en ABS. Il sentit enfin l'objet bouger suffisamment pour le retirer. Il enleva encore quelques morceaux d'uréthane afin de pouvoir le sortir de la fente faite sous le conduit.

La sirène de l'ambulance commençait à se faire entendre au loin. Le disque remuait, mais restait coincé à l'intérieur de la conduite. Sam tentait du mieux qu'il pouvait de sortir l'objet sans résultat. Dan s'impatientait, car la situation se corsait avec l'arrivée des ambulanciers.

Pendant que Sam raffinait ses méthodes d'extraction, Dan transmit un bref message texte à Chris afin qu'il détourne l'attention pour leur permettre de gagner du temps.

Peu de temps après, une déflagration se fit entendre à l'extérieur. La maison vibra intensément faisant éclater les vitres au sous-sol. Les oreilles de Sam cillaient si fort qu'il n'entendait plus rien. Il poursuivait, cependant, sa mission d'extraction. Dan fut propulsé sur le dos et revenait à lui tranquillement. Il reprit son arme et gardait l'escalier bien en vue. Il savait ce qui venait de se passer et que le silence ne serait que très bref.

Enfin l'un des policiers se leva et porta secours à l'autre qui revenait également à lui.

- *Yves :* Bordel, notre voiture est complètement détruite! Ma radio est foutue, appelle des renforts!

- *Mario :* Oui, je m'en occupe, mais va voir les jeunes.

Le policier se dirigea vers l'adolescent qui semblait ébranlé par la détonation. L'ambulance arriva pendant ce temps et le policier sortit pour les rejoindre et tenter de voir l'assaillant.

Dan devenait nerveux et son angoisse se transmettait à Sam. Ce dernier savait qu'il devait absolument sortir ce disque rapidement. Lorsque les policiers et les adolescents se trouvèrent tous dehors, Dan se leva et se dirigea vers une fenêtre afin d'anticiper une sortie sécuritaire.

Sam réussit à sortir la moitié du disque de la fente du conduit. Il ne lui restait qu'à enlever un peu de sable et il l'aurait en main.

Un des policiers entra dans la maison et se dirigea rapidement vers l'escalier. Dan prit une position stable pour tirer sur l'agent de la paix dès que l'occasion se présenterait. Le cœur de Sam battait à toute vitesse. Son attention était absorbée par l'objet et la volonté de le sortir.

L'éclairage de la lampe de poche se fit voir de nouveau, ainsi que la cheville du policier qui s'arrêta dans le milieu de l'escalier. Dan tenait la cheville du policier bien au centre de la mire de son arme.

Sam réussit à sortir le disque, mais le bruit du métal sur le regard d'ABS attira l'attention de l'agent de la paix qui tenta de se diriger vers le son. Dan tira sur la jambe du policier qui tomba dans l'escalier. Il se heurta la tête sur le plancher et le dos sur le mur.

Sam prit ses outils et rejoignit Dan. Ils se précipitèrent vers la fenêtre afin de s'enfuir. À l'extérieur, Dan jeta une grenade incendiaire par la fenêtre. Ils marchèrent tranquillement à travers le stationnement vers la rue derrière l'immeuble, sans attirer l'attention des voisins. Les gens arrivaient de tous les côtés afin de voir la scène sans porter attention à Sam et Dan qui dissimulait sa « C-6 » dans son manteau.

L'immeuble abritant les anciens locaux de la renaissance s'incendia sous une déflagration venant du sous-bâtiment. Le coéquipier du policier blessé réussit à retirer de justesse son confrère des flammes.

Sam ne put résister à la tentation de se retourner afin de voir se consumer l'endroit qui fit naître la Renaissance. Il avait accompli tant de choses dans ce local. Les flammes ramenaient à la poussière ses souvenirs. Les arabesques en trois dimensions disparurent à jamais dans le brasier. Dan le força brusquement à rester en mouvement. Ils devaient s'éloigner et rejoindre Chris quelques rues plus loin.

Sam le suivit avec tristesse. Il tenait le disque entre ces mains en se demandant ce qu'il pouvait contenir pour causer autant de dégâts et de mal.

- *Dan* : Allez! Dépêche-toi! Nous devons nous distancer rapidement et cacher ce disque.

- *Sam* : Garde-le avec toi et rentre avec Chris. Je vais marcher tranquillement dans les rues. Je dois mettre de l'ordre dans mes idées, car tout se bouscule dans ma tête.

- *Dan* : Non, tu dois rester avec moi. Ma mission est ta sécurité. Donc je reste avec toi où tu iras. N'oublie pas que le secteur n'est plus sécuritaire, car on peut nous voir et donner notre description aux autorités. De plus, j'ai une arme que je dissimule du mieux que je peux.

- *Sam* : Tu as tiré sur un policier, la Renaissance est en feu. J'ai l'impression que tout bascule autour de moi.

- *Dan :* Tu dois récupérer tes enfants qui t'attendent. Tu as réussi à sortir le disque malgré la tension du moment et tu es en vie. Tu dois faire un choix entre un chemin qui te dirige vers tes enfants et un autre qui t'éloigne et te conduira vers la prison en restant dans ce secteur.

- *Sam :* Tu as raison, je suis désolé.

- *Dan :* Ne sois pas désolé, tu vis des événements qui ne te sont pas familiers. Mais tiens bon et dis-toi que ceci aussi va passer.

Sam reprit la marche avec Dan pour s'éloigner d'un pas rapide.

- *Sam :* Que veux-tu dire par « Ceci aussi va passer »?

- *Dan :* C'est simple. Tout finit un jour par passer. Les choses qui nous entourent sont éphémères ou illusoires. La vie est continuellement en mouvement. Il ne faut pas s'attacher, mais plutôt se laisser dériver sans résister. Ce matin tu ne pouvais prédire ce que l'on vivrait ce soir?

- *Sam :* Bien sûr que non!

- *Dan :* C'est parce que la vie est imprévisible. Si tu tentes de lui résister ou de garder du matériel, elle te le reprendra et tu te créer de la souffrance. Au contraire, si tu donnes sans compter, elle te le rendra. Ce qui détermine le flux de ton avenir est dans le présent.

- *Sam :* Le lâcher-prise que David nous enseignait?

- *Dan :* Exactement, il nous a libérés de notre souffrance reliée au passé lors de l'événement à l'entrepôt. Il nous a donné la force de sortir des griffes du psychiatre. Le lâcher-prise fait partie de moi maintenant. Il empêche une grande souffrance de s'installer en nous. Car celle-ci nous voile l'existence réelle de la vie. Sans résistance ni haine, elle meurt simplement.

- *Sam :* Comment arrives-tu à parler avec tant de sagesse et tirer sur un policier?

- *Dan :* Mon intention n'était que de le blesser pour le retirer de l'équation afin de te protéger. Car l'attention de celui-ci se dirigeait trop vers le sous-bâtiment pour être un policier qui exerçait ses fonctions honnêtement. Le fait qu'il agisse sous l'emprise du psychiatre devenait évident. Son collègue lui demanda plusieurs fois de rester avec lui. Malgré l'explosion, il voulait quand même voir le sous-sol. Il fut probablement appelé par un voisin qui voulait l'argent de Falken en échange d'informations sur notre entrée dans le local. Il entraîna son collègue avec lui plutôt que de servir et protéger la population.

- *Sam :* Je comprends. Regarde au bout de la rue, n'est-ce pas la voiture de Chris?

- *Dan :* Tu es fort! Ton attention est revenue. Je lui ai transmis un message texte pour qu'il nous rejoigne à ce croisement.

- *Sam :* La Renaissance reviendra plus forte que jamais.

- *Dan :* Elle l'est déjà! La force qui nous unit et nous fait avancer est au-delà du matériel.

XIX

*C'*est dans un ensemble de complexes unissant trois immeubles de quarante-huit unités de condos à Beauport, avec une vue splendide sur le fleuve St-Laurent et l'île d'Orléans, que demeurait Alexandre. Ces appartements de luxe en valaient le déplacement.

Le logement où habitait Alexandre se situait dans l'immeuble du centre au deuxième étage. Un magnifique trois-pièces avec balcon isolé qui faisait rêver. La construction de béton assurait une insonorisation supérieure.

Après avoir garé sa voiture dans l'espace réservé aux visiteurs, Marie-Hélène se dirigea vers l'entrée principale. Un mètre soixante-et-onze, cheveux bouclés roux et portant des lunettes noires, Alexandre l'attendait derrière la porte en verre sécurisé. Vêtu de denim et d'une veste de marque Oakley à Capuchon, Marie-Hélène eut peine à le reconnaître, ainsi voilé par sa capuche. Il lui ouvrit la porte afin qu'elle puisse entrer et le suivre jusqu'à son appartement.

- *Marie-Hélène* : Merci de m'ouvrir et de m'avoir attendu, c'est gentil.

- *Alexandre :* Il n'y a pas de quoi. J'apprécie ton aide afin de passer au travers la base de données de l'institut. Je suis excellent pour accéder à l'intérieur des réseaux sécurisé et pour prendre des informations, mais pour trouver une aiguille dans une botte de foin, j'ai besoin de renfort.

- *Marie-Hélène* : Je suis dans ma zone de confort avec l'étude de la base de données. D'autant plus que c'est pour retrouver mes enfants, la motivation est à son maximum disons.

Marie-Hélène s'arrêta devant l'ascenseur, mais Alexandre démontrait une certaine hésitation. Il semblait vouloir prendre les escaliers maladroitement.

- *Marie-Hélène* : Aurais-tu peur des ascenseurs?

- *Alexandre :* Oui, madame Linteau.

- *Marie-Hélène* : Tu es un grand garçon, ne t'en fais pas, je vais t'accompagner et te protéger de ce vilain ascenseur.

- *Alexandre :* Ce n'est pas aussi simple. Lorsque j'étais adolescent, je suis resté pris à l'intérieur d'un vieil ascenseur pendant plus de trois heures avec une fillette de huit ans et un vieux pervers. Après seulement quinze minutes d'attente, la fillette se mit à pleurer. J'ai tenté de la consoler, alors je l'ai pris dans mes bras et on s'est assied sur le sol adossé au mur. Nous chantions des chansons pour passer le temps. Après un court moment, j'ai aperçu le vieil homme qui nous dévisageait. Je lui ai demandé si je pouvais faire quelque chose et il a descendu son pantalon pour se masturber devant nous. J'ai bouché les yeux de la fillette qui s'est remise à pleurer. Nous crions à l'aide, mais personne ne nous attendait.

- *Marie-Hélène* : C'est horrible, que s'est-il passé ensuite? L'avez-vous dénoncé?

- *Alexandre :* On a supporté sa séance de masturbation intense pendant tout le temps que nous étions confinés. Il a recommencé je ne sais combien de fois et s'essuyait toujours dans son manteau. Il souriait et prenait plaisir à nous voir déstabilisés et en position de faiblesse. Un son se fit entendre et l'élévateur reprit sa course. Lorsque nous sommes sortis, nous avons tout de suite expliqué ce que cet homme avait fait, mais personne ne nous a crus. La fillette était une petite fille qui voulait attirer l'attention disait sa mère, et moi, mon apparence marginale n'aidait pas à ma crédibilité. L'homme quitta simplement en souriant. Depuis ce temps je déteste les ascenseurs, l'odeur de ce vieux pervers me revient à chaque fois que j'en approche une. Je suis désolé.

- *Marie-Hélène* : Tu n'as pas à être désolé. Qu'est-il devenu de ce vieux cochon? Les policiers ne l'ont jamais arrêté?

- *Alexandre :* Les policiers sont trop occupés à donner des infractions routières. C'est moins de paperasse de donner une contravention à un citoyen, par comparaison à traduire un criminel en justice. D'autres jeunes ont vécu la même chose avec lui dans le même ascenseur. Il a été démontré c'était lui qui freinait celui-ci avec le bouton rouge d'urgence, ensuite il se donnait en spectacle. Lors de sa dernière mise en scène, trois gars l'ont tabassé sans retenue. Cela ne devait certes pas faire partie de son scénario. Selon les témoins, il avait les pantalons baissés et le visage défiguré. Il a porté plainte en disant qu'il avait été agressé dans l'ascenseur par les trois gamins et ils se sont fait sévèrement punir pour avoir attaqué l'homme, car personne ne les a crus également. Il est déménagé par la suite et l'on ne l'a jamais revu.

- *Marie-Hélène* : Je suis désolé, Alexandre, prenons l'escalier j'ai besoin d'exercice de toute façon, mais ne fermes pas les lumières, je t'ai à l'œil!

- *Alexandre :* Message reçu, ce n'est qu'au deuxième étage. Veuillez me suivre.

Alexandre poursuivit son chemin jusqu'à la porte de son logement. Il ouvrit et laissa entrer Marie-Hélène dans un geste de politesse.

Elle s'attendait à voir un certain désordre en entrant, à en juger par l'apparence asociale d'Alexandre et des préjugés projetés sur les pirates informatiques dans les films. À sa grande surprise, l'appartement brillait de propreté. Les fournitures blanches sur des murs blancs avec l'éclairage de la fenestration abondante donnaient une certaine pureté à l'ensemble du condominium. Une odeur douce de lavande venait agrémenter le tout en harmonie.

- *Alexandre :* Je vous présente la grotte d'un sédentaire qui travaille seul à la maison. Vous entrez dans ma zone de confort. Ici je me sens bien, à l'abri du monde extérieur.

- *Marie-Hélène* : Je suis agréablement surprise de l'effet que me procurent la décoration et la propreté de ton appartement. Tu es un jeune homme surprenant, Alexandre.

Près de la cuisine, deux portes françaises s'ouvraient sur une pièce aménagée en laboratoire informatique. Deux bureaux blancs faits sur mesure couvraient la totalité des murs latéraux avec des équipements de technologie et des ordinateurs. Ces derniers faisant osciller de multiples lumières vertes et rouge. Une grande table de travail faite sur mesure également reliait les deux bureaux de chaque côté, avec quatre gros écrans sur pieds mobiles aux DEL, agencés en ovale devant une chaise en cuir et un petit clavier sans fil blanc. Un cinquième écran, gigantesque, se trouvait fixé au haut du mur dans le centre de la pièce face à la chaise.

Alexandre pouvait voir et gérer chaque écran de sa chaise et même changer la configuration de ceux-ci facilement. Marie-Hélène eut l'impression d'entrer dans un laboratoire du FBI. Il apporta une chaise pour Marie-Hélène afin qu'elle puisse s'installer près de lui.

Une fois installé, il ouvrit les écrans en appuyant simplement sur une touche du clavier. Un chiffrier apparut sur l'écran principal fixé au mur, regroupant le résultat de son classement. Les autres moniteurs donnaient des classements par priorité de recherche telle que des courriels ou documents numérisés. Ils débutèrent rapidement l'étude des informations recueillies pour retrouver les enfants et Nancy.

Marie-Hélène proposa de lancer une recherche sur la description de tâche des employés afin de cibler la personne ressource qui pouvait être en contact avec les familles d'accueil. Ils remarquèrent que le nom d'Elena Neskovic revenait plusieurs fois dans ce type de recherche. Alexandre naviguait dans les classements de celle-ci et trouva un dossier nommé « Bottin ». Marie-Hélène demanda l'impression de la liste complète qu'Alexandre lança rapidement. Pendant qu'elle scrutait la liste, il lança plusieurs recherches avec des mots clés tels que « famille, accueil, enfant... »

- *Marie-Hélène* : Regarde Alexandre! À la lettre « F » on peut voir les inscriptions : F.A-1, F.A-2, F.A-3 avec des numéros de téléphones associés. « F.A » pourrait être les abréviations de Famille d'accueil!

- *Alexandre :* Et les chiffres après?

- *Marie-Hélène* : Un possible classement prioritaire de celles-ci. Allons voir en recherchant dans la base de données ces numéros de téléphone. Nous pourrons possiblement avancer.

- *Alexandre :* bonne idée, nous pourrions avoir des noms associés.

Il lança plusieurs recherches dans l'espoir qu'un de ces numéros de téléphone se retrouve à l'intérieur d'un courriel afin de retracer les noms des gens associés à ceux-ci. Après plusieurs minutes de recherches infructueuses, Alexandre proposa à Marie-Hélène une approche différente.

- *Alexandre :* Je vais plutôt m'infiltrer dans le système téléphonique. Il existe toujours une base de données que l'on appelle « SMDR ». Un système téléphonique est comparable à un ordinateur. Il possède également un « CPU » et avec l'aide de carte électronique, il gère les informations d'entrée et de sorties de celles-ci via une programmation simpliste. Lorsque tu décroches un combiné téléphonique, le système te donne une tonalité d'opération. Tout dépendant ce que tu veux faire, par exemple il pourrait te diriger vers une carte de sortie de ligne pour compléter ton appel vers l'extérieur. Dans notre recherche, nous pourrions cibler la combinaison des quatre numéros de téléphone « F.A » précédé du « 9 » et la date de l'enlèvement.

- *Marie-Hélène* : À quoi peut servir cette base de données?

- *Alexandre :* Il se peut qu'elle ne soit pas utilisée dans le cas de l'institut Falken, mais elle est certainement disponible pour nos recherches. Dans le cas où les entreprises veulent retracer les appels pour la facturation tel un cabinet d'avocats, ces données peuvent être utilisées par un logiciel de facturation afin de relier la traçabilité des appels téléphoniques. Donc l'avocat prend son combiné et contact un client ou le client l'appel et le système enregistre la durée de cet entretien téléphonique avec la date et l'heure pour des fins de facturation qui seront reliées à son numéro de poste téléphonique ainsi qu'à son nom.

- *Marie-Hélène* : Dans notre cas, si un de ces numéros est passé dans le système téléphonique entrant ou sortant pendant cette journée, cela pourrait être une bonne piste pour relier la famille d'accueil que Mike nous a décrite.

- *Alexandre :* Exactement. Elena a certainement contacté ces gens pour qu'ils puissent venir chercher les enfants dans la journée. Je dois tout d'abord comprendre la structure de la séquence de la numérotation. Par la suite, je serai en mesure de filtrer les informations non nécessaires et de faire un tableau des activités téléphonique de la journée.

- *Marie-Hélène* : Tu es génial! Tu peux procéder, je vais te regarder faire.

Après quelques clics de souris, le chiffrer commença à défiler avec les informations. Le résultat devint, à la grande surprise de Marie-Hélène, très rapidement concluant. Deux des quatre numéros furent composés du poste téléphonique d'Elena à 11:02 et 11:03.

- *Marie-Hélène* : Je suis impressionnée. Mais quel est le bon numéro selon toi?

- *Alexandre :* Regarde la case de droite, c'est la durée de l'appel. Le premier est de quatre secondes et le deuxième plus de trois minutes. J'en conclus que le premier choix n'était pas présent et qu'elle est passée au deuxième afin de leur expliquer l'heure et les conditions.

- *Marie-Hélène* : Comment pouvons-nous faire pour obtenir l'adresse à partir de ce numéro et faire le lien avec le gros barbu?

Alexandre entra le numéro dans un moteur de recherche qui était déjà ouvert dans un autre écran et obtint sur-le-champ l'adresse ainsi que le nom de l'utilisateur.

- *Alexandre :* Regarde c'est un compte cellulaire et l'adresse de facturation est indiqué là. Je vais vérifier s'il fait partie du registre des employés du ministère du Revenu et nous serons fixés.

À l'aide d'un autre écran, il infiltra le serveur du ministère du Revenu. Il lança une recherche avec le nom de Richard Beaudoin et obtint deux réponses, dont une faisant partie du département « T.I. » ou technologie informatique. Alexandre poussa plus loin et ouvrit son dossier personnel à la paie qui comprenait son adresse ainsi que son numéro de téléphone, qui correspondait effectivement à celui qui avait été rejoint par Elena.

- *Alexandre :* Bingo! Voici notre homme. Me permets-tu de faire un clin d'œil à ce corrompu au service de la reine?

- *Marie-Hélène* : Nous devions simplement trouver les informations sans déranger quoi que ce soit. Cependant, j'avoue que l'idée me plait. Que proposes-tu?

- *Alexandre* : Je vais laisser une note prioritaire au service de la paie pour congédiement immédiat en lien avec ses implications dans une organisation criminelle. Ils vont lui retirer ces accès et la sécurité va le reconduire à l'extérieur du bâtiment. De plus, je vais ouvrir un dossier sans l'attribuer à un agent au service des enquêtes internes avec la mention confidentiel et le bloquer d'un mot de passe accessible aux cadres supérieurs.

- *Marie-Hélène* : C'est le retour du balancier! Merci infiniment, je vais transmettre à l'instant l'information à Chris pour qu'il puisse récupérer mes enfants rapidement.

- *Alexandre* : Maintenant, il faut absolument trouver Nancy dans ces données.

Marie-Hélène transmit l'information à Chris par message texte. Celui-ci lui indiqua qu'il la tiendrait informée de l'opération. Un sourire d'espoir envahit son visage et dissipa enfin la crainte qu'elle éprouvait.

Alexandre réorganisait ses écrans pour la recherche de Nancy. Il prit une pause et regarda Marie-Hélène.

- *Alexandre* : Je vais avoir besoin que tu m'orientes, car je ne sais aucunement par où commencer.

- *Marie-Hélène* : Il faut débuter avec ce que nous savons. Nous possédons l'information qu'elle est possiblement transférée à l'extérieur de l'institut. Le Dr Falken voudra certainement prendre l'avion pour s'éloigner suffisamment et revenir dans la journée. Recherchons alors l'achat d'un billet d'avion aller-retour pour le psychiatre, dans les deux derniers jours.

- *Alexandre :* Dans quel coin de la botte de foin dois-je débuter mes recherches?

- *Marie-Hélène* : Débutons par la comptabilité, une note doit être inscrite pour l'achat d'un billet d'avion.

Alexandre lança une recherche dans le logiciel comptable, mais aucune réponse concluante n'en surgit.

- *Marie-Hélène* : Il est fort possible que les billets fussent achetés sans que l'écriture comptable soit faite. Un registre des bons de commande pourrait nous aider.

- *Alexandre :* Je ne trouve aucun résultat avec « billet d'avion » ou « agence de voyages » dans les derniers bons de commande émis. Mais regarde celui-ci. Il date de la journée d'hier pour un transport adapté vers Sept-Îles. C'est étrange, ne trouves-tu pas?

- *Maie Hélène :* Imprime-le stp.

Elle se tourna vers l'imprimante et analysa attentivement le document fraîchement imprimé.

- *Marie-Hélène* : C'est inscrit « ...pour avoir transporté ». Donc, le bon fut émis après le transport. Ce qui implique qu'ils ont dû transporter la personne rapidement. Ici, on peut voir l'adresse de la destination.

Alexandre inscrit l'adresse sur le moteur de recherche « Google » et l'emplacement apparu. L'adresse donnait sur un local commercial ayant pignon sur la rue Brochu, près du port de Sept-Îles, dans un secteur commercial vieillot.

Il remarqua par la suite une publicité reliée à cette adresse dans d'autres recherches « Google ». C'était pour un local à louer.

- *Alexandre :* Ce n'est pas normal de transporter une personne dans un local commercial désaffecté. Ça pourrait être une erreur dans l'inscription de l'adresse. Je vais agrandir la carte pour voir s'il y a des maisons sur cette rue. Il y a une banque, des poissonneries, une pharmacie, un CLSC, mais pas de résidences dans ce secteur.

- *Marie-Hélène* : Je suis convaincu que Nancy y est. Ils ont dû faire le transport de jour pour arriver la nuit afin d'éviter les regards. De plus, il y a un CLSC à proximité pour brouiller les pistes. Informons les autres.

- *Alexandre* : Cela à un certain sens. Selon la carte, le trajet prend environ huit heures à faire en voiture. Je te laisse le soin d'informer Jean. Pour ma part, je vais finaliser la mise à pied de M. Beaudoin au Ministère du Revenu.

Alexandre reconduit Marie-Hélène jusqu'à la porte sécurisée du grand hall en passant par les escaliers. Cette dernière lui fit la bise et le remercia du fond du cœur. Suite aux échanges de politesse, elle partit vers le stationnement afin de rejoindre Jean qu'elle venait de texter pour lui donner rendez-vous.

XX

Chris transmit à Jean l'information reçue de Marie-Hélène par message texte au sujet de l'adresse probable du lieu où se trouvaient les enfants et Nancy.

Jean opta pour regrouper Marie-Hélène, Sam, Bryan, Dan et Chris afin de discuter d'un plan d'action. Ils convinrent tous de se rendre chez lui rapidement.

Il demanda à sa secrétaire d'annuler la totalité de ses rendez-vous pour la journée. Par la suite, il prit entente avec une collègue pour le remplacer à la cour dans l'après-midi.

Avant de quitter le bureau en direction de sa maison, il demanda à sa secrétaire d'écrire un communiqué à la GRC sur la possibilité d'un enlèvement d'enfants, reliée à l'organisation Falken. Il lui remit également le nom de l'un des deux enquêteurs qui firent l'arrestation du psychiatre. Jean avait reçu ces informations d'un collègue dans la matinée. Il lui précisa également l'adresse de la maison d'accueil afin d'aiguiller les enquêteurs. Elle acquiesça à sa demande et lui indiqua qu'elle attendrait son signal avant de transmettre.

Arrivée chez lui, Marie-Hélène, Sam, Chris, Dan et Bryan l'attendaient. Il demanda à Marie-Hélène d'apporter les passeports des enfants. Sam et Chris lui firent signe qu'ils étaient prêts à intervenir. Bryan confirma également qu'il était paré si les enfants nécessitaient des soins médicaux.

À bord de deux voitures, ils se dirigèrent tous vers la résidence où se trouvaient les enfants.

C'est dans un vieux quartier de la ville de Sainte-Foy que se trouvait la résidence de Richard Beaudoin. Chris texta à Jean qu'ils attendraient à l'intérieur de leur véhicule, pour intervenir au besoin dans la rue qui donnait sur l'arrière de la cour de la maison ciblée.

Lorsque Jean arriva à cent mètres de la maison, il demanda à Sam d'aller vérifier discrètement si les enfants s'y trouvaient.

C'est après quelques minutes que Sam, les larmes aux yeux, revint en courant pour leur confirmer qu'il les avait vus en train de jouer avec d'autres enfants, derrière le domicile.

Jean demanda donc à Sam de faire le guet du côté nord de la maison, tandis que Bryan se tiendrait du côté sud. L'Ouest serait assuré par Chris et Dan dans l'autre rue derrière, en cas de fuite.

Par la suite, il appela sa secrétaire afin de lui confirmer qu'elle pouvait transmettre le communiqué dont il venait de prendre connaissance dans un courriel. Elle lui confirma son expédition presque aussitôt.

Ensuite, Jean stationna sa voiture dans l'entrée de la maison et appela le « 911 » afin d'obtenir rapidement sur les lieux des agents de la paix. Il prit soin de s'identifier et d'expliquer qu'il avait retrouvé les enfants de sa sœur disparus depuis deux jours.

La dame de la centrale « 911 » lui demanda de ne pas intervenir, car deux autos patrouilles étaient déjà en route.

Après seulement quelques minutes, les patrouilleurs arrivèrent simultanément. L'un d'eux approcha la voiture de Jean en lui demandant de s'identifier. Il s'introduisit au policier comme étant l'avocat représentant les parents et demanda de récupérer les enfants en lui remettant les deux passeports.

L'officier de police prit connaissance de la situation et rejoint son collègue. Par la suite, ils partirent rapidement vers la cour arrière afin de discuter avec la dame qui surveillait les enfants. Une clôture de bois empêchait une pleine vision de la situation. Marie-Hélène ne pouvait plus contenir son angoisse. Elle feint d'aller les voir, mais Jean la rattrapa en lui demandant d'attendre. Ils sortirent de l'automobile et suivirent la suite des événements, debout près de celles-ci.

Un autre policier sortit de la deuxième auto-patrouille et se dirigea vers Marie-Hélène et Sam. Il leur demanda, avec compassion, de venir dans l'auto-patrouille afin de prendre leur déposition. Jean leur donna quelques conseils juridiques rapidement et ils suivirent le policier pour prendre place à l'arrière du véhicule de police.

Après avoir fait leurs dépositions aux policiers, ils rejoignirent Jean près de la voiture qui ne quittait pas des yeux la dame aux prises avec les policiers. L'attente semblait interminable.

Le stress de Marie-Hélène devenait difficile à gérer pour Sam et Jean. Soudain, un des policiers revint avec Lori dans les bras et Samuel qui courait devant lui en criant les bras ouverts :

- *Samuel* : Maman, Papa. Vous êtes revenus de voyage, on s'ennuyait.

Marie-Hélène pleurait de joie. Pendant ce temps, une voiture blanche se stationna à proximité de la première auto-patrouille où se trouvaient les enfants et les parents. Jean avança aussitôt vers la dame assise à droite comme s'il avait anticipé sa venue.

Elle s'identifia à l'aide de son badge de la DPJ et voulait interroger les enfants. Jean lui refusa l'accès en lui expliquant que sans ordonnance de la cour, le choix revenait au parent. De plus, il y avait d'autres enfants derrière la maison qui pouvaient nécessiter son aide.

Elle acquiesça gentiment en lui remettant une carte professionnelle. La dame lui demanda, cependant, de la contacter dans le but de prendre un rendez-vous rapidement afin d'évaluer les enfants.

Elle prit le chemin vers l'arrière de la résidence accompagné d'un policier dans le but de prendre connaissance de la situation.

Marie-Hélène tenait Lori si fort dans ces bras que la petite avait peine à respirer. Sam, de son bras, entourait son garçon par les épaules de façon que rien ne puisse les séparer à nouveau.

Après un moment, Jean demanda aux officiers de police s'ils pouvaient quitter. Ces derniers leur donnèrent le feu vert, du moment qu'ils restaient disponibles pour l'enquête.

Au moment où Jean revenait vers le véhicule, une camionnette rouge se gara dans la rue et un homme barbu en sortit avec une boîte de documents dans les mains. Il s'adressa au policier devant lui en s'identifiant.

- *Richard :* Pardonnez-moi M. L'agent, que se passe-t-il ici? Je m'appelle Richard Beaudoin et je demeure ici.

Le policier le plaça immédiatement en arrestation avec les mains sur sa camionnette et les jambes écartées. La caisse tomba sur le pavé et ses effets personnels sortir dans tous les sens. Son coéquipier lui lut ces droits pendant qu'il lui passait les menottes en lui expliquant clairement les chefs d'accusation.

Marie-Hélène comprit que les effets personnels dans une boîte et l'heure qu'il arrivait laissaient croire que le plan de congédiement d'Alexandre avait fonctionné.

Jean, Sam, Marie-Hélène et les enfants prirent place dans la voiture et Jean démarra afin de prendre le chemin du retour.

- *Marie-Hélène* : Mauvaise journée pour M. Beaudoin!

- *Jean :* Oui, il devra comparaître en justice pour complicité d'enlèvement d'enfants.

- *Marie-Hélène* : De plus, il a perdu son emploi.

- *Jean :* Comment sais-tu cela? Cela explique l'heure qu'il est arrivé avec sa boîte d'effets personnels. C'est Alexandre, il ne peut céder à la tentation de laisser une trace lorsqu'il s'infiltre.

- *Marie-Hélène* : Je vais vous raconter tout ça une fois à la maison.

- *Jean :* Je n'y tiens pas! Infiltrer le ministère du Revenu, c'est déjà très mal. Mais de falsifier des documents sur leur serveur... J'aimerais mieux ne pas savoir ce que vous avez fait.

Bryan texta à Chris qu'il pouvait le prendre à son passage au coin de la rue en lui confirmant que la situation était maintenant maîtrisée. Pendant qu'il montait dans la voiture de Chris, un véhicule noir avec deux hommes en veston et cravate les croisa à toute vitesse.

L'automobile était vraisemblablement de la sécurité publique, vu ses gyrophares bleu et rouge dissimulés à l'intérieur de la grille avant ainsi qu'à l'intérieur du pare-brise. C'était possiblement les deux agents de la GRC.

XXI

*N*ancy reprit connaissance dans une petite pièce froide et tamisée. Seule la lueur du soleil filtrait au travers une porte mal ajustée. Un drap lui couvrait le corps et le visage. Lorsqu'elle voulut bouger, Nancy réalisa qu'elle était ligotée sur une civière, avec des sangles aux pieds et aux poignets.

À travers le drap blanc qui recouvrait ses yeux, elle pouvait tout de même percevoir que la pièce ressemblait à un petit entrepôt. Elle tourna la tête afin d'observer l'ensemble de celle-ci. Une petite table avec des outils chirurgicaux était visible à proximité de sa tête.

Un conducteur noir suspendu d'une ampoule vissée à une porcelaine servait d'éclairage pour la pièce entière qui faisait à peine deux civières par une de superficie.

Elle ressentait de fortes douleurs à plusieurs endroits. Particulièrement sur l'abdomen, par la sensation de peau irritée, telle qu'au lendemain d'un tatouage. Lorsqu'elle bougeait, le bandage lui confirmait que son corps avait été manipulé à ces endroits.

Plusieurs gens travaillaient et parlaient à voix basse dans la salle voisine. Lorsqu'elle tenta d'appeler à l'aide, sa bouche semblait immobilisée. On lui avait placé un appareil lui tenant les dents scellées. Sa langue arrivait à peine à bouger. Cet appareil, fixé de l'extérieur ressemblait à un masque en cuir relié derrière la tête. L'odeur de ce dernier lui levait le cœur.

Soudain, elle entendit un ouvrier s'approcher de la porte. Il tenta d'ouvrir celle-ci en vain puisque le verrou l'empêchait. Il essaya plusieurs fois la poignée et tira sur la porte qui semblait bouger dans la mortaise, mal ajustée.

- *Ouvrier :* Gary, qu'est-ce qu'il y a derrière cette porte?

- *Garry :* On ne doit pas l'ouvrir, le client fut très strict. Il va nous payer en argent à la fin de la journée si tout est conforme et cette porte doit rester fermée. On a beaucoup de travail et pas de temps pour ça.

- *Ouvrier :* Oui, mais on peut l'ouvrir et la refermer ensuite, il ne verra rien.

- *Garry :* Je me suis engagé à effectuer les travaux selon ses volontés. Il paie très bien et on n'a pas eu beaucoup de travail ces derniers temps. Viens finir tes soudures afin qu'on puisse partir et lâche cette porte. De plus, on ne doit jamais être venu ici alors ferme les yeux sur cette porte.

- *Ouvrier :* S'il y avait un trésor ou quelque chose de monnayable, on ferait plus d'argent. Tu sais, les gens ne cachent jamais les choses qui ne valent rien. De plus, il est très étrange ce client. On pourrait le faire chanter. On serait fixé simplement à l'ouvrir. Je sens que je peux la forcer.

- *Garry :* Je ne sais pas ce que tu ne comprends pas dans ce que je t'ai dit, mais reviens immédiatement finir ton travail afin que l'on puisse tous partir et être payés, bordel! C'est la dernière fois que je te le demande.

- *Ouvrier :* Bon, bon ce n'est pas la peine de t'énerver. Je voulais juste savoir, c'est tout.

- *Garry :* Oui, oui! Je te connais trop, tu n'es qu'un fouteur de merde. Fini ton travail, on a assez perdu de temps!

Nancy tenta de crier malgré le masque, mais l'homme s'éloigna de la porte sans l'entendre. Elle se sentait perdue. L'odeur d'humidité, mêlée à la fumée secondaire de soudure lui irritait la gorge. Elle avait toujours cette soif qui lui asséchait la gorge.

Elle luttait de toutes ses forces pour se libérer de ses sangles, mais elles étaient trop serrées. L'effort de se libérer renforcé par l'odeur du masque lui donnait la nausée. Elle ne pouvait rien faire pour changer la situation. Elle ne pouvait que s'adapter à elle pour être heureuse. Elle accepta donc pleinement son sort afin de redevenir sereine.

Nancy avait l'impression de faire son chemin de croix, portant un lourd fardeau. L'alléger pouvait rendre les derniers moments plus faciles à vivre. Elle prit la décision d'accepter ce qui se passerait comme si elle l'avait souhaité.

Ce profond lâcher-prise lui procura un regain de vie. Plus rien ne pouvait l'atteindre. Elle se plongea dans le moment présent afin de pleinement sentir la vie circuler en elle. L'image d'une lumière qui emplissait chacune des cellules de son corps lui venait à l'esprit.

Son attention se déplaçait partout en elle. Nancy ne réfléchissait plus, elle ressentait. La vie semblait au-delà de ce qui l'attendait. Elle pouvait ressentir une grande force.

C'est à ce moment précis qu'elle prit conscience qu'aucun problème de la société ne mérite notre attention. Avant cette prise de conscience, la peur l'envahissait en lien avec la projection d'un futur incertain qui lui paraissait réel.

Aucuns tracas ne pouvaient l'atteindre en ce moment, car ils ne pouvaient exister dans le présent. C'est le passé et le futur qui les alimentent et ils s'avèrent éphémères. La peur se dissipa complètement, en laissant toute la place à sa conscience.

Elle sentit même son ego la quitter puisque la voix dans sa tête n'était plus. La paix remplissait son esprit. La situation pouvait être certes désagréable, mais une fois acceptée elle se transformait en paix. Les sons et les odeurs la traversaient sans barrière pour les retenir à l'intérieur d'elle. Elle se sentait en paix avec ce qui l'entourait. Elle ressentait la vie l'entourer.

XXII

La route pour se rendre à Sept-Îles dura près de huit heures. Durant ce trajet, Chris et Dan revoyaient l'intervention. Ils quittèrent la ville de Sainte-Foy après avoir récupéré les enfants vers 11:00 heure pour arriver sur le boulevard Laure, au cœur de Sept-Îles à 18:45.

La vue du fleuve St-Laurent qui longeait en majeur parti la route ainsi que la pause du traversier de baie Ste-Catherine vers Tadoussac dans le Fjord du Saguenay rendait le voyage agréable. Ils firent le trajet en ne s'arrêtant qu'une seule fois pour mettre de l'essence aux Escoumins. Cependant, une fois traversé Baie-Comeau, le chemin sinueux en montagne leur parut interminable.

Dans les dernières heures du trajet, Bryan ressentit l'angoisse et la nervosité que Chris et Dan éprouvaient à l'idée de croiser Ian Falken. Il n'arrivait pas à comprendre le fait qu'un simple psychiatre pouvait les terroriser à ce point.

Lorsqu'ils passèrent Port-Cartier, après quelque temps sur une route sans éclairage n'ayant que des arbres comme paysage, la lumière de la ville de Sept-Îles apparue au loin. Encore une baie d'environ quarante kilomètres à longer et ils arriveraient à destination.

Dans la ville, ils s'arrêtèrent dans une petite pizzeria au décor typiquement italien afin de faire le point sur un plan pour récupérer Nancy.

- *Chris :* Nous devons être très prudents. Falken pourrait ressentir notre présence et nous ne pourrons lui échapper cette fois-ci.

- *Dan :* J'avoue que l'idée de me rapprocher de lui me transperce l'âme. Je me sens déconcentré.

- *Bryan :* Pourquoi en avez-vous si peur? Ce n'est qu'un homme après tout.

- *Dan :* Il n'est plus qu'un homme comme tu le penses, et ce, depuis plusieurs années. De plus, ses pouvoirs semblent avoir augmenté. Une force maléfique le protège.

- *Bryan :* Il doit faire de la manipulation émotionnelle. C'est un psychiatre ne l'oubliez pas. Il sait certainement manipuler les gens.

  Chris : Ne prends pas à la légère ce que l'on tente de te dire. Il a certes une apparence humaine, mais il s'est élevé au-delà de cette apparence il y a de ça plusieurs années. Nos armes ne pourront l'atteindre. Il ne doit pas entrer en contact avec nous. Nos manœuvres sont très limitées.

- *Bryan :* Que proposez-vous?

- *Dan :* Nous devons sonder le terrain. Il reconnaîtra notre présence. Tu devras nous servir d'éclaireur.

- *Bryan :* Je n'aime pas du tout votre plan! Je ne suis pas formé pour les interventions tactiques. Je suis un simple ambulancier.

- *Chris :* Nous aimerions que tu t'approches de Nancy et que tu valides qu'il n'est pas près d'elle. Je vais t'équiper d'un microphone sur ton collet de manteau et tu auras un petit écouteur pour nous entendre. Nous pourrons intervenir seulement s'il n'est pas là.

- *Bryan :* Je ne sais même pas à quoi il ressemble, je ne l'ai jamais rencontré.

Dan lui sortit une photo récente du psychiatre afin qu'il puisse mémoriser son visage.

- *Chris :* Nancy est certainement bien gardée à l'intérieur d'une pièce dans le local. Les adeptes de la secte seront présents seulement lorsque le maître y sera. Ils se rencontrent tous d'avance dans une autre salle afin de planifier le rituel. C'est à ce moment que le psychiatre revoit les limites à respecter. Par la suite, ils arrivent tous vêtus d'un costume noir.

- *Bryan :* Donc, si je comprends bien, si je ne vois pas de gens costumés, le psychiatre n'y est pas?

- *Dan :* Exactement. Elle sera sortie de son confinement et préparée par une autre équipe peu de temps avant l'arrivée des adeptes et du maître. Ces gens vont sortir par la porte avant du commerce afin de feindre la fermeture du local. Falken et les adeptes passeront par l'arrière.

- *Bryan :* Je devrai m'assurer qu'elle n'est pas dans la pièce principale et vous le confirmer.

- *Chris :* Effectivement, tu as bien saisi. Ils devront certainement débuter le rituel vers 11:00 ou 12:00 pour ne pas éveiller les soupçons. C'est un secteur commercial et les commerces avoisinants devraient être fermés à cette heure.

- *Bryan :* Nous devons donc y aller très bientôt!

- *Chris :* Oui, on se mobilise immédiatement après s'être entendu sur les points restants.

Dan sortit une carte du secteur afin d'établir leurs positions respectives. Par la suite, ils établirent l'horaire des tâches de chacun en synchronisant leurs montres.

Une fois le scénario d'intervention bien mémorisé par les trois hommes, ils partirent en direction du local où se trouverait probablement Nancy.

Chris stationna la voiture à environ cinq cents mètres du local. Bryan quitta seul de son côté, en direction du stationnement à l'arrière de l'immeuble.

Arrivée à l'arrière de l'immeuble, il se rendit à la porte qui était verrouillée de l'intérieur. Après avoir vérifié les pistes au sol, Bryan conclut que plusieurs personnes semblaient être passées par cette porte dernièrement. Son attention fut attirée par deux véhicules noirs de modèle Yukon GMC qui étaient stationnés près de la porte.

Bryan se déplaça pour toucher le boyau d'échappement de l'un de ceux-ci afin de savoir depuis quand ils étaient là. La température extérieure frôlait le zéro degré Celsius et l'échappement paraissait encore tiède, ce qui laissait croire que ces derniers arrivèrent dans la dernière heure.

Il informa Chris de son analyse puis attendit le retour de ce dernier. Après quelque temps, Chris lui demanda de se retirer et de se cacher afin d'attendre les prochaines instructions. Bryan se retira entre les deux véhicules utilitaires. Par la suite, un homme sortit du commerce.

- *Bryan :* Un homme vient de sortir pour fumer une cigarette. Je vais m'approcher discrètement derrière lui pour y glisser un morceau de bois trouvé par terre et empêcher la porte de se fermer derrière lui.

- *Chris* : Bien reçu, mais sois très prudent. En aucun cas ces gens ne doivent détecter notre présence.

Bryan se glissa doucement le long de la bâtisse, entre le muret et les voitures stationnées. Arrivée près de la dernière camionnette à environ deux mètres de l'homme, il se prépara pour l'intervention rapide et discrète consistant à glisser le bâton entre la porte et le cadre.

Il se cachait derrière la roue du véhicule lorsque l'homme se tourna vers lui pour lancer son mégot de cigarette et se faufila rapidement à l'intérieur du local. Bryan se dirigea précipitamment vers la porte qui fermait plus vite qu'il ne l'avait anticipé.

Ce n'est qu'au tout dernier instant, en se tirant au sol, que le bâtonnet put se glisser entre la porte et le cadre freinant celle-ci brusquement. L'homme poursuivit son chemin en tenant pour acquis que la porte se verrouillait derrière lui.

- *Bryan* : Ça fonctionne, je peux entrer.

- *Chris* : Vérifie, en ouvrant légèrement la porte, que personne ne peut te voir entrer et mettre en danger notre mission.

- *Bryan* : Bien reçu!

Bryan ouvrit légèrement la porte et regarda à l'intérieur afin de s'assurer que le passage était dégagé. Il pénétra discrètement à l'intérieur en refermant délicatement la porte derrière lui. Il pouvait entendre des gens discuter au loin.

La petite pièce ne possédait que l'enseigne « Sortie » pour l'éclairer. Il avança vers la porte qui laissait passer un filet de lumière dans le cadre donnant sur la grande salle.

Il l'ouvrit légèrement afin de voir ce qui se passait de l'autre côté. Il put apercevoir des draperies blanches recouvrant les murs de la salle avec un dessin étrange « GD » en rouge au centre. Un autel sur podium faisait face à la porte avec un écran dernière et la photo d'un démon de l'Ancien Monde.

Sur la scène, une chaise avec un long dossier se dressait devant un montage d'acier vertical en forme de « X », tenu au centre par une colonne pivotante. Une femme sanglée fermement se faisait préparer par deux femmes. Enfin, trois hommes finissaient l'assemblage technique de la sonorisation et de l'éclairage.

Bryan reconnut la femme nue et attachée en préparation pour le rituel. Il s'agissait bel et bien de Nancy. Des symboles de rituel étaient tatoués sur une grande partie de son corps. Sous le coup de l'émotion, il mit sa main devant sa bouche et recula. Elle paraissait en grand danger.

- *Bryan :* Je vois bien Nancy, deux filles viennent tout juste de finir de la préparer. Les personnes se préparent à quitter. Il ne nous reste plus beaucoup de temps.

- *Chris :* Il est trop tard pour intervenir maintenant. Nous devons laisser Falken arriver et commencer.

- *Bryan :* Nous devons agir maintenant, il le faut!

- *Chris :* Bryan, sors du local et attends mes instructions pour la suite. Précise-moi l'emplacement où elle se trouve dans le local.

- *Bryan :* Elle est en plein centre de la pièce et la chaise du maître se trouve adossée à la vitrine avant qui est voilée. Nous devons la sauver.

- *Chris :* Cache-toi immédiatement, je vois du mouvement dehors en direction de la porte où tu es entré.

- *Bryan :* Message reçu.

Bryan se glissa entre deux caisses de bois bleues sur roulettes qui étaient tout près. Lorsqu'il s'accroupit, on entendit le verrou de la mortaise de la porte et la porte s'ouvrit. Douze personnes vêtues d'un costume noir de cérémonie entrèrent et se dirigèrent vers la grande salle.

La peur l'envahit. Le dernier homme qui fermait la marche devait être le psychiatre. Des broderies dorées le distinguaient des autres. Lorsqu'il passa devant Bryan, il s'arrêta subitement comme pour s'imprégner d'une sensation qu'il ressentait. Il fit un tour sur lui-même afin de bien visualiser l'ensemble de la pièce et sourit légèrement. Par la suite, il se dirigea vers la salle où se trouvait Nancy.

- *Bryan :* J'ai l'impression qu'il a senti ma présence. Il s'est arrêté devant moi.

- *Chris :* Sois prudent, vide ton esprit, car il va ressentir ta peur. Tout va bien se passer.

- *Bryan :* Facile à dire!

- *Chris :* Ferme tes yeux et concentre-toi sur une activité que tu aimes profondément. Ressens l'assurance que nous prenons la situation en main et dès que tu peux, sors de cette pièce pour te cacher dans le stationnement. Nous t'informerons de la suite en temps et lieu.

Bryan n'écouta pas les recommandations de Chris. Il se glissa vers la porte et l'entrouvrit légèrement afin de voir ce qui s'y passait.

Un voile recouvrait Nancy. Le maître de cérémonie faisait la lecture d'un texte qui semblait être en latin. Les onze autres adeptes l'écoutaient attentivement.

Après le sermon, qui dura près de quinze minutes, l'un deux s'approcha de Nancy et retira son voile. Il lui caressait le corps en déposant le voile sur la petite table près d'elle. Elle ne pouvait bouger puisque des sangles la retenaient au montage en acier. De plus, un masque de cuir lui reliait la bouche et le nez.

L'homme semblait prendre plaisir à caresser Nancy pendant que le maître se retira dans sa chaise. Les dix personnes restantes se tenaient la main et débutèrent à voix basse des incantations incompréhensibles. Derrière la tête de Nancy, sur la petite table à roulettes où se trouvait le voile, il put remarquer plusieurs instruments de torture.

L'homme prit une fiole et en versa le liquide sur l'abdomen de Nancy. Par la suite, avec ses mains, il lui étendit sur tout le corps ce qui semblait être de l'huile. De sa main droite, il prit un petit fouet avec de multiples lacets ornés de perles noires.

Soudain, il leva son bras et fouetta de toutes ses forces Nancy qui hurla de douleur. Le sang gicla dans son cou. Un sourire méprisant vint au visage de son agresseur. Il reprit le geste à plusieurs reprises laissant des traces de sang et des marques rouges sur la chair de sa victime.

Brusquement, le maître leva la main. L'agresseur baissa les yeux et recula d'un mètre laissant le fouet ensanglanté pendre le long de ses jambes.

Le maître s'approcha de Nancy et lui parla à voix basse, elle se tourna la tête en direction opposée de lui. Ce dernier tendit ces mains dessus d'elle et longea son corps sans la toucher. Une vibration se fit sentir dans l'ensemble de la salle. Les lumières scintillaient et le montage d'acier se mit à tourner.

Une fumée semblait émaner du pied qui tournait de plus en plus vite. Une chaleur se dégageait certes du métal puisque le pied changeait légèrement de couleur pour devenir orangé. Les mains du psychiatre avec les paumes inversées se trouvaient toujours au-dessus d'elle.

Il retira ses mains et elle s'arrêta devant lui. Il lui parla de nouveau. Elle tourna la tête une fois de plus afin de l'ignorer. Il se mit à rire et laissa l'homme derrière lui reprendre son rôle. Ce dernier retira sa robe noire. Bryan aperçut une cicatrice derrière son mollet.

Il était nu en dessous. Il se caressa en s'approchant de Nancy afin qu'elle voie bien son érection. Ensuite, il tourna la table afin de se retrouver entre ses cuisses. Il lui ouvrit les jambes simplement en les repoussant de chaque côté.

L'homme la pénétra et glissait le fouet sur son visage. Ensuite, il se mit à la violer en la fouettant violemment. Cette scène horrible ne semblait plus atteindre Nancy. Elle ne ressentait pas la peur que voulait lui transmettre son agresseur.

Il se retira subitement d'en elle, puis il pivota légèrement ses pieds vers le haut afin d'atteindre son anus. Il la viola de nouveau espérant des lamentations de sa part.

Nancy paraissait ailleurs, elle ne réagissait pas au traitement qu'on lui faisait vivre. Elle semblait s'être élevée au-dessus de ce que son agresseur lui faisait.

Bryan cru reconnaître un instant l'homme qui violait Nancy pour l'avoir déjà vue à la télévision. Cet homme ressemblait à l'actionnaire d'un empire médiatique connu. Il ne pouvait cependant le confirmer avec certitude.

Lorsque Bryan tourna son regard vers le maître, ce dernier l'observait directement dans les yeux à travers la fente de la porte. Il recula subitement en fermant la porte rapidement. Puis, il se dirigea vers l'extérieur.

Lorsqu'il sortit dehors en courant, Chris lui demanda de rester sur ses gardes afin de récupérer Nancy le plus vite possible. Il se retourna pour comprendre ce qui se passait et une énorme déflagration se fit entendre. Il fut projeté sur le pavé sous la force de l'impact.

- *Chris* : Bryan est-ce que ça va?

- *Bryan* : Oui, je pense. Que s'est-il passé?

- *Chris* : Récupère Nancy et rejoins-nous au point de rencontre rapidement.

Bryan se releva péniblement et retourna à l'intérieur. Les vitrines éclatèrent toutes sous l'impact. Les hommes étaient au sol et semblaient inconscients suite à la détonation. La pièce était éclairée seulement par quelques flammes qui s'entremêlaient de noirceur et de poussière. Bryan se dirigea vers Nancy en se guidant à l'aide sa mémoire.

Plusieurs débris lui bloquaient le passage. L'agresseur nu gisait près de Nancy inconscient, le visage sous une tuile de plafond. Bryan la détacha rapidement, passa son bras autour de son cou et la traîna dehors vers une des vitrines fracassées.

La camionnette qui abritait les employés qui préparèrent la scène venait d'exploser. Chris venait forcément de placer une bombe sous celle-ci causant tous ces dégâts.

Après quelques pas sur le trottoir, il se retourna afin de regarder en direction de la chaise renversée du maître. Il put percevoir Ian Falken debout derrière un nuage de poussière qui regardait en sa direction. Il ne semblait pas atteint par la déflagration.

Son cœur se mit à battre à plein régime. Il reprit Nancy dans ces bras puis se mit à courir en direction du point de rencontre aussi vite qu'il pouvait sans se retourner.

Chris s'y trouvait tel que convenu. Dan l'attendait avec une couverture pour Nancy. Il l'enveloppa chaudement et la plaça dans la voiture pendant que Bryan prenait sa trousse dans la valise arrière du véhicule. Par la suite, ils prirent le chemin du retour discrètement.

XXIII

*E*ntré au petit matin, Sam dormait encore profondément. Les enfants étaient éveillés depuis l'arrivée de leur père et Marie-Hélène passait du temps avec eux après avoir déjeuné, afin de laisser son mari récupérer de sa nuit riche en émotions.

Lori aidait sa mère à classer les publicités qu'elle lui remettait après les avoir analysées et Samuel peignait le ciel d'un paysage sur une toile à numéro.

Marie-Hélène tenait sa tasse de café fumant à la main quand un extrait de l'un des volumes de « l'encyclopédie ou dictionnaire raisonné des sciences, des arts et des métiers » attira son attention. C'était le même type de papier que celui qui fut utilisé pour la liste de prix du fleuriste.

Cette encyclopédie était un ouvrage majeur du XVIIIe siècle. De plus, c'était la toute première encyclopédie française. Par la synthèse des connaissances antiques qu'elle contenait, elle représentait un travail colossal pour l'époque. William faisait souvent allusion à cet ouvrage que les grands-parents de Marie-Hélène lui léguèrent précieusement. Il créait même des parallèles aux intimidations reliant l'évolution de la Renaissance avec les nombreux rapports de force qu'on vécut les rédacteurs et éditorialistes du temps contre le pouvoir séculier ecclésiastique.

Cet extrait de l'encyclopédie ne pouvait venir que de William. Elle devait maintenant trouver le message avec la clé de la liste de prix envoyée précédemment.

ENCYCLOPÉDIE,

ou

DICTIONNAIRE RAISONNÉ DES SCIENCES,

DES ARTS ET DES MÉTIERS.

TOME DIX-HUITIÈME

I. JOM

Marie-Hélène sortit la publicité du fleuriste soigneusement classée derrière elle et la regarda attentivement. Elle remarqua que la liste de prix paraissait sectionnée en trois groupes. En prenant du recul, l'espacement entre les lignes les groupait en trois catégories. Pour débuter, la Jacinthe semblait être seule au prix de 4,92 $ l'unité.

Les énigmes l'alimentaient depuis son adolescence. Elle prenait plaisir à les résoudre. Elle débuta en se questionnant sur le lien possible qu'il pouvait y avoir entre l'encyclopédie et les fleurs.

Elle se rendit au sous-sol avec Lori afin de consulter l'ensemble des dix-huit volumes qui formaient l'encyclopédie. Elle regardait les volumes avec la feuille dans sa main droite en cherchant le parallèle. Lori semblait impatiente et lui posa quelques questions.

- *Lori* : Que cherches-tu, maman? Pourquoi tu regardes ces vieux livres?

- *Marie-Hélène* : Maman cherche à résoudre une énigme ou un jeu caché dans les mots. Je dois trouver le secret qui se cache à l'intérieur de cette feuille et la réponse est à l'intérieur de ces livres.

- *Lori :* Comment ça fonctionne? Est-ce que je peux regarder les images?

- *Marie-Hélène* : Maman préfère ne pas les toucher pour l'instant. Ce sont de vieux livres que ma grand-maman et mon grand-papa m'ont donnés. Ils sont fragiles et je ne veux pas les abîmer.

- *Lori :* Pourquoi il y a plusieurs livres identiques?

- *Marie-Hélène* : C'est un très gros livre qu'ils ont séparé en plusieurs couvertures identiques. Ils sont tous différents à l'intérieur.

- *Lori :* C'est une longue histoire, est-ce que tu l'as toute lue?

- *Marie-Hélène* : Ce n'est pas une histoire, mais plutôt un gros dictionnaire qui explique les choses qui nous entourent.

- *Lori :* Comment ça fonctionne?

- *Marie-Hélène* : Regarde. Tu vois le mot « JACINTHE » ici, on peut le retrouver à l'intérieur de l'un de ces livres. Il va nous expliquer ce que ce mot veut dire et quel usage, on peut en faire.

- *Lori :* Je veux voir svp. Raconte-moi l'histoire du mot Jacinthe.

Maire Hélène débuta la recherche afin de faire comprendre l'utilité d'une encyclopédie à Lori. Elle s'arrêta sur le volume qui renfermait la lettre « J ».

- *Marie-Hélène* : Regarde. On cherche la première lettre, puis la deuxième et enfin la troisième. Le haut de la page nous indique des mots commençant par « JAC », donc si on regarde attentivement, le mot « jacinthe » se trouvera à la suite des autres.

Elle tourna les pages doucement et pointa du doigt le mot recherché.

- *Marie-Hélène* : Il se trouve ici! Regarde, le mot est écrit de la même façon que sur la feuille. Nous l'avons trouvé.

- *Lori* : Lis-moi l'histoire svp maintenant qu'on l'a trouvé, maman.

- *Marie-Hélène* : Il y a plusieurs pages pour la définition et c'est écrit en tout petit. Es-tu certaine de vouloir que je te lise ceci ?

- *Lori* : Oui, maman!

- *Samuel* : Maman, j'ai fait un dégât!

- *Marie-Hélène* : J'arrive fiston! Nous allons prendre la page en note et la lire plus tard ma grande. Il faut porter secours à ton frère. Regarde le chiffre en haut, quatre-cent-quatre-vingt-dix. Je vais l'inscrire sur la feuille et nous allons pouvoir retrouver notre page plus tard.

Elle nota la page sur la feuille qui renfermait la liste de prix puis replaça le livre à sa place dans la bibliothèque. Ensuite, elle monta rejoindre Samuel avec Lori dans les bras.

Samuel avait renversé sur la nappe le contenant de peinture bleue à base d'eau. Il attendait patiemment le retour de sa mère pour savoir quoi faire.

Marie-Hélène prit la nappe souillée de peinture et la plaça à l'intérieur de la laveuse. Elle essuya l'excédent de peinture sur la table et ramassa l'ensemble de peinture que Samuel déserta en faveur de la télévision.

Lorsque Lori comprit que sa mère s'adonnait à des tâches ménagères et au rangement, elle rejoignit son frère sur la causeuse.

Après avoir rangé la cuisine, elle regarda ses enfants le cœur rempli de joie de les avoir retrouvés après avoir vécu leur disparition. Leur âme si pure reflétait l'innocence qui laisse place à l'ego vers l'adolescence. Elle voulait profiter de chaque instant avec ses amours.

Puis l'énigme lui revient à l'esprit. Elle retourna à la cuisine. C'est lorsqu'elle reprit la feuille entre les mains que Marie-Hélène compris le lien entre JAC 490 et Jacinthe à 4,92 $.

Elle descendit donc au sous-sol une deuxième fois pour reprendre le livre à la page 490. Par la suite, elle tourna doucement les pages jusqu'à la page 492. Celle-ci parlait toujours de jacinthe et portait l'entête 492 suivi de « JAC ».

492   J A C

les défend des vents du nord & d'est. La plupart des fleuristes préferent le midi, mais alors il faut avoir un bâtiment ou une baie pour brifer le vent de ce côté, qui, alongeant la fane, diminueroit la beauté de la pyramide, & en même tems pour affoiblir l'action du foleil, & empêcher ainfi la fleur de paffer trop vite.

La jacinte fe multiplie de graine, ou par fes caïeux.

Pour la multiplier par fes femences, le plus fûr eft de prendre de la graine de fimples ; & à cet effet

Elle remonta à la cuisine avec le volume en main afin de valider la probabilité d'une piste. Après avoir attentivement analysé la découverte, elle conclut que la première division de prix « JACINTHE » devait nécessairement pointer le volume et la page. Le message se trouvait donc à l'intérieur de ce texte.

C'est par hasard et grâce à Lori qu'elle remarqua cet indice. Marie-Hélène regarda de nouveau la catégorie de prix suivante :

Rose ....3,47 $ chacune

Feuillage ....1,13 $ chacun

Tulipe ....5,25 $ chacune

Lis ....5,33 $ chacune

Pivoine ....7,12 $ chacune

Scille Lis-Jacinthe ....7,86 $ chacune

Orge ....1,56 $ chacun

Géranium bouquet ....23,61 $ chacun

Elle tenta de les déplacer en ordre croissant et décroissant de prix. Par la suite, elle tenta de former un mot avec les premières lettres de chacun. Le choix des noms de fleur avait-il un sens à comprendre en lien avec la Jacinthe?

Marie-Hélène sortit son portable et essaya de chercher sur Internet des liens possibles entre ces fleurs. Rien ne ressortait de ses recherches. Elle prit une pause, se leva et partit rejoindre les enfants sur la causeuse du salon.

Les enfants écoutaient un dessin animé mettant en vedette des animaux qui personnifiaient la vie sociale des adultes. L'ours incarnait le bon citoyen qui discutait avec une belette qui symbolisait un prêtre. La belette tenait entre ces mains un évangile et lui dictait la bonne conduite. Deux ratons laveurs déguisés en infirmier transportaient le loup étourdi à l'infirmerie.

- *Lori :* L'ours a tapé trop fort le loup, maman.

- *Samuel :* Le loup voulait manger le lapin, Lori. L'ours défendait le lapin.

L'évangile attira l'attention de Marie-Hélène. Lorsque l'on veut aiguiller les lecteurs de la bible, on nomme l'auteur, le chapitre et le versait. Se pourrait-il que les prix visent à pointer des mots à l'intérieur du texte?

Marie-Hélène retourna à la cuisine et prit la feuille en main. Elle regarda les roses à 3,47 $ chacune. Prenant son idée en compte, elle décompta trois chapitres, quatre lignes et sept mots. Le mot « chacune » ressorti de cette recherche. Elle prit ensuite le feuillage à 1,13 $ chacun. Premier paragraphe, première ligne et troisièmes mots donnèrent « des ».

Les prix constituaient des balises pour trouver des mots dans le volume. Marie-Hélène continua pour la liste des huit prix et obtint la phrase suivante :

« CHACUNE DES FLEURS PREND TERRE AU MÊME ENDROIT »

Cette phrase avait-elle un sens? Après réflexion, elle se rappela que lorsque David revient de l'hôpital, son père, Renaldo l'avait prononcée. Une grande spiritualité émanait de cet homme. Il voulait dire à ce moment que chacun et chacune reflétaient une beauté différente, mais prenait racine dans la grande famille de la Renaissance. Celle-ci détenait notre point d'unité commun à tous.

William voulait donc transmettre l'emplacement où se trouve la Renaissance à travers ce message. Marie-Hélène sentait son cœur battre à vive allure. Excitée, elle prit du recul afin de bien visualiser l'ensemble de la liste de prix. Il restait une section.

Selon l'essence de la phrase, les prix convergeaient tous vers un point commun. Elle retourna vers son portable ouvert sur le moteur de recherche « Google » et tenta de faire des liens avec les noms de fleurs de la dernière catégorie.

Glaïeul............................4,62 $ chacun
Pavot jaune...................0,45 $ chacun
Stellaire.........................0,62 $ chacune
Narcisse des poètes....1,45 $ chacune
Oiseau du paradis........3,20 $ chacune

Elle rechercha les images afin de trouver des similitudes. Les pavots jaunes, les stellaires ainsi que les narcisses se ressemblaient par leurs formes et leurs couleurs. On pouvait facilement les comparer à des marguerites. Cependant, les glaïeuls et les oiseaux du paradis se distinguaient des autres.

Marie-Hélène rechercha leurs points d'origine. À quel endroit pouvait-on les trouver en se disant que ce lieu pourrait l'éclairer sur l'emplacement de la Renaissance.

Elle n'arrivait toujours pas à trouver un lien avec le troisième parti du message. Elle fit le même exercice en pointant des mots situés selon le chapitre, ligne et mot, mais l'agencement ne donnait aucun sens. De plus, on pouvait trouver des « 0 » cette fois-ci.

XXIV

$\mathcal{J}$ean discutait avec Chris et Dan pour élaborer un plan d'intervention afin de rapatrier Mike au sein du groupe.

- *Jean :* Il sera facile de l'intercepter, car ce n'est pas un criminel recherché ayant une importance cruciale pour le procureur. Sa surveillance devrait être minimale.

- *Chris* : Une fois récupéré, nous devrons le cacher. C'est ce facteur qui m'agace un peu. On ne pourra le cacher longtemps avant que les autorités le retrouvent.

- *Jean :* Sans oublier que nous attirerons l'attention des services policiers.

- *Chris* : Nous devrons avoir l'adresse de destination très bientôt. Lorsqu'il sera transféré au pénitencier, nous ne pourrons plus intervenir.

- *Jean :* Marie-Hélène est justement à travailler sur le message crypté. Selon la communication que j'ai obtenue hier, elle progresse.

- *Dan :* Nous devrions tous nous mettre sur ce message afin de l'aider. Le psychiatre va revenir très bientôt à la charge.

- *Jean :* Bonne idée, je vais la rejoindre et l'informer. Pouvez-vous convoquer les autres chez moi ce soir?

- *Chris* : Absolument, je m'en occupe.

Chris et Dan se levèrent, saluèrent Jean et quittèrent la salle de conférence vers la sortie. Jean reprit son travail en se dirigeant vers son bureau. Les derniers événements lui causèrent du retard dans certains dossiers et il devait le rattraper. Sa secrétaire l'intercepta en chemin afin de lui remettre un message qui disait de rappeler la dame de la DPJ le plus rapidement possible.

- *Annie :* Cela fait trois fois qu'elle tente de vous joindre ce matin. Elle semble tenace!

- *Jean :* Très bien, merci. Je vais la rejoindre dans la journée. Je ne prendrai plus d'appels, cependant. Je dois rattraper mon retard.

Il entra dans son bureau et ferma la porte derrière lui. Jean prit le combiné téléphonique et appela Marie-Hélène afin de convenir d'un moment pour que la dame de la DPJ puisse rencontrer les enfants. Elle lui donna ses disponibilités afin qu'il les transmette à sa secrétaire dans le but qu'elle coordonne un rendez-vous avec cette dame.

Après quelques instants, Annie lui achemina une convocation via le calendrier de la messagerie électronique mettant Marie-Hélène et la Dame de la DPJ en copie. Il l'accepta immédiatement afin de se concentrer pleinement à ses dossiers.

Pendant ce temps, Mike était l'hôpital pour stabiliser ses blessures. Il était bien gardé par la sûreté du Québec. Selon les derniers renseignements que Josiane a puisés à l'intérieur du réseau de santé, Mike devrait être transféré dans les prochains jours puisque sa condition le permettait. Le médecin traitant Mike laissa une note disant qu'il resterait en observation pour les quarante-huit prochaines heures. Si sa condition demeurait stable et ne se détériorait pas, il serait possible de le transférer au pénitencier via un service ambulancier.

Chris et Dan se préparaient afin d'intercepter Mike. Ils devaient obtenir certaines informations afin de planifier l'opération.

- *Chris* : Nous devons savoir combien de véhicules policiers l'escorteront et quel sera son trajet.

- *Dan :* Allons rendre visite à Alexandre, il pourra possiblement accéder à quelques notes au dossier, ce qui pourrait nous éclairer.

- *Chris* : Parfait, on pourra faire la chaîne d'appel chez lui pour la réunion de ce soir.

Dan transmit un message texte à Alexandre dans le but de le rencontrer. Ce dernier répondit presque immédiatement en lui suggérant de venir chez lui d'ici la fin de la journée.

XXV

$\mathcal{M}$arie-Hélène et Sam, accompagnés des enfants, croisèrent Jean dans le stationnement de la Direction de la Protection de la Jeunesse. Ils prirent tous le chemin de l'entrée principale où la dame insistante les attendait patiemment.

- *Ariane :* Bonjour, je me nomme Ariane, je vais m'occuper de vous. Veuillez me suivre svp.

- *Jean :* Avant d'aller plus loin, nous aimerions savoir quelles sont vos intentions et de quelle façon vous allez procéder.

- *Ariane :* Veuillez me suivre, nous pourrons installer les enfants dans une salle de jeux avec une collègue et je prendrai, à ce moment, le temps de tout vous expliquer ainsi que de répondre à tous vos questions.

Ils convinrent tous de suivre Ariane. Elle prit le chemin d'un couloir et passa devant les ascenseurs. Par la suite, elle tourna vers la droite à un embranchement au bout du couloir où se trouvait une salle de jeu avec un écran au mur. Une jeune stagiaire les attendait avec le sourire.

- *Stagiaire :* Bonjour à vous deux. Je m'appelle Maude et je vais m'occuper de vous deux pendant que vos parents vont remplir des papiers avec Mme Côté dans la salle voisine. Aimeriez-vous dessiner avec moi?

- *Lori :* Oui, j'aimerais bien dessiner le roi Lion.

Marie-Hélène laissa les enfants avec Maude et suivit Ariane vers la salle de conférence voisine accompagnée de Sam et de Jean. Ariane leur ouvrit la porte et par politesse, leur offrit le choix des places.

Ariane ferma la porte derrière elle puis prit place devant eux. La partie étroite d'une grande table ovale les séparait. Elle ouvrit son porte-documents et leurs remis le plan d'intervention pour les enfants que les parents devaient signer.

Jean en prit connaissance et demanda, a priori, les motifs de cette évaluation.

- *Jean :* J'aimerais bien comprendre le but de cette évaluation. Car de toute ma carrière, c'est certes la première fois que je vois autant d'insistance venant de votre organisme, et ce, sans intervenants pour vous soulever un besoin psychologique.

- *Ariane :* Nous pouvons agir sous plusieurs motifs Me Linteau. Dans certains cas, nous pouvons intervenir dans le cadre de l'encadrement judiciaire. Le fait est que ces enfants ont été enlevés. Le dossier nous est parvenu par le service des enquêtes criminelles.

- *Jean :* À ce que je sache, ces gens ne faisaient pas partie d'une enquête jusqu'au moment de l'arrestation.

- *Ariane :* La famille d'accueil qui les a abritées ne faisait effectivement pas partie de l'enquête jusqu'à tout dernièrement. Cependant, l'institut Falken en fait partie. Et cet enlèvement est relié à l'organisation qui est sous enquête présentement.

- *Jean :* La GRC n'a pas l'habitude de partager ces renseignements. D'où tenez vos informations?

- *Ariane :* Je n'ai pas l'autorisation de vous divulguer ces informations. Je ne vous ai pas parlé de la GRC non plus.

- *Jean :* Seule une enquête fédérale permet d'investiguer ou d'intervenir sur une organisation criminelle classée par interpole avec immunité diplomatique.

- *Ariane :* Ceci ne constitue que votre conclusion Me Linteau. Dites-moi, où voulez-vous en venir avec cette déclaration?

- *Jean :* C'est simple, répondez à ma question en expliquant votre intérêt en lien avec l'ampleur de votre insistance dans l'évaluation des enfants, sans pour autant qu'il y ait de jugement suite à une plainte. Nous devons insister largement habituellement pour que vous interveniez pour des cas beaucoup plus tristes d'enfants clairement maltraités. Considérant votre rapidité d'intervention, tout nous pousse à croire que vous connaissiez déjà les lieux et ses résidents.

- *Ariane :* Je peux rapidement obtenir un jugement si vous le désirez Me Linteau. Les enfants pourront être évalués et répondre aux questions des enquêteurs et des avocats en cours. Cette expérience leur sera assurément plus marquante que ce que prévoyons pour le moment. Nous avons l'habitude et l'expertise nous permettant de nous assurer que l'expérience vécue ne sera en rien dommageable pour eux et sera effectuée sous forme de jeux.

- *Jean :* Il y a tout de même une procédure avant d'en arriver à ce que les enfants passent devant la cour. Vous devrez prouver que cela est nécessaire. Je peux les faire évaluer par une travailleuse sociale de mon côté afin de renforcer le fait qu'ils n'en ont pas besoin. Vous devrez défier les témoignages des parents également et faire pencher le jugement que vous désirez baser sur un dossier vide pour l'instant. Sur quoi vous basez-vous pour insinuer qu'ils ont besoin d'être évalués?

À ce moment, la sonnerie du portable d'Ariane se fit entendre.

- *Ariane* : Pardonnez-moi quelques instants, je vais prendre mon appel et vous revenir rapidement afin de régler cet imbroglio.

Ariane sortit de la pièce et ferma la porte derrière elle. Le timbre de voix d'Ariane demeurait mélancolique et aimable contrairement à celui de Jean qui devenait très agressant vers la fin.

- *Marie-Hélène* : Nous devrions la laisser faire. Ce sera fini rapidement, car les enfants n'ont absolument rien.

- *Jean* : Je ne le sens pas du tout. Tout ceci est très étrange. De plus, nous aurions dû nous présenter à la réception et la dame l'aurait demandé. Elle nous attendait comme si nous étions tout ce qu'elle avait à faire aujourd'hui.

- *Sam* : J'avoue que c'est étrange. Je m'attendais à attendre avec les autres dans la salle d'accueil avant qu'elle vienne nous chercher.

- *Marie-Hélène* : Elle est simplement gentille et savait que l'on arriverait à cette heure puisqu'on avait rendez-vous. De plus, elle sait que c'est un irritant pour nous et elle tente de poser un baume sur cette confusion qui prend des proportions trop grandes à mon avis. Ils ont sûrement l'habitude de faire cela. Nous devrions simplement la laisser faire et tout ceci sera fini rapidement.

- *Sam* : Je vais profiter de son absence pour visiter les salles de bains, j'ai deux cafés qui veulent sortir !

- *Marie-Hélène* : Merci pour les détails, ne sois pas trop long.

Sam sortit en direction des toilettes. Il revint après seulement quelques minutes très angoissé.

- *Sam* : Ariane n'est plus visible et les enfants ne sont plus dans la salle de jeux.

- *Marie-Hélène* : Ça n'a pas de sens, elle aurait dû nous aviser avant de procéder ! De plus, nous n'avons même pas signé ses documents.

- *Jean* : Je n'aime pas ça! Depuis le début, je sens que ce n'est pas normal.

Ils sortirent tous hâtivement de la salle de réunion. Marie-Hélène se trouvait en état de panique. Sam criait de toutes ses forces le nom des enfants en courant vers la réception. Un gardien vint l'intercepter afin de comprendre la situation.

- *Sam* : Une femme soi-disant travaillant pour la DPJ a enlevé nos enfants. Elle s'appelle Ariane je ne sais quoi. On est venu la rencontrer puis elle est sortie en nous laissant seuls. Depuis nos enfants sont disparus.

- *Gardien* : Je comprends, calmez-vous. Nous allons faire la lumière sur ce conflit.

- *Jean* : Il n'y a pas de lumière à faire à la manière d'un fonctionnaire syndiqué. Appelez les services policiers immédiatement et faites surveiller tous les accès.

- *Gardien* : Qui êtes-vous, monsieur?

- *Jean* : L'avocat qui représente ces gens. Si vous tenez à votre emploi, agissez rapidement et efficacement. La scène vient tout juste de se produire, ils ne doivent pas être très loin. Ce ne serait pas très bien pour votre carrière un enlèvement d'enfants à la DPJ sous votre responsabilité.

- *Gardien* : Très bien, nous avons encore une chance. Je fais barrer toutes les issues et informe les autorités.

Le gardien prit rapidement un combiné téléphonique et avisa la centrale de sécurité de contrôler les issues ainsi que de les surveiller. Il leur expliqua qu'il devait suivre le protocole et valider les faits avant d'appeler les services du « 911 » pour rapporter l'enlèvement. Par la suite, ils se dirigèrent tous vers la réception afin d'interroger la réceptionniste sur le profil d'Ariane.

La dame à la réception lui confirma ne pas la connaître et l'avoir vue pour la première fois ce matin. Elle s'était identifiée avec son badge comme faisant partie d'une unité de Montréal en transit à Québec et elle demanda une salle pour intervention. La dame n'avait pas pris la peine de valider son identité. Cette dernière entra le nom d'Ariane Lajoie dans le système de gestion du personnel accessible pour les réceptionnistes.

Le système de gestion rejeta le nom inscrit avec le message que cette usagée ne faisait plus parti de l'organisme accompagné de la date de fin de service qui datait de deux semaines.

C'était suffisant pour confirmer l'enlèvement à l'agent et il demanda à la dame de rejoindre le « 911 » et de leur expliquer la situation rapidement.

- *Gardien* : Un système de contrôle confine tous les accès en ce moment. Avec les caméras de surveillance, nous pourrons faire une recherche pour nous guider. J'aurai besoin de votre aide pour les identifier.

- *Sam* : Est-ce qu'il y aurait des accès qui échapperaient au système et qui seraient accessibles avec une clé?

- *Gardien* : Oui, un tunnel pour la chaufferie qui donne sur le stationnement arrière. Excepté nous, seules les personnes autorisées de la maintenance on accès à ces clés.

- *Sam* : Pourrais-je valider avec un agent de sécurité si ce passage fut utilisé dernièrement?

- *Gardien* : Avec plaisir, mais avant, avez-vous un téléphone intelligent avec une photo récente de vos enfants? Vous pourrez me suivre par la suite, je vais vous mettre en contact avec un agent du centre de contrôle qui vous accompagnera.

- *Marie-Hélène* : Oui bien sûr!

- *Gardien* : Alors, svp, transférez la photo à la réceptionniste, elle me l'acheminera et on pourra l'afficher sur chaque moniteur dans toutes les salles de conférence et corridor de cette bâtisse. De plus, chaque ordinateur en fonction recevra cette photo avec le message de recherche. Nous passerons le message dans les haut-parleurs du système d'appel général afin d'aviser le personnel qui nous aidera à les retrouver rapidement.

Ils se dirigèrent vers la réception afin de transmettre la photo. Par la suite, ils revinrent sur leur pas près de l'ascenseur. Un local en retrait servait pour la centrale des agents de sécurité qui se trouvaient déjà en alerte et à la recherche du moindre mouvement suspect.

Un des agents partis avec Sam en direction du tunnel de la chaufferie pendant que les autres recherchaient les enfants sur les moniteurs.

Derrière l'ascenseur principal, un escalier donnait sur un sous-bâtiment. Au bout du corridor, une porte coupait l'accès au tunnel. Le ménage de cet endroit ne se faisait pas avec autant de rigueur que le reste de la bâtisse. Sam fit remarquer à l'agent que des traces dans la poussière laissaient croire à une activité récente. De plus, les pistes semblaient provenir de petites bottes.

L'agent ouvrit la porte et les deux hommes se mirent à la course en espérant rejoindre la dame afin de la prendre sur le fait. Il profita de l'occasion pour annoncer leur découverte sur sa radio.

La photo des enfants se répétait sur pratiquement tous les moniteurs de l'immeuble. Tout le personnel était informé et participait à la recherche.

Pendant ce temps, les policiers arrivèrent à l'entrée principale. La réceptionniste les dirigea vers la centrale des agents de sécurité rapidement. L'un des agents informa le policier que les enfants auraient probablement passé par la chaufferie. Ce dernier demanda du renfort pour bloquer la barrière à la sortie et qui s'avérait être la seule possibilité de s'enfuir du complexe.

Par la suite, le policier se dirigea à l'extérieur vers la chaufferie. La tension atteignait un niveau élevé, aucun détail ne devait lui échapper. Ce dernier cherchait dans toutes les directions des mouvements pouvant ressembler à une fuite.

Sam et l'agent arrivèrent à l'intérieur de la chaufferie et remarquèrent devant eux la porte extérieure qui se refermait.

- *Gardien* : Arrêtez! Arrêtez!

Il avisa la centrale de son observation. Le policier fut informé et arriva promptement devant Ariane qui tenait les enfants. Il pointa son arme sur elle et lui demanda de s'immobiliser.

Sam et le gardien sortirent pendant ce temps. Elle semblait perdue et ne voulait pas laisser les enfants.

- *Sam* : Lori, Samuel, revenez avec papa. Vous devez quitter cette dame immédiatement.

- *Policier* : Relâchez immédiatement les enfants et mettez-vous à genou les mains bien en vues sur la tête!

- *Lori* : Laissez-nous partir vous me faites mal. Mon père veut que vous me laissiez partir.

- *Policier* : Obéissez sur-le-champ! Relâchez les enfants et mettez-vous à genou les mains bien en vues!

- *Ariane* : Vous ne comprenez pas, il ne me laissera jamais m'en sortir. Il vous pourchassera tous autant que vous êtes. On ne peut lui échapper.

Le policier garda son arme pointée pendant que son coéquipier venait lui porter secours. Soudain, une voiture sous-compacte arriva à plein régime en persécutant de plein fouet le policier qui fut propulsé sur le muret derrière lui. Maude, qui conduisait la Toyota Yaris bleue, fit signe à Ariane de monter et pointa une arme vers le policier en tremblant.

Ariane s'avança pour monter à l'intérieur du véhicule, mais le coéquipier tira avec et atteignit Maude dans le coup. Celle-ci mit sa main pour arrêter l'hémorragie qui giclait dans le véhicule. Le sang passait à travers ses doigts. Elle succomba rapidement.

Ariane devenait plus nerveuse et mit sa main dans le sac qu'elle portait sur l'épaule. Samuel en profita pour rejoindre son père.

- *Policier :* Ne faites pas ça! laissez vos mains visibles et descendez-les sur vos genoux.

- *Ariane :* Vous ne comprenez pas! Vos armes seront inutiles devant ses pouvoirs. Il vous traquera tous.

- *Sam :* De qui parlez-vous?

- *Ariane :* Vous le savez très bien.

- *Sam :* Falken?

Elle se retourna et d'un mouvement rapide elle sortit un pistolet de son sac. Le policier tira un coup qui l'atteignit à épaule. Sous l'impact de la balle, l'arme tomba sur le sol. Puis, il se jeta sur elle afin de la maîtriser et lui passa les menottes.

En pleurant, Lori se dirigea vers son père qui lui ouvrit les bras. Ariane pleurait intensément en répétant qu'il ne la laisserait jamais s'en sortir.

Le policier la releva et ramassa l'arme. Par la suite, il la guida vers l'auto-patrouille afin de la placer sur la banquette arrière.

Il porta secours à son coéquipier qui semblait ébranlé avec des lésions à la jambe droite. D'autres personnes arrivèrent et assistèrent les policiers.

Marie-Hélène arriva en courant et en pleurant de joie, accompagnée de Jean et du gardien. Sam bouchait les yeux des enfants et les tenait contre lui afin de les empêcher de voir la scène.

Jean serra la main du gardien en lui offrant sincèrement ses excuses de l'avoir sous-estimé. Il souligna son efficacité exceptionnelle et lui confirma qu'il en ferait mention à l'intérieur d'un communiqué officiel adressé à la direction de la DPJ.

XXVI

C'est à St-Irénée, dans la région de Charlevoix, que Chris, Dan et Bryan se dirigèrent avec Nancy. Elle nécessitait rapidement des soins afin de désinfecter ses plaies. De plus, elle souffrait d'une sévère déshydratation à laquelle ils devaient rapidement remédier.

Après quelques heures de recherche, lorsque le réseau cellulaire le permit enfin, Dan trouva avec son iPhone l'adresse d'un complexe culturel ayant des chambres et des villas pour les jeunes étudiants et enseignants. Ce site était opérationnel seulement en saison estivale.

Il réussit à prendre contact avec la propriétaire afin de louer comptant la totalité des chambres pour les deux prochains mois. C'était l'endroit idéal pour rapatrier le groupe de la Renaissance loin du danger qui les attendait.

Après l'événement de Sept-Îles, l'organisation criminelle Falken souhaitera certes anéantir ou torturer toutes les personnes reliées à la Renaissance. Un changement majeur s'imposait, il fallait se recueillir et unir les forces de chacun.

Le psychiatre ne tarderait pas à reprendre ses agressions, car l'explosion déclenchera certainement une enquête criminelle le mettant une fois de plus dans l'embarras. L'accalmie serait brève, mais ils devaient tous saisir l'opportunité d'unir leur force avant de partir.

Il présenta l'offre à la propriétaire du site comme étant un groupe de personne voulant se réunir et profiter des plaisirs de l'hiver ensemble dans l'environnement accueillant et pittoresque de St-Irénée, près du Manoir Richelieu ainsi que des plaisirs reliés à la Pointe aux pics.

Les villas étaient retirées du chemin et à l'abri des regards, tout en ayant une magnifique vue panoramique sur le fleuve Saint-Laurent. Ce site enchanteur pouvait abriter plus de cent personnes et devenait un point de rencontre idéal pour tous les gens de la Renaissance.

Il transmit un message texte à sa sœur Maryse, disant de le rejoindre avec sa conjointe ainsi qu'une liste de choses à apporter pour Nancy, dont des vêtements. De plus il en informa Jean afin qu'il organise le rapatriement général.

Le site n'étant pas exploité l'hiver, l'offre semblait alléchante pour l'administration, tout en restant discrète à la demande de Bryan.

À l'entrée, une grande bâtisse allongée peinte de noir et gris abritait plusieurs dortoirs. Cet immeuble semblait plus âgé que le reste du site. Plus loin, un centre communautaire servant également à l'administration se trouvait à droite. Ce dernier faisait face au fleuve pourvu d'une généreuse fenestration.

La suite du chemin sinueux menait à la sortie d'un boisé et descendait sur un autre plateau garni de cinq complexes de huit unités de condo qui étaient tous orientés sur une vue splendide du fleuve. La construction de ces habitations semblait très récente.

Pendant que Dan réglait la prise de possession avec la dame, Alexandre transmit à Chris des informations sur le transfert de Mike. Le courriel destiné à Chris et Jean renfermait un condensé du transport afin que ceux-ci puissent l'intercepter. Le transport devait se faire le lendemain en après-midi avec seulement une auto-patrouille pour escorter la camionnette. Il indiqua même le trajet de l'hôpital jusqu'au pénitencier.

Les trois hommes s'installèrent à l'intérieur d'une villa avec quatre unités de condo. Bryan aménagea avec Nancy dans l'une des unités. Chris et Dan en prirent chacun une autre afin de faire une sieste, épuisés par les derniers jours.

Chris fit une liste de ses besoins à Jean pour l'intervention et lui transmis par courriel en mettant Alexandre en copie. Il s'assoupit ensuite. Suite à la réception de la liste, Alexandre prit la liberté de réserver trois camions dans trois centres de location différents, sous le nom de la sûreté du Québec.

Il inscrit une note au dossier indiquant la description et la photo de Chris afin que celui-ci puisse les récupérer avec une simple signature sans s'identifier. Par la suite, il transmit à Chris la confirmation de chaque locateur.

Lorsque ce dernier prit connaissance du courriel transmis peu de temps après la transmission de sa liste de besoins, il sourit et s'inclina devant l'efficacité d'Alexandre.

Pendant ce temps, deux ambulanciers, collègues de Bryan, arrivèrent sur les lieux. Ils venaient lui apporter discrètement du matériel pour Nancy. Ils donnèrent à Bryan tout le nécessaire pour les soins et repartirent presque aussitôt.

L'avant-bras de Nancy semblait profondément infecté. La morsure du chien déchira la peau qui rendait la cicatrisation difficile. Bryan prit le temps de la désinfecter en profondeur. Il lui fit quelques points de suture après avoir anesthésié la plaie. Ensuite il lui enduit l'avant-bras d'une forte couche de crème antibiotique. Enfin, il referma la blessure avec un bandage stérile.

Les traces de fouets se trouvaient en grande partie sur l'abdomen. L'inconscience de Nancy facilitait la tâche à Bryan, car elle ne réagissait plus à la douleur. Il nettoya patiemment ces blessures au ventre puis il enduit une crème antibiotique sur chacune des plaies afin d'en faciliter la guérison.

Il remarqua l'étrange tatouage « GD » sur son abdomen, ce qui lui rappelait avec tristesse l'épreuve vécue par Nancy.

Après avoir remonté les chaudes couvertures, il lui installa un cathéter sur le dessus de la main afin de la réhydrater à l'aide d'une poche de perfusion. Nancy ouvrit les yeux péniblement et fit un effort pour parler afin de comprendre ce qui se passait.

- *Nancy :* Où suis-je?

- *Bryan :* En lieux sûrs pour l'instant, repose-toi et garde tes forces.

- *Nancy :* Qui êtes-vous?

- *Bryan :* Je m'appelle Bryan, on s'est déjà croisé à la Renaissance. Je travaille dans le réseau ambulancier.

- *Nancy :* Est-ce que ce monstre est loin de nous?

- *Bryan :* Tu n'as rien à craindre pour l'instant. Il faut reprendre des forces.

- *Nancy :* Il est dangereux cet homme. Il a des pouvoirs que tu ne peux imaginer!

- *Bryan :* J'en conviens, je me trouvais très près de toi ces derniers temps. En particulier pendant le rituel hier soir, dans le but de te récupérer. Nous attendions le bon moment. J'avoue qu'il me fout la trouille, ce n'est pas un homme commun. Cependant, nous sommes à l'abri ici. Une grosse explosion se fit sentir dans le local, tous les occupants ont succombé à la déflagration, mais lui, il est resté debout sans être atteint. Même les flammes ne pouvaient le consumer. Il m'a regardé partir avec toi dans les bras. Je n'oublierai jamais ce regard! Mais nous n'avons plus rien à craindre pour l'instant.

- *Nancy :* Pour l'instant.

Nancy sourit de soulagement à l'idée d'être enfin éloignée du psychiatre. Elle ferma les yeux comme si rien ne la perturbait. Malgré les souffrances que le Dr Falken lui infligea, Nancy demeurait sereine.

Bryan finalisa l'installation de la poche sur une perche que ces collègues lui laissèrent. Il termina avec l'injection d'une dose d'antibiotiques dans le tube afin de l'aider à combattre les infections.

Une fois Nancy stabilisée, Bryan plaça, sur le bout du doigt de Nancy, un capteur cardiaque relié à un moniteur sans fil. Il apporta le moniteur dans la pièce voisine en prenant soin de la couvrir chaudement et de fermer la porte derrière lui. Enfin, il s'étendit sur le divan afin d'en profiter pour dormir un peu.

XXVII

$\mathcal{L}$orsque les deux détectives de la GRC arrivèrent sur les lieux de l'explosion survenue de nuit sur la rue Brochu à Sept-Îles, le tout se présentait mal au vu des tensions avec la police locale. Le responsable de la scène de crime, un grand blond au regard perçant, ne voulait pas laisser passer les deux enquêteurs en plaidant qu'ils pourraient brouiller les indices de l'enquête.

Le périmètre se trouvait scellé sous une banderole de plastique jaune avec l'inscription « SCÈNE DE CRIME ». Plusieurs policiers surveillaient les accès. Les enquêteurs de la police locale devaient tout d'abord relever les indices qui ont conduit à la scène. À ce moment, la prise de photos et de vidéos devenait nécessaire avant de déplacer quoi que ce soit. Ensuite, une reconstitution des faits suit dans le déroulement de l'enquête.

Cependant, avant même d'intervenir, les accès au site se devaient d'être restreints dans le but de ne pas contaminer les lieux, car des preuves biologiques pouvaient s'y trouver encore bien dissimulées.

Il est évident que les deux hommes de la GRC devaient avoir priorité sur leurs collègues de la police locale, mais pas sur l'enquête en cours. L'équipe scientifique policière était en route et avant leur arrivée, personne ne devait passer les bandes de plastique.

Durant l'interminable querelle hiérarchique, une équipe de quatre scientifiques arriva, afin de prélever les indices qui pourraient mener aux responsables, dont l'ADN. Cette dernière pourrait provenir de différentes substances biologiques encore présentes sur des vêtements ou sur des accessoires. Présente dans chaque cellule, elle constitue une copie unique du bagage génétique d'une personne.

Les échantillons de sang, de cheveux, de salive ou de peau sont envoyés au laboratoire de la police scientifique pour analyse. Les biologistes effectuent des tests d'ADN sur ces matières. Une fois l'empreinte génétique déterminée, ils peuvent, par concordance entre les séquences d'ADN confrontées alors et leur banque de données, la relier à un suspect.

La camionnette blanche balisée « service de police » se stationna près de la voiture des enquêteurs de la GRC dont les gyrophares fonctionnaient toujours. Les discussions animées entre les deux hommes cessèrent lorsque le responsable de l'équipe scientifique s'approcha d'eux afin de s'identifier. Il recueillit sommairement les faits du sergent Wilson de la Sûreté du Québec dans le but de débuter rapidement son travail.

D'une efficacité surprenante, les quatre scientifiques vêtus d'une soute blanche se déployèrent rapidement afin de bien cerner la scène. Par la suite, ils passèrent dessous la banderole jaune à la recherche d'empreintes génétiques.

Pendant ce temps, les discussions corsées reprirent avec les détectives.

- *Simon* : Les pompiers ont bien fait leur travail pour éteindre l'incendie?

- *Agent Wilson :* Oui, ce travail devait être fait.

- *Simon :* Tout comme le mien. Nous savons très bien que ce sinistre n'est pas relié au monde de la drogue comme la scène le laisse paraître. Ce n'est pas la fabrication de « métamphétamine » qui a fait exploser le local, mais la camionnette piégée devant.

- *Agent Wilson :* Laissons les experts se prononcer.

- *Simon :* C'est nous les experts bordel! Cette scène est reliée à une organisation criminelle qui fait partie de notre législation et vous me bloquez le chemin depuis mon arrivée.

- *Agent Wilson :* Les experts sont au travail et vous passerez quand ils auront fini. Vous pouvez attendre, prendre un café ou partir. Vous commencez à m'énerver.

- *Simon :* S'ils déplacent quoi que ce soit sans notre intervention, vous allez perdre votre travail, je vais y voir personnellement.

Pendant ce temps Louis raccrocha son portable. Il fit signe à Simon de venir le rejoindre pour discuter. Simon quitta l'agent en tournant les yeux et presque aussitôt, le portable du sergent se fit entendre. Ce dernier prit le combiné et se retira quelques mètres pour parler.

- *Louis :* C'est sûrement sont supérieur lui disant de nous laisser passer à cet abruti. J'ai appelé le directeur pour qu'il intervienne. Mais le plus important c'est que Falken veut nous voir à Québec!

- *Simon :* Pardon? Il est à nos bureaux de Québec?

- *Louis :* Tu as bien compris. Il s'est pointé afin de se créer un alibi.

L'agent Wilson revenait vers eux en remettant son portable dans sa poche.

- *Agent Wilson :* Apparemment, vous avez demandé à votre maman de vous faire entrer. Vous pouvez vous enfoncer aussi profond que vous le désirer dans la scène maintenant.

- *Simon :* Merci à vous de revenir dans le droit chemin.

- *Agent Wilson :* Allez vous faire foutre!

L'agent Wilson clarifia à ses officiers d'un air présomptueux que les deux détectives possédaient désormais les accès à la zone. Par la suite, furieux, il quitta les lieux.

- *Simon :* Quel ego ma foi! Autant d'énergie dépensée pour nous bloquer la route. Je n'en reviens pas.

- *Louis :* Avec du recul, je me questionne sur sa vraie loyauté. Sommes-nous des collègues à ces yeux ou des complications pour sa nouvelle amitié avec un tiers?

- *Simon :* Tu crois qu'il serait de mèche avec l'organisation?

- *Louis :* Il aurait fort bien pu retarder les choses afin de pouvoir masquer la vraie scène et laisser du temps à son nouvel ami pour filer en douce.

- *Simon :* Cela a du sens, j'en prends bonne note mon cher Watson!

Ils entrèrent dans la zone doucement. Simon se dirigea vers l'homme responsable de l'équipe scientifique afin de lui remettre une carte en lui demandant de lui transmettre son rapport détaillé de la scène.

Louis, de son côté, prit plusieurs clichés des lieux en examinant soigneusement l'homme couché parmi les débris à proximité du laboratoire. Il aperçut des taches de sang sur le plancher près du corps. Il demanda à une experte, près du corps, d'en prélever un spécimen afin de la comparer avec le cadavre à ces pieds.

La dame exécuta rapidement la demande de Louis. Elle gratta un échantillon puis la plaça dans un pot de plastique et l'identifia. Simon revint avec l'homme afin de comprendre la situation.

- *Louis :* Regarde le torse de l'homme.

Il déplaça légèrement son chemisier pour laisser voir quelques éclats de verre dans la peau, sous la chemise.

- Louis : Comment est-ce possible que ces éclats de verre aient atteint l'homme sans laisser de trace sur son chemisier?

- Simon : Il fut habillé après l'explosion!

- Louis : C'est du moins ce que je constate. De plus, regardez les traces de la déflagration dans la structure de l'immeuble. Elles pointent vers cette direction. Cependant, le laboratoire est éparpillé dans une autre direction. Quelqu'un a dû certes déplacer ces choses après la détonation.

- Experte scientifique : Comment expliquez-vous la suie sur les équipements de laboratoire. Elle se dépose généralement après l'explosion. On peut en voir sur le plancher et sur les équipements. Si on les déplace, oh…

- Louis : On devrait voir un endroit sans dépôt de particules, mais ce n'est pas le cas. La scène est contaminée! Un tiers est venu avant nous changer la réalité et simuler ce que l'on voit.

- Expert en chef : Elle n'est pas contaminée, jeune homme. J'aime bien les puzzles. Nous allons remonter les pistes et découvrir ce qui s'est passé. Certaines traces nous guideront vers l'équipe qui à tenté de masquer l'explosion et d'autres preuves nous aideront à identifier celui que ces gens veulent protéger.

- Louis : Vous avez raison, nous avons découvert la supercherie en peu de temps. Merci de nous tenir informés de vos découvertes. Cependant, à partir de maintenant, vous dépendez de nous seulement.

- Simon : Je vais aviser votre supérieur de la nouvelle tournure de l'enquête. Ne divulguez plus aucune information au Sergent Wilson et à son équipe.

- *Expert en chef* : Bien entendu, j'ai l'habitude de ces discordes, mais j'aurai besoin d'un écrit pour le tenir loin de nous.

- *Simon* : Vous l'aurez dans l'heure qui suit.

Simon appela le directeur de l'unité afin de bien lui expliquer la situation. Ce dernier prit les procédures nécessaires afin de transférer les droits de cette enquête à la GRC uniquement. Les doutes relevés par Simon sur les implications du Sergent Wilson furent considérés également dans la discussion. Suite à la révélation du détective, le sergent Wilson risquait fort d'être suspendu le temps de l'enquête.

Le directeur informa Simon qu'une escouade se trouvait déjà en route pour les aider à sécuriser les lieux. Les détectives restèrent avec l'équipe scientifique et tentèrent ensemble de reconstituer la scène.

XXVIII

Maryse prenait tranquillement un café en lisant une revue dans un Tim Horton situé au coin du boulevard Henri-Bourassa et de la rue de Nemours, près de l'hôpital où se trouvait Mike. Le transfert devait se faire dans les prochaines minutes.

Elle devait transmettre l'information à Antony dès que le convoi passerait afin qu'il emboîte l'escorte policière derrière, et qu'il l'immobilise à l'aide d'un camion flèche de quarante-cinq tonnes, volée dans la matinée sur un chantier de construction.

Ce dernier attendait patiemment stationné dans l'avenue transversale de la villa St-Vincent, au nord de Nemours. Il ne posséderait que peu de temps pour intercepter l'auto-patrouille lorsque les voitures seraient engagées. Toute son attention se dirigeait sur la cible qui devait passer à quelques mètres devant le pare-brise du poids lourd.

Chris et Dan se trouvaient chacun au volant d'un véhicule utilitaire Yukon noir loué, stationné dans deux rues transversales au sud de Nemours, situées à environ cent mètres passé l'avenue de la villa St-Vincent en direction de l'entrée, sur l'autoroute Félix-Leclerc.

Bryan patientait en compagnie de Sam près du coin de la rue de L'Oise et place du Triolet au nord de Nemours, aussi au volant d'un troisième véhicule utilitaire Yukon noir loué. Du véhicule, ils pouvaient apercevoir l'entrée de l'autoroute Félix-Leclerc que le convoi devait prendre selon l'itinéraire qu'Alexandre avait recueilli. Le moteur ronronnait et l'attente devenait interminable.

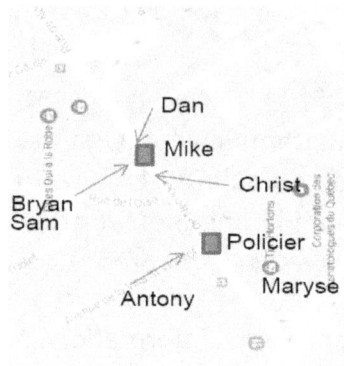

Soudain, Maryse aperçut la camionnette blanche balisée « service carcéral » suivie d'une auto-patrouille de la Sûreté du Québec. Elle prit les deux véhicules en photo avec son iPhone et transmis le tout à Antony. Après avoir pris soin de valider que l'image fut bien transmise et lue, elle se leva tranquillement, laissant sa tasse de café fumant ainsi que la revue, puis partit. Maryse se dirigea discrètement vers la voiture de Bryan, qui était stationnée au supermarché de l'autre côté de la rue.

Antony remit son portable dans sa poche après avoir retransmis la photo à Chris, puis tenta de démarrer le fardier. Le moteur tournait, mais ne démarrait pas. La batterie s'affaiblissait à chaque nouvelle tentative. Fou de rage, il donna un coup sur le volant.

La situation ne pouvait avorter de la sorte. Il réfléchissait à d'autres solutions. Pouvait-il intercepter un passant? Il tenta une dernière fois de démarrer le poids lourd, le démarreur réussissait avec peine à faire tourner le moteur. De façon inattendue, après un effort désespéré, le moteur démarra avec succès. Il embraya le camion et se dirigea rapidement en direction de l'auto-patrouille qui se trouvait dans son angle d'approche. Il changeait les vitesses pour l'impact et frappa durement le véhicule de police à l'avant.

La roue droite du gros véhicule lourd se retrouva dessus le capot, à quelques centimètres du pare-brise de l'auto-patrouille et pratiquement toutes les vitres de l'auto patrouille volèrent en éclats.

L'impact violent, plaça les deux policiers dans un état semi-inconscient avec de multiples lésions au visage dû aux morceaux de verre qui volèrent en éclat.

Antony devait profiter de ce moment pour approcher les agents de la paix. Il sortit rapidement du camion flèche et avança doucement vers les policiers.

Lorsqu'il aperçut l'un d'eux ouvrir les yeux avec une coulée de sang sur le côté de la tête, il retira sa cagoule et remonta son capuchon en prenant le soin de le serrer pour dissimuler les traits de son visage. Il mit également ses lunettes soleil et prit le rôle d'un secouriste en posant des questions à la recherche de signes vitaux au policier.

Ce dernier, dans la confusion, ne se méfia pas de la supercherie, cependant lorsqu'Antony arriva à proximité, il sortit de son manteau deux pistolets armés de fléchettes tranquillisantes qu'il tira dans le cou de ses deux victimes. Ensuite, il laissa tomber les armes sur le sol et s'enfuit à la course vers le véhicule conduit par Bryan.

Le conducteur de la camionnette balisé transportant Mike vit l'accident dans son miroir et immobilisa le véhicule sur le bord de la chaussé passé environ 50 mètres de l'intersection Nemours et rue de L'Oise. Cagoulé, Chris et Dan arrivèrent par-derrière et par-devant en immobilisant la camionnette entre les deux véhicules utilitaires sport.

- *Conducteur :* Merde, nous sommes piégés! Donne l'alarme.

Lorsque le coéquipier fit le geste d'appeler, Dan se trouvait déjà près de la porte pointant une arme de calibre de militaire « C-6 » sur lui. Il lui fit signe de lancer son portable dehors.

De l'autre côté, Chris tenait également le conducteur en joue, avec le même type d'arme. Les deux hommes coopérèrent et sortir du camion afin de se coucher face au sol les mains sur la tête. Dan récupéra les clés pendant que Bryan et Sam se stationnèrent sur le côté de la camionnette. Sam sorti avec une grosse cisaille et retrouva Dan sur l'autre côté pour couper les chaînes de Mike.

Antony regagna le véhicule conduit par Bryan en compagnie de Mike et Sam. Bryan fit demi-tour et s'engagea sur la route aussitôt, en laissant Chris et Dan avec les deux hommes. Lorsqu'ils entrèrent sur l'autoroute, ils retirèrent tous leur cagoule ainsi que leurs gants qu'ils insérèrent dans un sac destiné à disparaître.

Pendant ce temps, Dan prit place au volant du véhicule qui était devant la camionnette et dont le moteur tournait toujours. Il recula et se prépara à faire demi-tour. À l'aide d'une seringue, Chris administra dans le cou du conducteur ainsi qu'à son coéquipier, une bonne dose de tranquillisant. Il regagna ensuite le véhicule et Dan accéléra rapidement vers l'embranchement de l'autoroute Félix-Leclerc.

Le véhicule utilitaire sport avec Dan et Chris à son bord, se dirigeait à toute vitesse sur l'autoroute. Lorsque celle-ci se divisa en deux, il prit la section de droite en direction de la sortie des Galeries de la Capitale, un centre commercial très convoité.

Dans le stationnement du Simmons, ils aperçurent Bryan qui les attendait en compagnie des autres. Dan approcha le véhicule près de Bryan et ils descendirent afin de les rejoindre. Chris aperçut Marie-Hélène avec les enfants dans la Jetta noire près d'eux.

- *Chris :* Donnez-moi tous vos portables.

Ils donnèrent tous leur portable à Chris qui les mit dans le sac de cagoules et de gants. Il tira par la suite le sac à l'intérieur du véhicule.

- *Chris* : Allez retirer le maximum d'argent à l'intérieur du centre commercial, si ce n'est pas déjà fait. Par la suite aucune transaction par carte ne pourra se faire afin qu'on puisse disparaître sans laisser de traces.

- *Sam :* Nous avons déjà tout l'argent que nous puissions sortir avec nous. De plus, Marie-Hélène transporte les informations nécessaires pour décrypter la destination et elle va pouvoir se concentrer sur l'énigme.

- *Bryan :* Nous aussi, ma sœur Maryse m'attend dans la voiture avec Annie près de Marie-Hélène avec toutes les liquidités que nous possédons ainsi que des choses pour Nancy.

- *Chris :* Bien, alors dirigez-vous vers le centre de St-Irénée sans attirer l'attention. Les clés des condos sont sur place au bureau de l'accueil. La clé de la porte du bureau d'accueil se trouve sous le tapis d'entrée.

- *Bryan :* Je vais m'occuper de Nancy et Mike. De plus, je vais aider pour installer tout le monde. Nous ferons une épicerie en ville avant de partir.

- *Chris :* Dan, conduit le camion jusqu'à Montréal, laisse-le dans le stationnement d'un centre commercial à Laval. Ensuite, prend Orléans Express pour revenir je t'attendrai au débarcadère pour partir vers les condos. Je dois prendre Alexandre chez lui avant avec ses équipements. Laisse ton portable également dans le véhicule et prend le maximum de liquidités à Montréal avant de revenir.

- *Dan :* As-tu le billet pour l'autobus?

- *Chris :* Le voici.

- *Antony :* Dois-je le suivre?

- Chris : Non, apporte le deuxième véhicule à Rivière-du-Loup. Il y a une carte d'essence à l'intérieur. Laisse-le dans un centre commercial ainsi que ton portable. Utilise un guichet dans cette ville pour retirer un maximum de liquidités. Ensuite, prends un taxi afin de te rendre au traversier en direction de Saint-Siméon. Nous t'enverrons un moyen de transport pour te prendre au marché Boni choix de St-Siméon en lien avec l'horaire d'arrivée du traversier.

- *Antony :* Très bien, mais pourquoi laisser les véhicules aussi loin?

- *Chris :* Afin de laisser aux policiers des pistes éloignées et opposées dans le but de gagner du temps et d'éloigner les regards sur nous. Soyez prudent.

Mike semblait s'affaiblir et devoir se reposer. La teinte de son visage devint très pâle et son regard fuyant. Bryan remarqua le signe d'une probable baisse de tension.

- *Bryan :* Mike semble avoir besoin de soins. Je vais le prendre avec moi et le transporter afin de le stabiliser rapidement en chemin.

Sam rejoignit Marie-Hélène et les enfants. Bryan prit Mike par le bras et rejoignit Maryse. Dan prit le volant du véhicule utilitaire en direction de Montréal. Antony fit de même pour Rivière-du-Loup. Chris se dirigea vers sa voiture stationnée non loin du lieu, avec les armes dissimulées dans un sac noir.

XXIX

$\mathcal{L}$a Gendarmerie royale du Canada (GRC) œuvre dans la vieille capitale depuis 1932. Le détachement de Québec se situe tout près de l'aéroport Jean-Lesage.

Les deux officiers revenaient de Sept-Îles, après avoir recueilli plusieurs informations pouvant les aider à lier l'événement à l'organisation criminelle. Cette enquête prenait des proportions particulièrement délicates dues à l'influence du psychiatre.

Simon et Louis devaient rencontrer le directeur afin de faire le point. De toute évidence, ils ne pouvaient plus faire confiance à qui que ce soit de l'externe. La police locale devait même être écartée de l'enquête.

L'étau se resserrait autour d'eux. Ils devaient faire cavalier seul pour le reste de l'enquête. Ils s'installèrent dans le bureau du directeur, au deuxième étage, afin de débuter la rencontre.

- *Simon :* Nous tentons d'attraper un gros poisson!

- *Directeur :* C'est pourtant l'information que l'on détenait. Vous le saviez.

- *Simon :* Avez-vous réussi à obtenir la possibilité d'interroger le sergent Wilson?

- *Directeur :* Il s'est apparemment suicidé dans la nuit. Étrange vous ne trouvez pas?

- *Simon :* Bon sang, je l'ai contrarié un peu, mais pas à ce point.

- *Directeur :* Selon la direction de la Sûreté du Québec, il semblait mener une belle vie saine ce sergent, avant de vous rencontrer.

- *Louis :* Nous devrions enquêter sur sa mort, cela me semble très suspect. J'ai l'impression que l'organisation a quelque chose à y voir dans ce suicide.

- *Directeur :* Sur quel motif basez-vous vos soupçons?

- *Louis :* La mort de cet homme profite à Ian Falken. Cet homme devenait suspect suite à notre progression dans l'enquête. Également, l'organisation masque généralement ses crimes en suicide. De plus, il aurait pu nous conduire au psychiatre ou à d'autres complices.

- *Directeur :* Je vois, vous avez alors mon appui pour cette enquête. Soyez prudent, car je subis de fortes pressions du gouvernement élu pour me retirer de l'enquête. La moindre erreur sera difficile à rattraper. J'ai parcouru le dossier et votre premier interrogatoire n'a pas donné suffisamment de résultats afin de tenir front à ces appuis politiques.

- *Simon :* Nous détenons de gros noms pour les interrogations. L'actionnaire principal d'un des médias les plus connus se trouvait sur la scène de l'explosion.

- *Directeur :* Beaudoin? En êtes-vous certain? Il s'est lancé en politique dernièrement, il sera difficile de le coincer celui-là.

- *Louis :* Nous avons retrouvé dans les débris le pommeau de sa canne avec ses empreintes dessus.

- *Directeur :* Très compromettant! Cependant, pour ce dernier, attendez avant de faire quoi que ce soit. Qu'avez-vous d'autre?

- *Simon* : Nous avons des témoins visuels décrivant l'arrivée de douze hommes costumés et vêtus pour une cérémonie, peu de temps avant l'explosion. Nous avons plusieurs traces d'ADN pouvant relier des gens à la scène et un cadavre qui était nu comme un vers. Les équipements de laboratoire déplacés pour masquer la scène se trouvaient finalement entreposés depuis longtemps dans cet entrepôt.

- *Directeur* : Était-ce un de ces rituels?

- *Louis* : Nous regroupons actuellement les informations. Une chaise artisanale en acier fut fabriquée et abandonnée sur place parmi les débris. Un des témoins nous a guidés vers l'entreprise qui prépara cette chaise la journée avant l'incident.

- *Simon* : Nous avons relevé des empreintes à l'intérieur des débris laissés dans le conteneur à déchets. L'une d'elles est reliée à un homme qui fait partie de notre base de données et qui a plusieurs casiers judiciaires. Nous avons interrogé cet homme et il nous a tout dit.

- *Louis* : Lors de sa déposition, il nous a même fait un croquis de la chaise et décrit la pièce avant son départ en fin d'après-midi. Ce n'était certes pas un laboratoire de métamphétamine, mais plutôt l'avant-scène d'un éventuel rituel.

- *Simon* : Les gens qui les ont engagés, payèrent en argent et demandèrent une discrétion totale. De plus ils venaient de Québec et nous avons leurs numéros de portable.

- *Directeur* : Je vais tomber à quel endroit si je compose ce numéro?

- *Louis* : « Q.C. engineering » sur un ingénieur nommé François Dupond.

- *Directeur :* Je veux tout savoir sur cet ingénieur, de ce qu'il mange le matin à ses préférences sexuelles. Autre chose?

- *Simon :* Nous aurions besoin d'un autre mandat pour interroger Ian Falken.

- *Directeur :* Avez-vous du solide contre lui?

- *Louis :* Nous avons placé son portable sur traçabilité quotidienne afin de le suivre. Il se trouvait sur les lieux du crime avant et pendant l'explosion. Regardez le tracé! Par la suite, il est revenu ici afin de se créer un alibi. Nous aimerions l'interroger sur son emploi du temps.

- *Directeur :* Le mandat ne sera pas nécessaire, car il est ici présentement et demande à vous voir en présence de son avocat, le gros et dégoûtant Berthiaume. Je me suis permis de les faire patienter dans la salle 3.18 afin de faire monter les honoraires de son avocat. Soyez prudent cependant. Cette mise en scène me paraît particulièrement étrange, il veut certes vous brouiller l'esprit et faire diversion. Je veux que l'interrogation soit filmée, avec un témoin dissimulé.

Les enquêteurs quittèrent le directeur en direction de leurs bureaux respectifs afin de se préparer pour la rencontre avec Ian Falken.

- *Simon :* Quel est son jeu selon toi?

- *Louis :* J'ai un mauvais pressentiment, il nous tend un piège.

- *Simon :* Les sentiments ne font malheureusement pas partie des éventualités à considérer.

- *Louis :* Quel avantage possédera-t-il à nous rencontrer?

- *Simon :* Justifier son alibi, détourner notre attention, brouiller nos pistes. Nous pourrons être fixés que lorsque nous entendrons ses salades.

- *Louis :* As-tu l'intention de lui demander son emploi du temps ?

- *Simon :* Certainement, j'ai très hâte d'entendre sa version.

- *Louis :* Je valide l'information avec l'historique des appels de l'ingénieur et je te rejoins.

- *Simon :* Le registre nous confirmait que Dupond et le psychiatre auraient eu des discussions depuis les trois derniers jours si mes souvenirs sont exacts.

- *Louis :* Exactement, je te rapporte le document imprimé que nous pourrons lui présenter. Ne lui parle pas de Dupond avant d'avoir le registre entre les mains, tu seras fixé sur leur fréquence d'appel.

Les deux détectives se séparèrent afin que Louis puisse apporter quelques documents dans le but de renforcer leur discussion avec le psychiatre.

Simon se prit un café puis attendit son coéquipier avant d'ouvrir la porte de la salle où se trouvait le suspect. Louis entra dans l'autre pièce, adossé pour l'écoute derrière un verre miroir. Il prit place et vit Simon entrer dans la salle d'interrogation.

Ce dernier regardait attentivement le rapport de l'historique des appels du psychiatre et de François Dupond. Il ne semblait plus porter attention au psychiatre qui ne se sentait pas déstabilisé de la mise en scène du détective.

À ses côtés, un homme bien enveloppé, vêtu d'un veston détaché noir et d'une chemise blanche froissée, au collet jauni releva les yeux. Une main sur la cuisse et l'autre sur la table, les cheveux bouclés noirs à l'apparence peu soignée et la peau de son visage qui suintait, l'homme étudiait les gestes du détective qui était toujours plongé dans sa lecture.

Bien adossé sur la chaise, l'homme dont le gras du cou cachait son menton demanda d'une voix enrhumé :

- *Gratien :* Pardonnez-moi de vous déranger dans votre lecture, je me nomme Gratien Berthiaume. Je vais représenter le Dr Falken dans votre périple d'insinuations.

Simon ne porta pas attention aux paroles de l'avocat. Il continua de tourner les pages en faisant abstraction des deux hommes qui l'attendaient. Le psychiatre prenait cependant plaisir à savourer l'étude de ce dernier, malgré l'impatience de son avocat. Il semblait le sonder et lire les documents à travers ses yeux.

Louis ressentait un sentiment fort étrange et très désagréable. Soudain, Ian Falken tourna la tête et le regarda dans les yeux directement à travers le miroir. Il se leva afin de confirmer ce qui ne pouvait se produire. Les yeux du psychiatre suivaient les siens malgré son déplacement.

À ce moment, une énergie agressante l'envahit. Il ne pouvait plus se concentrer, seul un sentiment de colère envers tout ce qui l'entourait émanait de lui. Il ferma les yeux afin de se reprendre, mais la vision du visage de son agresseur restait présente, tel le négatif d'une photo, malgré ses paupières fermées. Il comprit que l'image était dans son cerveau et non devant ses yeux.

Le psychiatre pouvait-il la projeter? Pouvait-il influencer son esprit? Enfin, le Dr Falken lui sourit et détourna son attention vers Simon. Il texta à Simon d'attendre avant de commencer et de venir le rejoindre.

Simon sortit son portable de sa poche de veston et demanda aux deux hommes d'attendre une minute supplémentaire. Lorsqu'il sortit de la pièce, l'avocat l'interpella :

- *Gratien :* Nous sommes des gens très occupés et nous ne pouvons nous permettre de vivre l'imputation de votre désorganisation. Vous devrez payer pour tout le temps que nous perdons à attendre votre majestueuse venue. Mais pour qui vous prenez-vous?

L'avocat perdait vraisemblablement son sang-froid sans pour autant atteindre l'agent de la GRC. La situation semblait amuser le Dr

Falken, ce qui laissait Me Berthiaume dans l'incompréhension, ce qui renforçait sa colère. Il le laissait cependant s'énerver et prenait également plaisir à le voir souffrir d'impatience, tel un parasite se nourrissant de son hôte.

- *Gratien :* Ils ne s'en tireront pas aussi facilement je vous en donne ma parole. Je vois clair dans leurs jeux, ils cherchent à nous déstabiliser et ils n'y arriveront pas!

- *Dr Falken :* Calmez-vous mon cher, vous donnez l'impression de l'être avec vos états d'âme.

Lorsque Louis prit place pour prendre des notes sur ce qu'il venait de vivre, Simon entra pour discuter avec son coéquipier.

- *Louis :* J'ai ressenti quelque chose d'étrange pendant que tu te trouvais de l'autre côté. Cet homme me regardait dans les yeux à travers le miroir!

- *Simon :* C'est sûrement un hasard, car il ne peut te voir à travers le miroir, Louis.

- *Louis :* Je te confirme que oui! Je me suis déplacé et son regard me suivait. J'ai même fermé les yeux et il restait dans ma tête. Je n'ai pas d'explication logique, mais j'aimerais que tu installes la caméra spectrale, car un sentiment horrible me traversait lorsqu'il me regardait. J'aimerais voir si cette caméra pourrait capter quelque chose.

- *Simon :* Et où se trouve cette caméra, M. Paranormal?

- *Louis :* Dans l'armoire derrière toi. Règle-la avec tous les paramètres, elle prendra même les changements de température. Dès que tu l'allumeras, elle se branchera au réseau. Le voyant vert sur le dessus t'indiquera qu'elle est opérationnelle et le bleu indique l'enregistrement en cours.

Simon prit la caméra et la régla en mode d'enregistrement large spectre puis il sortit de la salle.

- *Simon :* Chronique du paranormal 1 en route!

    Louis : Un peu de sérieux, ce n'est pas normal ce que j'ai vécu. Il faut se protéger de lui. Sois prudent également.

Simon lui sourit, tel un père à son enfant. Il installa la caméra sur la table en indiquant aux deux hommes que l'autre ne fonctionnait pas selon leurs attentes. Il remarqua sa main droite qui tremblait sans raison.

Lorsqu'il leva les yeux, Ian Falken l'étudiait calmement et souriait de son inquiétude.

- *Dr Falken :* Je sens la crainte monter en vous inspecteur, tout va bien? Vous désirez nous filmer Agent Simon Levasseur?

- *Gratien :* Vous devez obtenir notre consentement avant de penser installer votre machin!

Simon devait ramener la situation à son avantage. Il savait qu'il pouvait se permettre de jouer le rôle du mauvais policier, car Louis interviendrait dans le rôle du bon afin d'obtenir la gratitude du psychiatre. Il s'avança donc à quelque centimètre du visage du Dr Falken, s'appuya sur sa chaise et lui dit :

- *Simon :* Je n'en ai rien à foutre de ce que vous prétendez où ce que vous pensez. Vous ne m'intimidez pas! Je vous fais remarquer que c'est vous qui êtes assis dans cette chaise avec votre avocat à tenter de retourner la situation, qui est de toute évidence, à votre désavantage.

Le Dr Falken se contenta de sourire fixant les yeux du détective.

- *Dr Falken :* Vous avez mauvaise haleine inspecteur. J'aimerais pouvoir respirer un air non vicié. Du moment que je ne suis pas arrêté, j'y ai plein droit.

Le voyant de la caméra tournait du vert au rouge. L'avocat ne trouva rien à dire sur les propos de son client. Il demanda à l'inspecteur de reculer en souriant également.

Simon sentit la colère monter en lui. Ce qui devait forcément être la volonté du Dr Falken, car il réveilla une chose inhabituelle à l'intérieur. Sa colère prit possession de lui. Une intense chair de poule envahit tout son corps.

Ses mains se trouvaient clouées au barreau de la chaise. La tête lui faisait si mal qu'il n'arrivait plus à se concentrer. Une énergie sombre se plaça devant ces yeux, voilant son regard d'un brouillard. Il ne voyait que les yeux du psychiatre rivés sur les siens. Le sentiment de peur vint renforcer sa colère qui se trouvait sous le contrôle de son agresseur.

L'avocat regardait la scène sans mot. Il n'osait pas intervenir. Soudain un saignement abondant jaillit du nez de Simon. Trois gouttes tombèrent sur le pantalon d'Ian Falken qui sortit presque aussitôt un mouchoir de sa poche afin de les éponger. Lorsque ce dernier baissa les yeux, Simon put se retirer de son emprise.

Simon tentait d'éponger le sang sur son visage avec un mouchoir. Il était également stupéfié par la scène. Les avertissements de Louis étaient vrais. Il se tourna vers la caméra et se rassurait en sachant qu'elle captait tout ce qui pouvait se passer d'incompréhensible autour de lui.

- *Dr Falken :* Vous semblez avoir de la difficulté à contenir vos émotions ainsi que vos fluides corporels, inspecteur! Devons-nous attendre encore? Je doute fort que ce fâcheux incident sur mon tailleur de qualité supérieure ne puisse être corrigé. Je porterai des habits plus appropriés pour vous rencontrer la prochaine fois.

L'avocat se mit à rire très fort. Le gras de son cou bougeait à chaque éclat de rire. Ce qui n'aidait pas Simon à reprendre l'avantage de la situation. Il se tourna vers le miroir afin de bien s'essuyer le visage, car le sang avait cessé de couler. Louis, inquiet, regardait la scène qui se déroulait devant lui.

Simon comprenait bien le jeu auquel jouait le psychiatre et comment celui-ci s'en trouvait avantagé. Il devait contenir ses émotions. La colère et la peur semblaient alimenter les forces du Dr Falken. Il se retourna calmement et se concentra sur les interrogations qui lui venaient à la tête.

- *Simon* : Je vais vous laisser la liberté de m'expliquer pourquoi vous souhaitiez nous rencontrer ici librement, en présence de votre séduisant avocat.

- *Gratien* : Votre arrogance ne vous mènera nulle part, jeune homme.

- *Simon* : Votre santé non plus Me Berthiaume.

L'avocat rougit de honte et se redressa sur sa chaise. Sa notoriété le plaçait à l'abri d'un tel commentaire pourtant très véridique. Il le savait profondément au fond de lui, mais ne se sentait pas en force de recevoir cette vérité en publique. Puis Simon se tourna très serein vers le Dr Falken en attente de sa réponse.

- *Gratien* : Mon client est venu répondre à toutes vos questions sordides afin d'en finir avec vos présomptions. Par la suite, vous devrez respecter le statut du Dr Falken, soit son immunité diplomatique. Vos allusions non fondées ont déjà causé préjudice à mon client. Afin de cesser toute cette mascarade qui n'a pas lieu d'être, mon client vous alloue volontairement de son temps afin de vous placer dans son horaire déjà très chargé, et ce, au détriment de multiples patients nécessitant sa présence. Prenez note que chaque moment passé ici à nous faire attendre prive des gens dans le besoin. De plus, il agit de bonne foi, contrairement à vous.

- *Simon* : La mascarade c'est vous qui la mettez en scène gras double! Votre client est très loin d'être le personnage que vous prétendez qu'il soit. En parlant d'emploi du temps cher Dr Falken, où étiez-vous ces derniers jours?

L'avocat se pencha vers son client en lui chuchotant à l'oreille de ne pas répondre.

- *Simon :* Vous prétendez venir répondre à toutes mes questions de bonne foi et vous ne voulez pas répondre à la première? Votre plaidoirie est paradoxale Me Berthiaume.

- *Dr Falken :* Vous m'amusez avec vos questions. Venez-en directement au but inspecteur. Que voulez-vous savoir?

- *Simon :* Ma question est pourtant limpide Dr, où vous trouviez-vous durant les trois derniers jours?

- *Dr Falken :* À de multiples endroits, tous rattachés à l'institut, dans l'exercice de ma profession de psychiatre.

Le Dr Falken prenait plaisir à observer sa proie lui soutirer de l'information. Il semblait connaître les pensées de son interlocuteur et lui donnait volontairement cette version. Simon comprenait le jeu du psychiatre et devenait plus prudent.

- *Simon :* Connaissez-vous un ingénieur nommé François Dupond?

- *Dr Falken :* Certainement, c'est un de mes patients. Vous comprendrez que je ne peux révéler quoi que ce soit en lien avec cet homme par secret professionnel.

- *Simon :* Travaille-t-il pour Q.C. engineering?

- *Dr Falken :* Effectivement.

- *Simon :* Un de vos patients ou un de vos employés qui agit d'intermédiaire pour vos basses besognes?

- *Gratien :* Mon client ne s'abaissera pas à répondre à votre arrogance, inspecteur. Allez droit au but et soyez plus clair dans vos questions.

Le psychiatre dévisageait le détective. Son impatience faisait surface. La pièce devenait plus froide. Simon plaça les copies des registres d'appel du psychiatre et de l'ingénieur sur la table. Les appels croisés se trouvaient soulignés en jaune.

- *Simon :* Votre patient vous a téléphoné plus de fois dans les trois derniers jours que dans les trois dernières années. Comment expliquez-vous ça? Est-ce assez clair Me Berthiaume?

- *Gratien :* Vous commencez à m'énerver, inspecteur.

- *Simon :* J'en suis fort aise, Me Berthiaume. Cela implique que vous perdez l'avantage et que je suis près de la vérité. Répondez Dr Falken!

- *Dr Falken :* Il a subi une bonne crise d'anxiété suicidaire et mon intervention rapide s'est avérée nécessaire lors de sa présence dans la ville de Sept-Îles, ces trois derniers jours. J'ai dû faire l'aller et le retour pour lui venir en aide.

- *Simon :* Votre client doit très certainement être placé sous médication et en observation maintenant non? Je pourrais même consulter son dossier afin de corroborer vos dires n'est-ce pas?

- *Dr Falken :* Vous n'aurez pas cette chance, inspecteur. Secret professionnel, c'est dommage n'est-ce pas?

- *Simon :* Mais où est passé votre bonne foi Dr Falken?

- *Dr Falken :* Mon souci de la préservation du secret professionnel envers mes patients a malheureusement préséance sur la bonne conduite qui m'anime aujourd'hui.

- *Simon :* Connaissez-vous Laurent Beaudoin de l'empire médiatique « QueLaure Media »?

- *Dr Falken :* C'est un bon ami, je le parraine pour sa lancée en politique. J'ai toujours été attiré par le rouge des libéraux.

- *Simon :* L'avez-vous rencontré ces derniers jours?

- *Dr Falken :* Où voulez-vous en venir, inspecteur?

- *Simon :* Répondez, fumier.

- *Gratien :* La rencontre est terminée, détective. Vous nous manquez de respect continuellement.

Simon lança sur la table un tracé du parcours des antennes cellulaire indiquant les déplacements du Dr Falken dans le dernier mois. Il lança celui de Laurent Beaudoin et de François Dupond également près de celui du psychiatre. L'avocat s'assied de nouveau sur la chaise, stupéfait de la tournure que prenait l'enquête. Forcément les enquêteurs détenaient plus de preuves compromettantes que ce qu'il croyait de prime abord.

- *Simon :* Et Nancy Hébert? Vous la connaissez? L'avez-vous traité avec respect elle?

Il laissa tomber une photo de la chaise qui était sur les lieux du crime. Le psychiatre ne daigna pas baisser les yeux pour regarder la photo. Il se contenta de continuer de fixer le détective. Son avocat était sans mots. Il prenait conscience du risque pour sa réputation médiatique d'être ainsi relié à cet homme qu'il croyait connaître.

- *Simon :* Est-ce que votre ami, que vous parrainez pour le parti rouge, vous épaulera lorsque votre arrestation sera dans ces journaux? Les parcours des cellulaires démontrent que vous avez manqué de peu votre soi-disant patient!

Accoudé sur la table comme si rien ne pouvait l'atteindre, le psychiatre se tenait la tête à deux doigts. Silencieux, son avocat transpirait abondamment et s'essuyait le front avec un mouchoir de poche.

- *Simon* : Vous semblez nerveux Me Berthiaume, désirez-vous un verre d'eau?

- *Gratien* : Ce serait gentil inspecteur.

L'avocat parlait avec la gorge et la langue sèches. Simon sortit lui chercher un verre d'eau tiède. Lorsqu'il revint, le psychiatre avait gardé la même position et continuait de l'étudier du regard.

- *Dr Falken* : Avez-vous peur de l'eau, inspecteur?

La question surprit à la fois l'avocat qui cessa de boire et Simon qui se retourna d'un air surpris. Par la suite il se rappela de ne pas laisser ses émotions l'envahir et poursuivit en faisant abstraction de cette question hors contexte.

- *Simon* : Connaissiez-vous le sergent Dillan Wilson de la Sûreté du Québec de Sept-Îles?

Le Dr Falken ne réagissait plus. Il prenait simplement plaisir à dévisager l'enquêteur.

- *Simon* : Apparemment, il aurait dû retenir vos services, car il s'est malencontreusement enlevé la vie hier. N'est-ce pas avantageux pour vous ce malheur?

Toujours aucune réaction ne venait du psychiatre. L'avocat ne savait plus où donner de la tête, le psychiatre se trouvait dos à lui et malgré ses tentatives pour faire avorter l'interrogatoire, Ian Falken demeurait concentré sur le détective.

- *Simon* : Vous ne répondez pas à mes questions Dr Falken. N'était-ce pas la raison de votre venue?

Simon s'approcha du psychiatre en le fixant et plaça ses deux mains sur les bras de sa chaise. Ce dernier appréciait sûrement cette approche, telle une murène qui attire sa proie doucement près d'elle.

- *Simon :* Nous devons nous approcher de la vérité puisque vous ne voulez plus répondre à nos questions de bonne foi.

Un silence régna dans la salle. L'avocat regardait la discussion sans intervenir. Il demeurait loyal à son client, mais désapprouvait le comportement de ce dernier. Il ne pouvait que prendre le rôle de spectateur à ce moment.

Le souffle de Simon se coupa soudainement, il ne pouvait plus respirer. Il se releva rapidement et se débattait dans toutes les directions afin de retirer ce qui lui semblait obstruer ses voies respiratoires. il avait l'impression d'être soudainement immergé dans l'eau.

Bien qu'il sache être dans une salle où l'air était abondant, son système nerveux l'empêchait de respirer, comme mû par un instinct de survie. Le manque d'apport en oxygène jumelé avec l'effort physique le poussa à s'effondrer sur le sol les yeux grandement ouverts et le souffle coupé.

Le psychiatre restait immobile se plaisant à contempler la scène. L'avocat tenta d'intervenir, mais la porte s'ouvrit et Louis se jeta à genoux devant son coéquipier afin de lui porter secours. Il comprit rapidement que Simon n'avait plus d'oxygène.

- *Louis :* Écoute-moi Simon. Ce que tu vis est irréel, revient avec moi. Concentre-toi sur mon regard.

Simon, effrayé regardait les yeux de Louis afin de revenir à la réalité.

- *Louis :* Maintenant, ferme les yeux et n'écoute que le son de ma voix. Je vais compter doucement avec toi et respire avec mon décompte.

Simon se mit à respirer au compte de trois comme si sa tête sortait de l'eau. Louis l'adossa au mur afin qu'il récupère. Ensuite, il leva la tête et regarda le psychiatre droit dans les yeux.

- *Louis :* Qu'avez-vous fait?

- *Gratien :* Mon client n'a pas bougé d'un centimètre, j'en suis témoin et votre enregistrement aussi, il n'a jamais causé cette crise de panique chez votre homme.

- *Louis :* Nous verrons son implication plus tard, mais vous deux étiez dans l'obligation de porter secours à une personne en détresse et mis à part un sourire, effectivement votre client n'a rien fait!

- *Gratien :* Avez-vous d'autres questions, inspecteur? Nous en avons assez de vos présomptions non fondées.

Ian Falken restait toujours immobile et prenait plaisir à vivre la tournure des événements. Brusquement, Simon se leva et pointa son arme sur le psychiatre. Ce dernier le regardait sans sembler atteint de la menace.

- *Louis :* Simon, baisse ton arme. Nous allons le laisser partir.

- *Gratien :* Je ne vous laisserai pas vous en tirer comme ça. Vous menacez un citoyen respectable non armé. C'est de l'abus de pouvoir et une menace de mort!

- *Simon :* Je vais tuer ce fils de pute, il est entré dans ma tête et voulait me tuer.

- *Gratien :* Vous ne pourrez jamais prouver ces idioties.

Soudain, la lumière de la salle se ferma. Seule la lueur du corridor qui passait par la meurtrière de la porte éclairait la pièce. Le voyant de la caméra en rouge s'illuminait dans la noirceur.

Le psychiatre était resté au même endroit, mais les deux coudes sur la table et le regard fixé sur Simon. Une fraîche se fit sentir autour de Louis, des bourdonnements ou chuchotements l'entouraient. Simon s'écroula de nouveau au sol.

Deux policiers tentaient d'ouvrir la porte qui était coincée, pendant que Simon poussait des gémissements de douleur au sol. Louis ne comprenait pas pourquoi il n'arrivait pas à bouger la porte pour secourir son coéquipier.

- *Simon :* Non! Sors de ma tête salaud! Je ne veux pas ça, arrête, Non!

Une détonation se fit entendre. Les bourdonnements se dissipèrent et la lumière revint. La porte s'ouvrit et deux policiers entrèrent tenant en joue le psychiatre ainsi que l'avocat. Louis se jeta au sol devant Simon pour constater son décès. La scène horrible laissait croire à un suicide puisque l'arme de service de Simon gisait dans sa main droite, près de sa tête.

La balle traversa son cerveau et laissa des traces de sang jusqu'au mur, devant la table où se trouvaient les deux hommes.

Les policiers baissèrent leurs armes. Louis se releva en même temps que le Dr Falken. Il lui infligea un direct au visage. Puis, il se retourna vers les deux policiers en leur demandant de les escorter jusqu'à la sortie.

- *Gratien :* Ce que nous avons vécu aujourd'hui ne restera pas sans conséquence jeune homme. Mon client et moi avons vécu un traumatisme.

- *Louis :* En effet, la situation ne restera pas sans conséquence. J'y mettrai l'énergie qu'il faudra afin d'y arriver, mais vous subirez les conséquences de votre geste, Falken. Ne quittez pas la ville et restez disponible.

- *Dr Falken :* Il y a des sphères que vous ne pouvez contrôler, inspecteur. Bonne chance!

Louis regardait son ami et coéquipier étendu au sol, sans vie, dans une mare de sang. Il prit du recul en s'appuyant sur la table derrière lui.

Les deux hommes sortirent accompagnés des policiers. Quelques minutes plus tard, le directeur entra et le regarda tristement.

- *Louis :* Vous ne me croirez pas, mais c'est Falken qui est à l'instar de ceci et je mettrai toutes les énergies nécessaires à le prouver!

- *Directeur :* Est-ce enregistré?

- *Louis :* Je crois bien que oui. Cependant, avant le coup de feu, la lumière rouge s'est mise à scintiller et la caméra ne semblait plus enregistrer.

- *Directeur :* Fais abstraction de ce que tu crois être la réalité et enquête sur chacun des faits, en incluant les spectres enregistrés par cette caméra. Je vais te garder officiellement à l'écart pour l'instant. Je m'attends à recevoir de la pression politique pour me retirer l'enquête.

- *Louis :* Ça devait être sa tactique pour nous écarter, il a bien joué ses cartes ce salaud.

- *Directeur :* Ne te laisse pas atteindre et travaille dans l'ombre pour le coincer à tous les niveaux. J'ai bien dit à tous les niveaux. Sers-toi des faits que tu possèdes aussi étranges soient-ils. Je vais faire le nécessaire pour Simon, occupe-toi de recueillir les informations que tu as et on se voit demain matin afin de faire le point.

XXX

$\mathcal{D}$ès leur arrivée sur le site enchanteur de St-Iréné, Sam et Bryan stationnèrent leur voiture près de la réception afin de visiter le domaine à pieds. Ils l'explorèrent en appréciant la vue splendide.

Marie-Hélène courrait dans toutes les directions en compagnie des enfants, elle s'amusait simplement, sans penser à quoi que ce soit d'autre. Cet abri loin du regard de l'organisation Falken leur offrait un répit bien apprécié.

Après quelque temps, en compagnie de Mike, Bryan revint vers le condo où Nancy se trouvait afin de s'enquérir de son état.

Sam prit soin de récupérer une clé afin de se rendre avec Marie-Hélène et les enfants à l'intérieur d'une unité située au niveau du sol près de l'accueil. Maryse et Anne s'établirent dans un appartement à l'étage, qui était retiré et qui, à l'est, offrait une vue du fleuve Saint-Laurent.

Ils convinrent tous de prendre le temps de s'installer et se donnèrent rendez-vous pour souper dans la salle communautaire située près de l'accueil.

Ces condos meublés possédaient tout le nécessaire pour un séjour fort agréable. Après une période intense de travail, cette opportunité ressemblait à des vacances.

Avec Marie-Hélène, Sam s'affairait à cuisiner pour le souper, car chacun devait apporter un plat différent. Les enfants jouaient dehors lorsqu'une voiture s'approcha de la Jetta de Sam. Lori se mit à courir en sa direction les bras ouverts.

- *Lori :* Oncle Jean, je suis heureuse de te voir. Regarde la belle maison et le grand terrain que nous avons!

Jean pris la petite Lori dans ses bras et se dirigea en compagnie de Samuel vers la porte d'entrée. Sam lui ouvrit la porte rapidement.

- *Sam :* C'est très bien cet endroit. J'ai l'impression d'être enfin en vacances.

- *Jean :* Dan et Chris ont trouvé ce site lors de leur retour de Sept-Îles. J'avoue que c'est magnifique. J'ai croisé Chris et Alexandre en arrivant. Ils installaient les équipements d'Alexandre, mais je crois bien qu'ils requièrent tes talents d'homme à tout faire pour les aider.

- *Sam :* Où sont-ils?

- *Jean :* À l'accueil, où se trouve l'entrée du signal Internet, je crois.

- *Marie-Hélène* : Une bonne raison pour te défiler de la cuisine, petit malin! Étiez-vous complice?

- *Sam :* Les planètes s'alignent ma chérie, grâce à cette configuration je peux retrouver un endroit paisible dans ma zone de confort avec des gens qui me comprendront.

- *Marie-Hélène* : Qu'as-tu dit?

- *Sam :* Que je serai à l'intérieur de ma zone de confort à travailler avec des amis!

- *Marie-Hélène* : Non, avant?

- *Sam :* Les planètes s'alignent ma chérie!

- *Marie-Hélène* : Eurêka, tu es un génie!

- *Sam* : Je sais que je suis un génie, mais qu'ai-je dit de si génial?

- *Marie-Hélène* : Je dois valider une chose avant, mais j'ai bien l'impression que tu m'as donnée, à l'instant, l'inspiration qui me manquait pour l'énigme du cryptogramme.

- *Sam* : Les planètes?

- *Marie-Hélène* : Laisse tomber, va dans ta zone de confort rejoindre tes amis. Tu comprendras par la suite.

Elle retourna vers la cuisine, enjouée par sa découverte. Sam prit le chemin de l'accueil avec Jean et les enfants.

- *Sam* : Tu as une idée de ce que j'ai pu découvrir avec les planètes?

- *Jean* : Elle t'attribue simplement le mérite que tu l'as bêtement éclairée. Je ne crois pas vraiment que David soit sur une planète éloigné, Sam.

- *Sam* : Tu te fous de moi toi aussi! Bon sang, c'est de famille cet humour. Avoue que tu ne comprends rien toi non plus.

- *Jean* : Mais c'est très évident, ce n'est pas si compliqué. Ce que je ne comprends pas c'est que toi tu ne vois pas la découverte qui est pourtant si facile à voir.

- *Lori* : J'ai envié oncle Jean!

- *Jean* : Oh, on retourne voir maman. Au revoir, papa.

- *Sam* : Ne me laisse pas comme ça. Explique-moi!

- *Samuel* : Papa, oncle Jean te taquine. Il rit, regarde.

Sam : Bah! Je m'en doutais.

- *Samuel :* Tu devrais en parler à ton visage, car lui ne s'en doutait pas, il semblait contrarié.

- *Sam :* Non, mais! Vous êtes tous contre moi! Viens m'aider avec l'installation d'Alexandre au lieu de dire des sottises.

Sam prit son garçon par la main et ils se dirigèrent vers la porte de l'accueil afin d'aider Alexandre pour l'installation de l'équipement.

Bryan entra dans l'appartement et vit Nancy sur le divan, en train de lire un livre.

- *Bryan :* Comment te sens-tu?

- *Nancy :* Faible, mais en paix.

- *Bryan :* Je vais installer Mike et voir l'état de ses pansements. Je reviens tout de suite après.

- *Nancy :* Pas de stress, on a toute la vie!

Nancy se replongea dans le livre qu'elle trouva à l'intérieur de la table de chevet près du lit. Possiblement oublié ou laissé volontairement par de précédents chambreurs qui voulaient partager cette connaissance. Ce livre traitait de la spiritualité du moment présent, ce qui la passionnait désormais.

Elle se sentait spirituellement changée, détachée de la société et des préjugés qui l'accompagnent. Le lâcher-prise qu'elle vécut lors de la saga Falken l'avait animée de cette nouvelle force qui l'habitait maintenant.

Le moment présent reste le seul et unique univers que nous possédons. Le reste devient éphémère ou une réflexion de notre ego. L'auteur de ce manuscrit décrivait bien le principe de se détacher du temps passé et futur.

Ce livre prenait la forme d'un guide spirituel pour Nancy, qui lui permettrait peut-être enfin de se libérer totalement de son ego. Elle désirait également fusionner avec l'univers qui nous entoure et qui donne la vie.

Elle se visualisait immergée dans un flux de particules diverses contenant la vie. Nancy pouvait même ressentir l'énergie de la vie en elle. Elle comprenait que nous étions tout reliés à l'univers, que nous étions cet univers.

Pendant ce temps, Marie-Hélène terminait le plat de pâtes qui cuisait et le versa dans un grand bol de plastique afin de le transporter jusqu'à la salle communautaire. Elle rangea le chaudron après l'avoir lavé puis ferma les lumières derrière elle.

Ensuite, tout excitée de sa découverte, elle reprit ses notes sur le cryptogramme de William. Elle ouvrit rapidement le cartable à la page des derniers écrits.

À l'aide d'un crayon de plomb, elle plaça les prix de façon séquentielle afin de visualiser sa révélation :

4,62 0,45 0,62 1,45 3,20

Par la suite, elle sortit le GPS utilisé dans la voiture de son sac à main afin de bien voir la méthode d'inscription numérique.

Latitude				Longitude		
cardinalité	décimale			cardinalité	décimale	
⦿ ○				○ ⦿		
N S				E O		
degrés °	minutes '	secondes "		degrés °	minutes '	secondes "

En entrant la séquence de chiffre directement à l'intérieur des cases, elle obtint :

N 46° 20' 45» O 62° 14' 53,2

Le GPS attendait qu'elle appuie sur la touche « envoi » afin de débuter la recherche de la localisation. Elle devait, toutefois, respecter la consigne de Chris pour la sécurité de tous. Tous les appareils électroniques, tels qu'un GPS, devaient demeurer éteints. Alors, elle décida d'attendre au souper pour en parler à tout le monde et ferma son calepin de notes.

Cependant, la découverte occupait ses pensées en continu. Elle ne pouvait penser ou faire autre chose sans y penser. Où pointaient donc ces coordonnées?

Marie-Hélène se retira sur sa chaise afin de se remémorer la signification des coordonnées GPS qui utilisent trois repères : latitude, longitude et altitude. Elle dessina la terre sur une feuille afin de la séparer en quatre. Elle prit soin d'inscrire des points de référence sur le croquis.

La latitude se trouvait être une mesure angulaire s'étendant de 0° (l'équateur) à 90° (les pôles). Donc, plus elle s'éloigne de 0°, plus on s'écarte de l'équateur.

À la différence de la latitude (position nord ou sud) qui bénéficie de l'équateur et des pôles comme références, le méridien de Greenwich servait de référence pour la longitude. Ce dernier sert également d'origine aux fuseaux horaires.

La longitude donnait donc une mesure angulaire sur 360° par rapport à un méridien de référence, avec une étendue respectivement de 180° ouest à 180° est.

L'altitude se trouvait être la référence en lien avec le niveau de la mer qui se situe au niveau « 0 ».

Elle ouvrit de nouveau ses notes et regarda attentivement la séquence, accompagnée de son croquis de la planète Terre. Sur le dessin, elle positionna grossièrement l'Amérique, l'Europe et l'Asie. La conclusion lui vint, a priori, que Nord 46 et Ouest 62 devaient forcément se situer en Amérique du Nord. Elle touchait au but.

De son côté, Bryan revint voir Nancy afin de lui annoncer qu'elle était attendue pour le souper. Elle lui sourit avec cœur. Les visages des personnes de la Renaissance lui manquaient, l'idée d'en revoir une partie lui faisait grandement plaisir.

Encore faible, Bryan la prit par la main afin de l'aider et ils partirent tranquillement vers la salle communautaire.

- *Nancy* : Votre nouvel ami ne vient pas avec nous?

- *Bryan* : Il s'appelle Mike. Non, il doit récupérer, je lui ai administré un relaxant musculaire avec un puissant anti-inflammatoire. Le sommeil l'a vite gagné.

- *Nancy* : Merci de t'être occupé de moi, j'apprécie.

- *Bryan* : C'est un plaisir, je suis ambulancier de métier.

- *Nancy* : Tout est sur le point de changer n'est-ce pas?

- *Bryan* : Nous sommes en changement dans le présent. Les autres vont bientôt arriver et nous serons en mesure de partir rejoindre David.

- *Nancy* : Avant de partir, nous devrons récupérer un objet dans l'ancien local de la Renaissance.

- *Bryan* : C'est déjà fait, Alexandre le détient maintenant. Sam lui a remis.

- *Nancy* : Bien! Il ne nous reste qu'à trouver la destination dans le message crypté de William. Je dois voir Marie-Hélène.

- *Bryan* : Elle sera heureuse de te voir pour le souper.

Bryan aida Nancy à monter les escaliers et lui ouvrit la porte. Lorsqu'elle entra, les lumières s'allumèrent et tous l'acclamèrent en même temps. La surprise vint la chercher au plus profond d'elle. Des larmes de joie coulaient sur son visage.

Elle prit place près de Marie-Hélène et les enfants. Il n'y eut aucun questionnement sur les atrocités que l'organisation criminelle lui avait fait vivre. Tous étaient submergés par la joie de la retrouver, ce qui lui était fort agréable, car c'est tout ce qu'elle souhaitait.

Après un copieux repas bien mérité, avant le dessert, Marie-Hélène se leva et prit la parole.

- *Marie-Hélène* : William savait que je possédais une vieille encyclopédie de mes grands-parents. Il me faisait souvent des commentaires à cet effet. La clé du cryptogramme était un guide pour le volume, la page ainsi que les mots à retrouver à l'intérieur de cet ouvrage.

- *Sam :* Tu peux le dire. C'est un ensemble de vieux livres poussiéreux nommé « Encyclopédie ou dictionnaire raisonné des sciences, des arts et des métiers ».

- *Jean :* Bon sang, tu as gardé ces vieux livres pendant toutes ces années?

- *Lori :* Il y a des secrets expliqués dans ces livres, oncle Jean.

- *Marie-Hélène* : Je tiens à clarifier que j'ai trouvé l'inspiration avec Lori. Les jacinthes au montant de 4,92 $ référaient plutôt à la définition de la fleur qui débutait à la page 490 et se continuait à la page 492. J'ai cherché, à la façon d'un évangile, le paragraphe, la ligne et le mot pour chaque prix. La phrase qui suit en est ressortie : « CHACUNE DES FLEURS PREND TERRE AU MÊME ENDROIT ».

- *Nancy :* Renaldo prononça cette phrase lors du retour de son fils David à la Renaissance. Nous étions tous présents à ce moment. C'est un beau parallèle.

- *Marie-Hélène :* Effectivement, cette phrase ne peut que venir de lui. Il ne me restait qu'à trouver le lien entre les prix de fleurs qui restaient en bas de la liste. Sam m'inspira cet après-midi avec une phrase sur l'alignement des planètes. J'ai donc fait l'exercice de simplement placer linéairement les prix. Le résultat de cette séquence nous donne les coordonnées géographiques d'un lieu.

Marie-Hélène brandit un carton avec l'adresse écrite dessus en caractère gras.

« N 46° 20' 45» O 62° 14' 53,2 »

- *Marie-Hélène :* Je n'ai pu cependant, attendre plus longtemps pour connaître cette destination. J'ai demandé à Alexandre de m'aider. Ce dernier nous l'a trouvé rapidement et sécuritairement.

- *Alexandre :* Ce sont les coordonnées GPS qui pointent directement sur le port du traversier qui effectue la liaison entre la ville de Souris, à l'Île-du-Prince-Édouard et le port de Cap-aux-Meules, aux îles de la Madeleine. La traversée dans le golfe du Saint-Laurent est d'une durée de cinq heures. Outre l'avion, c'est l'unique moyen d'accéder aux îles de la Madeleine.

- *Jean :* Nous allons faire des recherches afin de trouver l'endroit précis où ils se trouvent à l'intérieur de ce lieu enchanteur. D'ici ce temps, profitons de cette bonne nouvelle dans un endroit magnifique à l'abri de l'organisation.

XXXI

*L*es derniers arrivants stationnèrent leurs voitures près de l'accueil du domaine de St-Irénée. Mike et Chris marchaient le long du boisé en regardant le majestueux Fleuve St-Laurent briller sous le soleil du printemps.

Mike reprenait ses forces très rapidement, mais il était toujours hanté par cette peur terrible du Dr Falken. Il racontait que la nuit, une entité le sortait parfois de son sommeil.

- *Mike :* Lorsque je dors profondément et que je suis dans un rêve paisible, il arrive parfois qu'un des personnages du rêve change subitement pour devenir effrayant.

- *Chris* : Décris-moi ce que tu classifies d'effrayant.

- *Mike :* Les yeux tout blanc ou tout noir, l'énergie qui émane de cette chose. Les autres figurants de mon rêve se retournent vers cette chose et se dissipent et perdent leur énergie. Je me retrouve seul avec. C'est difficile à expliquer, mais cela représente le mal à l'état pur.

- *Chris* : Ce n'est qu'un rêve. Il faut garder la tête froide.

- *Mike :* Lorsque je réalise que ce n'est plus mon rêve, je me réveille afin de me dégager. L'énergie est très présente, comme un champ magnétique qui tente de pénétrer en moi. Je ne sentais les effets que sur ma tête et dans mon coup au début. Dernièrement, les effets se sont propagés jusque dans le bas de mon dos et sur mes jambes. Je dors maintenant avec la lumière ouverte, car l'énergie de celle-ci l'éloigne, je crois. Je ressens cette chose comme étant un opposé de moi-même. Une décharge faible d'électricité sous forme de champ qui est contraire au mien. Je sens que je la repousse, mais il y a quelque chose en moi qui l'attire.

- *Chris* : Que crois-tu que ce soit?

- *Mike* : Je n'en sais rien. Parfois, éveillé et en plein jour, il m'arrive de sentir cette présence près de moi. Il m'arrive même de ressentir mes cheveux bouger légèrement, comme si un léger vent en effleurait doucement les pointes.

- *Chris* : Crois-tu en Dieu?

- *Mike* : Non, je ne crois pas en un dieu bienfaisant qui nous regarde d'en haut et choisit ses fidèles. Je crois cependant à une énergie qui nous habite tous. Je m'en suis possiblement écarté dernièrement avec ce que Falken m'a fait. Je suis convaincu que nous sommes tous interreliés à une force qui nous protège. Il se peut que le psychiatre ait causé une brèche en moi et que le mal tourne autour de moi.

- *Chris* : Essai de méditer, je vais te donner un livre qui t'aidera à faire le vide. Tu dois faire cesser l'ego qui alimente tes pensées continuellement et laisser place au vide, au silence. N'alimente pas ta colère et canalise ton énergie pour trouver la paix.

- *Mike* : Merci. Tu as raison, lorsque David nous libéra de notre colère à l'entrepôt, j'ai vécu le conflit à l'intérieur de moi. La colère prit du temps à se dissiper afin que je retrouve la paix. Je me sentais si bien à ce moment. Cependant, j'ai l'impression que Falken en profita pour placer autre chose en moi.

- *Chris* : Fais le vide et on s'en reparlera. Lorsque tu sens tes pensées revenir, tu es conscient. Petit à petit, tu te libéreras de tout ça.

Alexandre courait dans leur direction et semblait affolé. Chris l'arrêta afin de bien comprendre la situation.

Alexandre : J'ai fait une énorme bêtise! Il faut quitter rapidement.

- *Chris* : Qu'as-tu fait?

- *Alexandre* : Je sais que je ne devais pas, mais...

- *Chris* : Mais quoi?

- *Alexandre* : J'ai voulu simplement transférer l'information du disque dur vers mon ordinateur afin d'éviter de transporter ou de perdre le disque de Sam. Je devais valider que l'information ne se trouvait pas corrompue ou qu'elle soit vraiment disponible.

- *Chris* : Tu as travaillé sur le disque dur qui renferme les informations du site de l'organisation sans nous prévenir?

- *Alexandre* : Oui!

- *Chris* : Que s'est-il passé?

- *Alexandre* : Je ne me suis pas méfié, j'aurais dû d'abord sécuriser la connexion, mais je ne l'ai pas fait. Je tenais simplement à transférer l'information.

- *Chris* : Que s'est-il passé?

- *Alexandre* : Lorsque j'ai tenté de décrypter le contenu, une balise de positionnement virtuel s'est lancée d'elle-même sur le Web.

- *Chris* : Décrypter? Tu ne voulais donc pas simplement le copier, tu désirais l'ouvrir et voir à l'intérieur.

- *Alexandre :* Oui, en effet. La bonne nouvelle est que s'il est diffusé, le contenu sera très compromettant pour plusieurs gens influents. J'ai croisé beaucoup de détournement de fonds vers des comptes bancaires à l'étranger. La plupart de ces comptes appartenaient à des politiciens élus et en position de pouvoir. La diffusion des informations pourrait faire s'effondrer et emprisonner beaucoup de personnalités connues. La structure de société risque d'en être affectée lorsque les gens sauront la vérité. Je n'ai cependant pu voir qu'une infime partie de l'information, car j'ai tout de suite fermé le serveur dans le but de protéger celle-ci. C'est une bombe! On parle de corruption à un niveau très élevé du pouvoir en place.

- *Chris* : La mauvaise?

- *Alexandre :* Il sait maintenant où se trouve l'ordinateur qui a accédé aux données. Il sait où nous sommes et ne tardera pas à débarquer pour reprendre toutes ces informations.

- *Chris* : Ta cupidité met tout le monde ici en danger! À l'avenir, tu devras écouter mes recommandations et les respecter à la lettre! Il faut avertir tout le monde. Organise immédiatement une réunion dans la salle communautaire.

- *Alexandre :* Je m'en occupe, je suis désolé Chris.

- *Chris* : Nous n'avons plus le temps pour être désolés, magne-toi!

- *Mike :* Je pars récupérer mes choses et je vous rejoins rapidement. De plus, j'avise Bryan et Nancy au passage.

Les gens se mobilisèrent rapidement pour la réunion d'urgence. Jean expliqua la situation avec calme. Ils savaient tous que le moment de partir arriverait de façon imminente.

Jean indiqua un trajet pour que chacun puisse se trouver un logis sur la rive sud de Québec. Il indiqua un point de rendez-vous le lendemain après le déjeuner, afin de débuter la route vers le port de Souris à l'Île-du-Prince-Édouard.

Le convoi ne mobilisait pas moins de vingt et un véhicules automobiles chargés de nourriture et d'effets personnels. Ils devaient tous voyager sans attirer l'attention. Chacune des voitures portait un numéro qui lui fut attitré afin de veiller sur le suivant.

Il fut convenu que les voyageurs ne devaient communiquer qu'en cas d'urgence, à l'aide des cellulaires remis à la maison de Jean. La voiture numéro un devait attendre la deuxième avant de partir pour un autre point de rendez-vous et ainsi de suite.

Ils prirent tous rapidement leurs effets personnels et quittèrent séquentiellement le magnifique site. Le regret de partir était atténué par le désir d'en finir et de rejoindre David et les siens. Un délai de cinq minutes distançait chacun des véhicules, garantissant ainsi une certaine discrétion tout en permettant de garder un œil sur la voiture derrière.

XXXII

C'est dans le stationnement d'un centre commercial de Lévis qu'ils se réunirent tous après le déjeuner. Dès l'arrivée de Jean, Yves l'informa des faits majeurs survenus dans la nuit précédente au centre de villégiature de St-Irénée et qui faisaient la première page du journal local.

- *Yves :* Nous étions la dernière voiture à fermer le convoi. J'ai pris la liberté d'effectuer une tournée afin de sécuriser les lieux. Étant au dernier rang, j'avais le temps pour cette vérification. Les clés se trouvaient toutes sur les crochets de la réception. Rien ne laissait croire à un tel incident. Je peux te garantir que cela ne vient pas de nous!

- *Jean :* Je sais, les gens partirent en laissant les lumières éteintes derrière eux. De plus, les déchets furent ramassés en entier. Je peux le certifier également. Cependant, les autorités seront certes à nos trousses puisque tous les indices pointent vers nous. Le feu a détruit chacun des bâtiments. Partir rapidement fut une très bonne décision, car j'ai bien peur que nous ayons pu faire partie des décombres sans cette mobilisation précipitée.

- *Chris :* Falken ordonna ce sinistre afin de nous placer au premier rang des suspects dans le but de nous déstabiliser. Nous devons garder le cap vers le port de Souris et exécuter le plan prudemment.

Inquiets, les gens s'approchaient de la conversation afin d'en apprendre plus. Jean prit du recul et débuta la réunion de départ puisque tous étaient présents.

- *Jean :* Je serai bref. L'organisation Falken nous a manqués de peu. Nous possédons l'avantage qu'ils ne connaissent pas notre destination, du moins, pour l'instant.

- *Josiane :* Que s'est-il passé?

- *Jean :* Le feu ravagea complètement le complexe après notre départ. Chacun des bâtiments fut rasé par les flammes. Il est évident que c'est acte criminel et que les autorités policières seront rapidement à notre recherche.

- *Maryse :* Cette oppression doit finir! Qu'allons-nous faire? Ne devrions-nous pas nous livrer à la police en leur expliquant la situation?

- *Jean :* Nous possédons malheureusement de l'information démontrant que plusieurs gens très influents font partie de l'organisation Falken. Nous représentons un danger pour ces personnes maintenant. Nous devons poursuivre discrètement notre route vers David. Rendus à destination, nous serons en mesure d'agir avec les bonnes personnes. D'ici là, je vous demande de me faire confiance et de suivre le plan établi.

- *Chris :* Tout d'abord j'aimerais rappeler à tous les consignes de sécurité. Ne jamais utiliser d'appareil électronique pouvant laisser une trace. Respecter les limites de vitesse et conduire prudemment. Toujours veiller sur la voiture derrière vous et en aucun cas ne prendre l'initiative de faire un arrêt lorsque celle-ci n'est pas prévue. Dan vous remet une copie du trajet. Vous pourrez constater les pauses prévues et vous y conformer. Ces lieux furent choisis stratégiquement pour leurs discrétions.

- *Jean :* Selon notre estimation, le trajet prendra près de douze heures à parcourir. Nous le ferons en trois jours. Aujourd'hui, la destination sera Edmundston au Nouveau-Brunswick. Alexandre a réservé une chambre pour chacun de vous, sous des noms fictifs. Les chambres sont situées dans des hôtels près du Carrefour Assomption. Les informations pour votre nuitée ainsi que votre nom fictif figurent sur le document que Dan vous a distribué. Prendre note que les frais sont tous payés. Soyez discrets lors de votre inscription puis quittés le lendemain sans passer par la réception. Une fois tous à l'extérieur de la province de Québec, le danger de se faire prendre sera toujours présent. Vous devez demeurer discrets jusqu'à la fin du parcours. Nous débuterons la journée de demain de la même façon, dans le stationnement du centre commercial l'Assomption d'Edmundston, près du Sheraton. Est-ce qu'il y a des gens qui auraient des questions?

- *Linda :* Dans le cas où un incident arrive, que devront faire les personnes qui se feront prendre par les policiers?

- *Jean :* Ce n'est pas souhaitable. Cependant, cela devient une bonne raison d'utiliser le portable afin de me rejoindre. À ce moment, je leur indiquerai la procédure et informerai le reste du convoi afin de modifier nos plans.

- *Chris :* Ne soyez pas nerveux, tout va bien se passer. Restez simplement vous-mêmes et surtout, prudents.

- *Jean :* Tel qu'indiqué sur votre parcours, le premier arrêt se fera à la jonction de l'autoroute « 85 » à Rivière-du-Loup. Soyez attentif à un poste d'essence, la voiture devant vous attendra votre arrivée.

Ils se saluèrent et prirent place dans leurs véhicules. Malgré la tension de l'incident précédent dont ils n'étaient pas responsables, l'excitation de l'aventure les animait.

Ils quittèrent le stationnement avec la même séquence, en gardant cinq minutes d'intervalle entre chacune des voitures. La route pour se rendre au premier point d'arrêt longeait le fleuve St-Laurent en direction est.

Le parcours empruntait la route transcanadienne en passant par St-Jean Port-Joli, La Pocatière et Saint-Pascal de Kamouraska. Rendu à l'embranchement de Rivière-du-Loup pour l'autoroute 85, Jean dirigea sa voiture vers la première station-service afin d'attendre le véhicule de Chris avant de repartir.

Marie-Hélène en profita pour faire une pause « salle de bain » avec les enfants, pendant que Jean faisait le plein en compagnie de Sam.

Pendant ce temps, une auto-patrouille de la Sûreté du Québec s'approcha tranquillement du BMW X5 noir de Jean.

- *Jean* : Sam, va rejoindre Marie-Hélène et demeurez calme sans attirer l'attention. Je vais voir ce qu'il veut. Prends le portable sur la console et si les choses tournent mal, contacte Chris.

Sam prit le cellulaire et se dirigea tranquillement vers le bâtiment afin d'intercepter les enfants ainsi que Marie-Hélène. Le policier sortit de sa voiture et avançait tranquillement vers Jean en inspectant le véhicule sport utilitaire de luxe.

- *Jean* : Bonjour, M. L'agent, puis-je vous aider?

L'homme dans la quarantaine mesurant près de 1,82 mètre avec les cheveux bruns étudiait toujours le BMW. Il se tourna vers Jean en lui lançant un sourire méprisant.

- *Policier* : On ne fait certainement pas les mêmes salaires! C'est à vous ce véhicule?

- *Jean* : À la banque pour l'instant, je suis en processus pour l'acquérir pleinement un jour.

- *Policier :* Êtes-vous humoriste monsieur?

- *Jean :* Non, avocat. Vous, je crois que vous êtes un policier en devoir, non?

- *Policier :* On ne peut rien vous cacher, M. l'avocat. Et d'où venez-vous? Qui sont les gens qui vous accompagnent?

- *Jean :* Ai-je enfreint la loi pour attiser ainsi votre curiosité à notre égard?

- *Policier :* Pas encore, je vous ai cependant à l'œil. Vous correspondez à un avis de recherche. J'exerce donc mon devoir tel que vous le prétendez.

- *Jean :* Ma sœur, accompagnée de sa famille, voyage avec moi. Nous sommes en vacances et ne voulons pas d'histoire. Nous serons prudents soyez-en assuré, M. L'agent.

- *Policier :* On verra, M. L'avocat!

Le policier reparti vers son auto patrouille en lui laissant un sourire méprisant. Il se stationna plus près du bâtiment de reculons afin de voir l'ensemble du stationnement.

Jean termina de faire le plein et entra rejoindre les autres afin de payer l'essence. Ils sortirent afin de prendre place à l'intérieur du X5. Jean remarqua que la voiture de Chris arriva et il lui fit discrètement signe de continuer sa route.

Ce dernier comprit et obéit à Jean. L'agent regardait la scène puis s'engagea derrière Chris afin de l'intercepter. Il alluma ces gyrophares et indiqua aux deux hommes dans la voiture de se stationner sur l'accotement.

Le policier sorti lentement du véhicule. Chris sorti également à la grande surprise de l'agent.

- *Policier :* Mettez les mains bien à la vue sur le capot de la voiture et écartez les jambes. Vous ressemblez à un dangereux fugitif et je n'hésiterai pas à tirer.

Jean prit la route rapidement et demanda à Sam de contacter Bryan afin de détourner le convoi vers la sortie pour prendre la route « 289 » en direction de Pohénégamock quelques kilomètres avant, afin de rejoindre l'autoroute 85 par le lac Témiscouata en utilisant la route « 232 ».

Sam confirma que l'information fut bien comprise par Bryan et que le détournement suivait son cours.

- *Sam :* On ne devrait pas les abandonner avec le policier, ils nous ont toujours aidés. Nous devrions y retourner. Tu es avocat, tu pourrais facilement les sortir de là.

- *Jean :* Chris, Dan et Mike agiront plus facilement si on n'est pas avec eux. Ils sont habitués et formés pour ce genre de situation. Nous les attendrons à l'intersection de la route « 232 ».

Pendant ce temps, Dan ouvrit discrètement la portière afin de se glisser dehors sans être vu. Il rampa sur le sol jusqu'au pare-chocs de la voiture. Il se positionna afin de bien viser le policier avec un pistolet à fléchette tranquillisante. Une fois l'homme bien en mire, il tira un coup qui atteignit le policier sur l'épaule droite. Ce dernier se retourna brusquement puis s'écroula sur le sol.

- *Chris :* Il y a un motel là-bas et regarde la voiture bleue, je suis convaincu qu'une prostituée s'y trouve avec un pervers. Amenons le policier à cet endroit.

- *Dan :* Je l'avais remarqué aussi, sa démarche l'a trahi.

- *Chris :* Nous allons faire sa journée!

Dan et Chris installèrent le policier sur la banquette arrière en prenant soin de retirer la fléchette. Dan prit le volant de l'auto-patrouille avec ses gants noirs en direction de la porte du motel et Chris stationna leur voiture derrière.

Chris frappa à la porte de la chambre identifiée « 15 » du motel miteux. Un homme répondit après quelques instants avec la voix essoufflée. Dan se dirigea, pendant ce temps, à la fenêtre arrière de la salle de bain afin d'intercepter la fille si l'intention de se sauver lui venait.

- *Homme :* Que voulez-vous?

- *Chris* : Police, simplement vous posez quelques questions.

L'homme ouvrit la porte à moitié nue. Chris lui brandit très rapidement le badge du policier en lui indiquant qu'il l'oublierait s'il lui promettait de quitter les lieux rapidement sans jamais récidiver.

L'homme très nerveux pleurait tel un bébé et promit de ne jamais plus refaire appel à une prostituée ainsi que d'honorer et d'aimer sa femme. Il s'habilla très vite et sortit en apercevant la voiture de police garée dehors.

La jeune fille sanglotait également, anticipant son arrestation. Chris s'assied près d'elle pendant que Dan entrait le corps du policier somnolant.

- *Prostitué :* Vous n'êtes pas des policiers?

- *Chris* : Non, nous sommes en fuite. Je peux te remettre beaucoup d'argent si tu joues le jeu avec nous.

- *Prostitué :* J'écoute!

- *Chris* : Nous allons feindre que le policier est ton client, qu'il a bu et qu'il t'a malmené.

- *Prostitué* : J'aime bien, ils méritent bien ça ces brasseurs de merde. Que représente pour vous beaucoup d'argent?

- *Chris* : Cinq cents dollars, nous quittons et c'est fini. Mais nous ne possédons pas beaucoup de temps, veux-tu oui ou non?

- *Prostitué* : Si j'en veux plus ou que je dis non?

- *Chris* : Bien nous économisons cinq cents dollars, je te tire dans la tête avec son arme et nous faisons la scène quand même.

- *Prostitué* : Alors, après réflexion, j'accepte vos conditions.

Dan déshabilla le policier et le plaça sur le lit. Chris lui versa un fond d'alcool dans la bouche et mit les empreintes du policier sur la bouteille. Puis Dan la plaça sur la table de chevet près du lit, en compagnie d'un petit sachet de cocaïne. Chris ouvrit le sachet et mit un soupçon de cocaïne dans le nez du policier.

Dan quitta la chambre et Chris s'approcha de la fille afin de lui remettre l'argent.

- *Chris* : Voilà l'argent. Prends soin de t'occuper de toi après tout ceci. Tu mérites une meilleure vie. Je dois te frapper également afin de créer un certain réalisme dans la scène.

- *Prostitué* : Merci je vais m'y mettre, vous m'avez fait suffisamment peur pour que je décroche. Mon Mac est dans le stationnement cependant. Il ne me laissera jamais partir, j'en ai bien peur.

- *Chris* : Mon collègue est déjà sur le coup. Crois-moi, il t'oubliera à jamais. C'est ma façon de te dire au revoir et bonne chance dans ta nouvelle vie.

- *Prostitué* : Merci beaucoup, vous êtes gentils!

Chris lui infligea une bonne droite qui lui fit plier les genoux et s'écrouler au sol. Il regarda la jeune blonde à la mini-jupe noire étendue sur le sol. De son chemisier détaché, on pouvait apercevoir des ecchymoses d'autres clients ou de son Mac. Il sortit et prit la radio du policier.

- *Chris* : Allo, allo!

- *Central de police* : Voiture 366, nous tentions de vous rejoindre, tout va bien?

- *Chris* : Je suis un témoin d'une scène. Votre policier est dans une chambre avec une prostituée. Ils font beaucoup de tapage. Je crois qu'il a battu la pauvre petite.

- *Central de police* : Identifiez-vous! Vous parlez sur un canal sécurisé réservé à la police!

- *Chris* : Je sais, je vous parle de sa radio qui est dans sa voiture.

Chris arracha le fil du combiné pendant que Dan plaçait l'homme de race noire avec deux dents en or et vêtu d'un veston de velours violet sur le siège du conducteur de l'auto-patrouille. L'homme surveillait la jeune prostituée de sa Mercedes C300 peinte en violet. Il installa le combiné avec le fil arraché à la main de ce dernier. Chris lança deux sachets de cocaïne trouvés dans le véhicule du Mac sur le siège du passager de l'auto-patrouille.

Dan prit le volant de la Mercedes et entra en collision avec l'auto-patrouille. Par la suite, les deux quittèrent en courant et prirent place dans leur véhicule. Ils prirent la route 85 vers Edmundston en compagnie de Mike qui riait de voir la scène sur la banquette arrière.

Il put apercevoir au loin deux auto-patrouilles de la Sûreté du Québec arriver au motel.

- *Chris* : Convaincre son sergent sera une épreuve, mais convaincre sa femme… Je ne voudrais pas être dans ses souliers.

- *Chris* : Il ne l'aura pas facile pour un bout. Le pauvre, sa vie va changer. Appelle Jean et informe-le que nous sommes en route.

Jean attendait sur le bord de la jonction de la transcanadienne et de la route 232 dans le stationnement d'un poste à essence, en compagnie de sept voitures. Lorsque celui-ci reçut la communication de Dan, il reprit la route après en avoir informé Josiane.

Peu de temps après, elle aperçut le véhicule de Chris lorsque Dan la salua de la main. Cette dernière attendit cinq minutes et se plaça derrière. Les autres purent suivre la consigne et reprendre la route en séquence.

À leur arrivée dans le cœur de la ville d'Edmundston, un carrefour d'affaires et de services très important du Nord-Ouest du Nouveau-Brunswick, ils se donnèrent rendez-vous près du carrefour Assomption.

Jean prit la parole au centre de tous afin de leur fournir les prochaines instructions.

- *Jean :* Nous voici tous réunis au premier point d'arrêt de notre aventure. Je vous laisse le soin de visiter ou de vous reposer pour que vous soyez prêts pour la route que nous ferons demain. Notre prochain point d'arrêt sera Moncton. Je laisse à Marie-Hélène le soin de vous partager le fruit de sa recherche pour ceux qui désireront visiter cette ville qui est la plus peuplée de la région du Nouveau-Brunswick. Tout près, on peut faire des emplettes, manger ou profiter des installations du complexe sportif régional.

- *Marie-Hélène :* Pour ceux que ça intéresse, nous sommes au cœur de la ville. Les restaurants et boutiques les plus intéressantes s'y trouvent. Nous pouvons simplement marcher et profiter du reste de la journée. Je vais vous présenter l'histoire de cette ville.

Près de la moitié du groupe se dispersèrent de chaque côté afin de trouver répit dans leur hôtel ou de se laisser simplement dériver à marcher dans les rues du cœur de la ville. Marie-Hélène prit ses notes et donna l'information historique des lieux pour ceux qui restaient.

- *Marie-Hélène :* Au début de la colonisation, Edmundston se nommait Petit-Sault (petite chute). L'ancien Fort du Petit-Sault, situé à la jonction des rivières Saint-Jean et Madawaska que nous avons traversées, servait à protéger la ville. Elle prend son nom actuel d'un ancien gouverneur du Nouveau-Brunswick, Sir Edmund Walker Head. L'exploitation forestière a marqué l'essor de l'activité économique à Edmundston. Afin d'amorcer votre visite, des haltes d'interprétation à caractères historiques sont aménagées un peu partout. On y trouve des présentoirs contenant des informations qui racontent la fondation et l'évolution de la ville. Par la suite, vous pouvez visiter le marché de la rue Hill afin de faire la découverte de nombreux artisans et goûter aux produits du terroir madawaskayen. On se revoit demain matin pour la suite de notre aventure.

La journée fut longue, la plupart étaient fatigués, mais le passage dans cette chaleureuse ville ne les laissait pas indifférents. La visite du centre-ville ainsi que l'énergie qui les animait les plongeaient dans un intense moment présent.

Les paradigmes ou habitudes quotidiennes de la société se détachaient d'eux. Une certaine liberté les inspirait. Dans une saine union, une nouvelle vie s'offrait aux gens de la Renaissance.

XXXIII

$\mathcal{L}$e lendemain matin, la fébrilité était palpable. Tous attendaient les instructions dans le stationnement du centre commercial Assomption, plein d'énergie et prêts à vivre l'aventure.

Jean indiqua le prochain point d'arrêt, qui se trouvait dans le stationnement d'une station-service, dans la ville de Fredericton. Derrière la station-service, il y avait un restaurant où ils pouvaient dîner. De plus, Dan leur remit à chacun un document indiquant leur prochaine réservation dans la ville de Shédiac pour la deuxième nuitée.

Par la suite, ils débutèrent le trajet en empruntant l'autoroute transcanadienne « 2 ». L'arrivée à destination s'estimait vers l'heure du souper, incluant la pause.

Lors de la traversée de la rivière Madawaska sur le pont près du croisement de la rue Victoria, le voyant jaune « check engine » s'alluma dans le tableau de bord. Juste après que Bryan l'ait constaté en baissant les yeux, le moteur se mit à caller par secousse.

- *Maryse :* Ça ne semble pas normal ce bruit.

- *Bryan :* Il me l'a déjà fait. C'est probablement le bouchon d'essence qui est mal vissé. La pression dans le réservoir baisse et le moteur cale en indiquant l'anomalie. Je vais me ranger doucement sur le côté et vérifier.

- *Maryse :* C'est toi qui pilotes, chef!

Bryan stationna le Cherokee noir dans un espace libre réservé aux visiteurs de l'université de Moncton, un campus d'Edmundston près de la Transcanadienne « 2 ». Il sortit vérifier le bouchon qui semblait, a priori, bien vissé.

Il entra dans la voiture et démarra le moteur à nouveau. La lumière restait allumée. Le problème ne venait donc pas du bouchon d'essence.

- *Bryan :* Ce ne semble pas être le bouchon, cependant le moteur fonctionne mieux, possiblement qu'elle s'éteindra en route.

- *Maryse :* Elle est neuve ta voiture, nous devrions arrêter dans un concessionnaire Jeep afin de nous en assurer.

- *Bryan :* Nous ne pouvons nous permettre ce luxe. Tous dépendent de chacun dans ce convoi. Tout va bien se passer. J'ai l'habitude avec ces anomalies depuis que je l'ai acheté. Nous étions choyés que rien ne soit encore arrivé jusqu'à présent.

- *Anne :* Quelle est cette voiture? Tu l'as achetée au rabais?

- *Bryan :* Très drôle, elle est très jolie et pratique, mais possède une fiabilité discutable. Elle va bien maintenant.

Ils entrèrent sur l'autoroute transcanadienne « 2 » en accélérant. Bryan sentait une certaine inquiétude sans le laisser percevoir aux filles. Le véhicule semblait forcer constamment comme s'il tirait une remorque.

La lumière s'éteignit par elle-même et le moteur se mit à bien fonctionner après environ trois kilomètres.

- *Bryan :* Voilà, il fait de drôles de choses depuis que je l'ai acheté. Le concessionnaire ne trouve pas ce qui cause ces désagréments. Lorsque je lui apportais, la plupart du temps le problème s'était résorbé de lui-même. Je ne me sentais pas crédible parfois.

- *Anne :* Le garage ne pouvait pas voir un indice pour régler ce problème?

- *Bryan :* Il semblerait que non. Le garagiste devait pouvoir voir le problème présent afin de bien l'identifier et le réparer. C'est ce que le conseiller technique m'a dit la dernière fois, en tournant les yeux.

Soudain, au croisement de la rivière verte, une lumière dans le tableau de bord jaune indiquant une anomalie s'alluma de nouveau ainsi qu'une sonnerie d'alerte. Le moteur se mit à caller brusquement. Par la suite l'indicateur tourna au rouge.

Bryan n'eut pas d'autre choix que de se ranger sur l'accotement de la Transcanadienne. Une fois le véhicule immobilisé, il sortit dehors et ouvrit le capot afin de regarder si un indice de défectuosité pouvait lui sauter aux yeux. Tout semblait normal. En refermant le capot, il vit passer la Volkswagen golf rouge de Linda.

- *Bryan :* Merde, Linda vient de passer sans nous voir!

- *Nancy :* Ce n'est pas grave, elle va s'apercevoir que nous ne sommes pas au point d'arrêt et ils vont nous attendre ou nous contacter. Pouvons-nous changer la situation?

- *Bryan :* Je ne crois pas.

- *Nancy :* Alors il faut l'accepter. Maintenant, sommes-nous en danger?

- *Maryse :* Possiblement si un policier nous voit, il voudra nous faire remorquer hors de l'autoroute.

- *Anne :* Nous pourrions gagner du temps en simulant le changement d'une crevaison?

- *Bryan :* bonne idée, je m'y mets.

Bryan s'installa pour changer le pneu. Il ouvrit la valise arrière et sortit les bagages qui s'y trouvaient. Il approcha, par la suite, la roue de secours près de l'arrière droit du véhicule. Ensuite, il desserra les boulons après avoir soulevé le véhicule de quelques centimètres. Enfin, il débuta le changement en prenant tout son temps.

En retirant la roue, il aperçut une petite boîte noire fixée à l'aide d'attache de nylon au boyau d'huile qui alimente les freins. Bryan aimait bien faire des entretiens légers tel que le changement de roues pour l'hiver et il savait très bien que cette boîte ne devait pas se trouver à cet endroit. Il la retira en tirant brusquement à plusieurs reprises afin de briser les attaches de nylon. Une fois dans les mains, il l'observait attentivement. Bryan ne possédait pas de référence afin l'identifier. Il s'avança près de Maryse qui lui ouvrit la fenêtre et lui remit.

- *Bryan :* Regarde, j'ai trouvé ce module fixé à l'aide d'attache de nylon à l'intérieur de l'aile du véhicule.

- *Maryse :* Qu'est-ce que c'est ?

- *Bryan :* Je n'en sais rien. J'aimerais la montrer à Sam. Peux-tu la glisser dans la boîte à gants?

- *Maryse :* Elle est toute sale!

- *Nancy :* Voici un mouchoir pour l'essuyer.

Au même moment, un policier vint se garer derrière le Jeep Cherokee. Ce dernier remarqua la plaque du Québec et lui demanda s'il désirait de l'aide.

- *Bryan :* Non merci, M. L'agent. Je replace la roue et nous repartons.

- *Policier :* Très bien je vais rester derrière.

- *Bryan :* C'est gentil, mais ce n'est pas nécessaire.

- *Policier :* Oui ça l'est! Vous ne pouvez rester sur l'accotement, car c'est dangereux. Est-ce que ma présence vous gêne?

- *Bryan :* Bien sûr que non. Je ne voulais pas abuser de votre temps. Merci alors.

L'agent s'avança en direction du Jeep afin d'observer les passagers. Nancy descendit la fenêtre afin de discuter avec lui. Son visage doux et pur retira tout doute de l'esprit du policier.

- *Nancy :* Bonjour, M. Le policier, comment allez-vous?

- *Policier :* Je m'appelle Dean, je vais très bien. Votre visage ne m'est pas inconnu. Passez-vous à la télévision?

- *Nancy :* Non, je suis une simple citoyenne qui travaille dans le domaine de l'administration. Nous sommes en vacances et allons à Fredericton.

- *Dean :* C'est votre conjoint qui change la crevaison?

- *Nancy :* Non, un bon ami qui a su prendre soin de moi lorsque j'en avais besoin.

- *Dean :* Alors vous êtes célibataire en visite à Fredericton?

- *Nancy :* Dans le mille, Dean. Demeurez-vous à Fredericton?

- *Dean :* Je demeure très près, New Maryland. On va peut-être se croiser, on ne sait jamais.

- *Nancy :* Bonne fin de journée officier.

Le policier retourna dans sa voiture afin d'assurer la sécurité du Jeep. Une flèche se déplia et s'alluma en pointant vers la gauche sur le toit de l'auto-patrouille afin d'indiquer aux automobilistes de se dégager vers la voie rapide.

Bryan replaçait la roue avec l'inquiétude de ne pouvoir redémarrer suite à l'indicateur du tableau de bord. Il fit abstraction à ces inquiétudes et fini l'installation du pneu. Par la suite, il rangea la roue d'origine ainsi que les outils dans la valise et prit soin de bien replacer les bagages à leur place. Enfin il envoya la main au policier et reprit place à l'intérieur du Jeep.

- *Maryse :* Que va-tu faire maintenant frérot?

- *Bryan :* Faire confiance à la vie. Je vais tenter de le démarrer.

Lorsqu'il tenta de démarrer le véhicule, le voyant rouge se trouvait toujours présent. Le Jeep ne démarrait toujours pas.

- *Bryan :* Je préfère définitivement le corps humain à la mécanique.

- *Anne :* C'est une « psycho mécanologue » que ça lui prendrait ton camion. Physiquement il va bien, c'est dans sa tête qu'il ne fonctionne pas.

- *Bryan :* Bah! Ça ne m'aide pas beaucoup ce que tu dis. Essaie de le comprendre, il vit un stress présentement.

Bryan ouvrit le capot de l'intérieur sorti une fois de plus du véhicule. Il leva le capot et retira le pôle positif de la batterie. Le policier sortit de sa voiture et s'avança vers lui.

- *Dean :* Je dois appeler un remorqueur. Vous ne pouvez rester sur le bord de l'autoroute plus longtemps.

- *Bryan :* Pourriez-vous attendre seulement cinq minutes, le temps que l'ordinateur revienne à lui? Je vais abdiquer par la suite, si cela ne fonctionne pas.

- *Dean :* Cinq, minute. Pas plus!

Bryan replaça le pôle après le délai, ensuite il referma le capot. Il prit place au volant en faisant un signe de la tête au policier.

- *Bryan :* Voilà, c'est tout ce que je peux faire. S'il ne démarre pas, il nous remorque.

Il tourna la clé et l'indicateur d'alarme n'y était plus. Il tourna plus loin et le véhicule démarra. Bryan sortit la main pour saluer le policier et s'engagea sur l'autoroute. Ce dernier baissa sa signalisation et le suivit après quelques véhicules.

- *Maryse :* L'heure sur la radio n'est plus bonne et aucun poste n'est programmé!

- *Bryan :* Le manuel est dans le compartiment devant toi, cela te changera les idées sœurette!

Le Jeep semblait bien se comporter. Cependant, l'inquiétude planait. D'autant plus que l'auto-patrouille se trouvait derrière eux.

Soudain, le policier alluma ses gyrophares et accéléra. Bryan engagea son clignotant de droite et se prépara à s'immobiliser sur l'accotement. La voiture de police passa à côté de lui à toute allure. Bryan reprit sa place soulagée.

- *Bryan :* Il a probablement reçu un appel du central. J'ai eu chaud.

Quelques kilomètres plus loin, après la ville de Woodstock, le voyant jaune se ralluma. Bryan n'en fit pas part aux passagers qui relaxaient sereinement. Nancy lisait un livre, Anne dormait et Maryse contemplait le paysage paisiblement. L'inquiétude envahit de nouveau Bryan. Le moteur donnait de faibles coups sur l'accélération.

Il se dit que tant que la situation n'empirerait pas, il garderait le silence.

Enfin la sortie du boulevard Hanwell devint visible. Bryan mit son clignotant et s'engagea pour se rendre à la station-service. Maryse somnolait et revint à elle tranquillement.

- *Maryse :* Nous sommes rendus à Fredericton, mais tu sembles inquiet, que se passe-t-il?

- *Bryan :* Depuis la ville de Woodstock, le voyant s'est rallumé.

- *Maryse :* Il faut en parler, on ne se rendra pas avec cette voiture bien qu'elle soit récente.

- *Anne :* Fiabilité et économie à discuter j'en ai bien peur.

Chris et Jean les attendaient bien en vue à la station-service.

- *Jean :* Que s'est-il passé?

- *Bryan :* Des problèmes mécaniques. Un agent de police nous accompagna également lors de notre sortie sur l'accotement.

- *Jean :* Est-elle réparée? Vous auriez dû nous contacter afin de nous aviser.

- *Maryse :* Lorsque nous étions sur le bord de l'autoroute avec le policier en notre compagnie, le portable n'avait pas de signal. Au moment où nous sommes repartis, je croyais que nous pourrions rattraper le retard.

- *Bryan :* J'aimerais montrer ceci à Sam. Je l'ai trouvé sous mon aile de voiture arrière-droite.

- *Chris :* Ça ressemble à un mouchard. Quelqu'un nous a suivis avec cette balise GPS. Dan, va distraire le camionneur que l'on voit là-bas. Je vais lui installer sous son véhicule. Demande-lui où il se rend.

Dan discutait avec le camionneur et le poussa à tourner le dos à son poids lourd puisqu'il se trouvait derrière lui. Chris plaça le mouchard rapidement sous la banquette du passager, car la portière était débarrée. Il referma ensuite la porte discrètement.

Les deux hommes revinrent vers Jean et Bryan qui les regardaient.

- *Dan :* Il retourne vers Québec, ça tombe bien.

- *Jean :* Rendons à césar ce qui est à César!

- *Bryan :* Je ne crois pas que ma voiture tiendra le coup. Je dois rapidement la faire réparer.

- *Jean :* Je vais demander à Sam de jeter un coup d'œil.

Sam revint rapidement avec Jean afin d'évaluer la possibilité que le Jeep puisse continuer la route.

- *Sam :* je suis embêté. Lorsque je branche mon lecteur OBD2, plusieurs alarmes en mémoire ressortent. Elles sont très diversifiées. Sondes de mélange sous le véhicule, manque des bougies, mélange trop riche, bas niveau d'huile et même des codes qui ne sont pas répertoriés. Celui-ci m'inquiète, cependant. Il provient de l'arbre à Cam en tête. Ce module assure la pression d'huile des freins et s'il redevient présent le moteur va décélérer à très basse vitesse.

- *Bryan :* C'est forcément cela que nous avons vécu. Le voyant devint rouge et le moteur décéléra rapidement. Or, rien ne semble brisé.

- *Sam :* Effectivement. Cependant, les codes proviennent de l'ordinateur et il se peut que ce soit lui qui les génère tout simplement. Le fait est que s'il génère un code, il appliquera les consignes de sécurité en tout point.

- *Jean :* En français?

- *Sam :* Je ne crois pas qu'il fonctionnera longtemps sans changer ou réparer le défaut. Nous n'arrivons qu'à la moitié du trajet, il ne pourra continuer ainsi.

- *Jean :* Quelles options s'offrent à nous?

- *Chris :* Il y a un vendeur de véhicules usagé pas très loin, nous pourrions lui proposer en échange d'un autre plus modeste sans retour d'argent! J'ai remarqué un magnifique Jeep Wrangler noir cabriolet.

- *Bryan :* Tu crois qu'il voudrait le changer?

- *Jean :* Nous pouvons essayer.

- *Chris :* Sam, inspecte les voitures présentes si un mouchard similaire s'y trouve. Par la suite, passe l'information de la description de la boîte aux prochaines voitures pour qu'ils soient en mesure de vérifier également.

Jean, Chris et Bryan se dirigèrent vers le détaillant afin de le convaincre de faire l'échange discrètement. Le Jeep se distinguait, placé sur un support surélevé qui le mettait en évidence. Bryan s'approcha et prit connaissance de la fiche imprimée dans le pare-brise.

- *Bryan :* C'est un 2010 avec 137 800 km! Le mien ne possède pas plus 38 000 km et est de 2015.

- *Chris :* Raison de plus pour qu'il accepte!

Ils discutèrent un moment avec le propriétaire du garage. Ce dernier accepta de changer les véhicules discrètement en indiquant dans ces dossiers que le Jeep de Bryan provenait d'un encan virtuel. L'homme semblait, de toute évidence, habitué de magouiller de la sorte. Il comprit l'embarras des trois fugitifs et accepta de les aider.

De plus, il estimait faire un bon profit sur l'échange. Il leur proposa de transférer leurs effets personnels dans le nouveau Jeep. Il ordonna à un employé d'apporter le Wrangler 2010 près du Cherokee afin faciliter le transport des bagages.

Pendant ce temps, il fit la transaction puisqu'il se trouvait mandaté pour transférer les immatriculations directement. Bryan replaça sa plaque d'immatriculation sur le Jeep Wrangler et serra la main de l'homme en le remerciant.

- *Bryan :* Merci, j'apprécie votre aide.

- *Commerçant :* Je ne vous cacherai pas que j'apprécie également votre contribution. Soyez prudent et bonne chance. La transaction restera au niveau de l'encan virtuel. C'est comme si vous l'aviez acheté de chez vous avec l'aide de votre ordinateur. Vous n'êtes que le chercheur et vous êtes repartis, par la suite.

Le commerçant lui remit les documents en lui indiquant la quittance du prêt restant. Bryan savait que la transaction le désavantageait. Il vivait, cependant, un détachement de tout ceci. Le nouveau véhicule lui permettait de se rendre sans problème à destination.

Bryan fit le lien avec la balise GPS qui revenait vers Québec. Tout semblait corroborer.

L'espace de rangement dans le nouveau véhicule était largement plus restreint. Ils s'installèrent pour enfin retrouver les autres et ainsi continuer leur route.

Le convoi put repartir en séquence vers la destination de Shédiac, en passant par la ville de Moncton.

Suite à des discussions au restaurant, plusieurs enfants et personnes du convoi voulaient connaître avec empressement ce que Marie-Hélène organisa rendu à Shédiac. L'activité consistait à visiter le phénomène incroyable de la baie de Fundy, soit les marées qui se manifestent de façon spectaculaire aux rochers Hopewell Rocks.

Ce dernier représente un gigantesque monolithe en forme de pots de fleurs, autour duquel ils pouvaient marcher à marée basse. Les marées peuvent atteindre 21 mètres en quelques heures. L'heure d'arrivée permettait de profiter du site.

XXXIV

La ville de Shédiac fut pour tous un arrêt remarquable. La qualité des fruits de mer était sans égal dans cette région. Ils purent tous manger et se reposer dans une ambiance agréable près de la mer.

La culture acadienne, la baie de Fundy et la gentillesse de l'accueil faite aux touristes classaient cette ville dans leurs plus beaux souvenirs de leur passage au Nouveau-Brunswick.

Dans un vaste stationnement situé à l'entrée du centre-ville et donnant sur un spectaculaire Homard géant, Jean expliquait la troisième et dernière partie du trajet avant le départ.

Il estimait la durée du trajet à trois heures. Jean indiqua qu'une seule pause se ferait à Charlottetown, la capitale de l'île du Prince Edward.

Marie-Hélène prit alors la parole afin d'expliquer les grandes lignes caractérisant l'île du Prince Edward et le pont de la confédération afin que chacun puisse profiter pleinement de leur passage.

- *Marie-Hélène* : En 1534, Jacques Cartier fut le premier explorateur à découvrir cette île qu'il décrit comme « la terre la plus belle que l'on puisse imaginer ». L'Île fut baptisée « Île du Prince Edward » en l'honneur du fils du Roi Georges III qui évoluait pour l'armée anglaise d'Halifax à l'époque. Le pont de la Confédération qui relie les deux rives mesure près de 13 kilomètres. C'est le plus long pont au-dessus d'une étendue maritime prise par les glaces dans le monde. La pêche fait également partie des ressources de cette province. Je vous invite à en profiter ce midi à Charlottetown. Bonne route!

Pendant le trajet, Alexandre constata qu'il ne pouvait donner accès à tous la même journée sur le Traversier CTMA de Souris à l'Île du Prince Edward. Il fut donc contraint d'imprimer certains billets pour le lendemain.

Jean expliqua la situation lors du point d'arrêt au centre-ville de Charlottetown. La distribution différée des billets se fit à ce moment et Alexandre leur réserva leur nuitée afin qu'ils puissent profiter de la ville et se reposer.

Le convoi réduit reprit la route vers le port de Souris. Marie-Hélène ne connaissait toujours pas la destination une fois traversée. Elle analysait fréquemment le cryptogramme dans l'espoir de découvrir une piste.

Lors de leur arrivée près de la rampe d'embarcation, sur la droite du chemin menant au bateau, Marie-Hélène remarque trois fûts d'environ 15 mètres et portant chacun un drapeau. L'un d'eux se tenait au centre et représentait visiblement le drapeau du Canada.

- *Marie-Hélène* : Regarde Jean, le drapeau du Canada au centre.

- *Jean* : Oui, qu'a-t-il de spécial?

- *Marie-Hélène* : La phrase qui ressortit du cryptogramme et que Renaldo prononça à la Renaissance semble correspondre.

- *Jean* : Je vais avoir besoin de quelques explications supplémentaires afin de comprendre où tu veux en venir!

- *Marie-Hélène* : « Chacune des fleurs prend terre au même endroit ». Chacune des provinces prend terre au Canada! Ça me semble un bon parallèle puisque les coordonnées GPS nous guident ici.

- *Jean* : Bon travail, je me range près des fûts et on regarde autour si on ne trouverait pas autre chose.

Jean gara près des trois fûts le X5 noir de BMW. Par la suite, ils se mirent tous les trois à chercher au pied du poteau, sur la bordure de béton autour, mais rien ne leur fournissait de réponses suffisantes.

- *Jean* : Je crois bien que rien ici ne puisse nous éclairer.

- *Sam* : Traversons vers les îles de la Madeleine et on verra.

Pendant ce temps, Samuel sortit du véhicule avec Lori afin de jeter un sac à la poubelle, qui était près du fût du drapeau du Canada sur le bord du chemin.

Sam s'avança et souleva la poubelle légèrement. Un carton plastifié se trouvait broché en dessous de celle-ci avec l'inscription :

D.C. 47° 13' 22" N, 61° 56' 14" O

Il l'arracha et le montra à Marie-Hélène sans trop comprendre.

- *Marie-Hélène* : Génial! Voici notre destination! D.C. pour David Cooper et les coordonnées de celui-ci. Je vais aller voir la dame à l'intérieur afin qu'elle m'indique l'endroit qui correspond à cette coordonnée.

- *Jean* : Gardons ça secret pour l'instant. Nous verrons lorsque nous descendrons à l'accueil du tourisme.

- *Marie-Hélène* : Je brûle d'envie de savoir où se trouve ce lieu.

- *Jean* : La dernière fois que l'un de nous brûla d'envie de voir quelque chose, le site entier brûla aussi. Soyons prudents et restons discrets.

Lorsqu'ils montèrent dans le véhicule, une voiture vint leur barrer le chemin. Deux hommes vêtus de veston et cravate en sortirent et vinrent les intercepter.

Jean baissa sa fenêtre et attendit l'un d'eux afin de connaître leurs intentions. L'agent s'avança près de la portière, afficha son badge et demanda à Jean de le suivre afin de répondre à quelques questions.

Jean le suivit aussitôt en demandant aux autres de rester à l'intérieur. Ils se retirèrent de quelques mètres afin de discuter. Le deuxième officier resta près du BMW X5 en gardant un œil sur les passagers.

- *Louis :* Je me nomme Louis Démarrais, je suis officier enquêteur pour le compte de la Gendarmerie Royale du Canada.

- *Jean :* Bonjour, M. L'agent, que puis-je pour vous?

- *Louis :* Je sais ce que vous faites et ne vous empêcherai pas de le faire. Votre sécurité prime avant tout. Je comprends votre fuite.

- *Jean :* Je ne vois pas ce à quoi vous faites allusion.

Louis prit Jean par l'épaule et l'invita à le suivre afin de faire une promenade vers le traversier. Jean le suivit, anxieux de connaître la suite.

- *Louis :* Je connais votre quête et elle s'apparente à la nôtre. Je ne peux expliquer pour l'instant certains faits que je pourrais classer de paranormaux. Cependant Ian Falken est responsable de la mort de mon coéquipier.

- *Jean :* Qu'attendez-vous de nous?

- *Louis :* J'aimerais une coopération, un partage d'informations. Je suis non officiellement affecté à l'enquête. J'aimerais avant tout coffrer ce monstre et démanteler une fois pour toutes l'organisation. Pour ce faire, j'ai besoin de comprendre certaines choses. Pour y arriver, votre aide me sera utile.

- *Jean :* Il sera difficile de le coincer. Nous possédons des informations très compromettantes tirées de son serveur. Ces informations sensibles sont reliées à plusieurs gens très influents et connus qui risquent de vous nuire ou de faire avorter toutes vos tentatives.

- *Louis :* Pour y arriver, nous devons unir nos forces. Vous êtes un brillant avocat, j'ai la clé de l'armurerie prête à faire feu. Mon directeur nous appuiera pour démanteler cette organisation avec l'aide des autres pays tiraillés par ces vices. Il nous manque des faits et des témoignages. Ce que vous avez vécu ne doit pas rester dans l'ombre.

- *Jean :* D'abord, comment avez-vous fait pour nous suivre?

- *Louis :* Par satellite. Votre voiture possède une boussole de localisation de série. Nous avons accédé à votre positionnement de cette façon. Mon but ne visait que d'assurer votre sécurité ainsi que de conclure une entente avec vous. J'ai posté des gens armés ici afin d'assurer votre sécurité. Je fermerai bien entendu les yeux sur ce que vous avez fait à ce pauvre policier de la Sûreté du Québec lors de votre passage à Rivière-du-Loup.

- *Jean :* Je vois. Est-ce vous le mouchard placé sous la voiture de Bryan?

- *Louis :* Non, je n'ai suivi que votre voiture, cela me suffisait.

- *Jean :* Êtes-vous au parfum des derniers événements qui sont survenus à St Irénée?

- *Louis :* Oui, je ne suis pas ici pour cela.

- *Jean :* Vous connaissez notre destination. Vous connaissez nos intentions. Je suis en accord pour faire équipe avec vous. Nous détenons de l'information qui pourrait fort vous être utile dans ce but commun. Cependant, je dois en parler à tous, car c'est notre façon d'agir. Je suis d'avis que la réponse sera oui, car les gens veulent tous écarter ce dangereux criminel de leur vie.

- *Louis :* Le danger n'est pas seulement centré sur lui, mais sur toute l'organisation qui, comme vous l'avez dit, compte beaucoup de personnes influentes. Ces gens représentent un grand danger également. Je vous laisse 24 heures pour me revenir. Voici ma carte.

- *Jean :* Nous allons nous installer puis vous revenir d'ici 48 heures, il reste des gens derrière nous. Ils passeront par le traversier demain. Alexandre va vous informer de la suite inspecteur. Merci pour ce que vous faites, j'apprécie. Il ne sera pas utile de vous donner notre destination puisque vous suivez de près mes déplacements.

Les deux hommes se serrèrent la main et Jean regagna son véhicule. Il partagea l'information brièvement avec Sam et Marie-Hélène, sans pour autant que les enfants puissent comprendre.

- *Jean :* Les agents de la GRC veulent nous aider et faire équipe avec nous pour démanteler l'organisation Falken. Je vous en reparlerai plus en détail lors de notre arrivée sur le traversier.

- *Sam :* Bonne idée, nous avons cinq heures à tuer!

- *Marie-Hélène* : Comment ont-ils fait pour nous trouver? Les consignes de Chris semblent respectées par tous!

- *Jean :* Apparemment, la BMW nous a trahis. Une balise de positionnement GPS fait partie des équipements de série du véhicule en cas de vol. Ils l'ont simplement activé pour nous suivre.

- *Marie-Hélène* : Je vois. Cependant, s'ils ont la possibilité de le faire, Falken le peut aussi. Nous mettons donc en danger la sécurité de tous!

- *Jean :* C'est pour cette raison que leur présence à nos côtés sera bénéfique. Nous serons tous au même endroit avec la protection de la GRC.

- *Marie-Hélène* : Tu crois que ce sera suffisant? Pouvons-nous lui faire confiance?

- *Jean :* Avons-nous d'autres choix plus avantageux? David nous protégera de Falken et la GRC de l'organisation. Nous gagnons sur les deux côtés.

Jean reprit la voiture pour entrer sur le traversier afin de rejoindre les autres. Le temps du départ approchait grandement et ils devaient prendre place rapidement.

XXXV

$\mathcal{L}$'arrivée au port de cap aux meules généra une sensation de sérénité. Une énergie positive les enveloppait intensément.

Une impression d'infini et de bout du monde se dégageait de ces îles aux prairies vert tendre et aux falaises rouges délicatement posées sur une mer aux nuances illimitées de bleu. Les îles de la Madeleine faisaient figure de havre de paix.

Après vérification avec l'accueil touristique qui se situait à l'intérieur d'un petit bâtiment visible à la sortie du traversier, Marie-Hélène nota sur une carte l'adresse d'une église située sur L'Île-du-Havre-Aubert. Ce lieu correspondait aux coordonnées GPS obtenues au port de Souris.

L'Île-du-Havre-Aubert se démarquait des autres îles par sa grandeur, ses forêts et par la population majoritairement française. De plus, le temps semblait idéal pour observer les oiseaux, les fleurs des champs et les papillons, faire de la photo, déguster les produits de la mer et même aller pêcher le homard.

Le fait d'arriver à destination renforçait leur enthousiasme. Certains parlaient même, dans un avenir proche, d'observer la flore des îles, de parcourir la Réserve nationale de la Faune de la Pointe-de-l'Est à Grosse-Île, de visiter la baie du Havre aux Basques et même d'explorer la Montagne sur L'Île-du-Havre-Aubert.

- *Marie-Hélène* : Nous devons nous rendre à une coquette petite église située sur L'Île-du-Havre-Aubert. La dame du bureau d'information touristique m'a bien indiqué l'itinéraire pour se rendre.

- *Jean :* Est-ce bien loin d'ici?

- *Marie-Hélène :* À vingt-cinq kilomètres, pour environ trente minutes de distance. Nous devons suivre la route principale vers L'Île-du-Havre-Aubert. Par la suite, il faut tourner à droite sur le chemin du bassin à l'embranchement. Enfin, après seulement quelques minutes, nous traverserons la municipalité de Bassin et l'église s'y trouve, bien visible sur la droite.

- *Jean :* Rendons-nous à l'église, nous verrons par la suite.

C'est avec l'excitation du moment qu'ils partirent tous en file indienne vers l'église de Bassin à L'Île-du-Havre-Aubert. À l'embranchement du chemin du bassin, la vue coupait le souffle. L'étendue d'eau s'étalait à l'infini. Jean, qui était en tête, tourna vers la droite afin de suivre le trajet indiqué par la dame.

Le chemin Bassin, traversant marécages, vallons, buttes boisées et falaises coiffées de gazon, offrait un spectacle splendide sur les maisons colorées et la mer qui se perdait dans l'horizon.

L'église Saint-François-Xavier et le presbytère se situaient aux 574 et 588 chemins du Bassin. Jean stationna son véhicule devant l'entrée principale de celle-ci. Les autres utilisèrent les espaces disponibles afin de pouvoir contempler leur destination.

L'église du Bassin et son presbytère se démarquaient de façon remarquable tout autant par la complexité des plans de toiture rouge que par son style mansardé raffiné blanc.

- *Marie-Hélène :* Il s'agit du plus vieil ensemble architectural église-presbytère de l'archipel. La municipalité l'a d'ailleurs classé comme monument historique. Les deux tours de l'église datent de 1875. L'Église fut frappée par la foudre et partiellement détruite par le feu en 1936 et reconstruite par la suite. Allons voir à l'intérieur si le curé pourrait nous éclairer.

Le calme régnait à l'intérieur, seules les charnières de la porte se firent entendre, suivit du claquement sourd de celles-ci lorsqu'elle se referma.

Marie-Hélène sentait qu'elle touchait au but. L'entrelacement des arches de fenestration et du plafond reflétait à merveille la généreuse lumière du jour. L'enthousiasme l'envahissait totalement.

Elle entendit au loin des pas venir doucement vers elle. Jean la prit par la main et ils se dirigèrent vers l'autel. Un homme vêtu d'une chasuble blanche s'avança vers eux.

- *Jean :* Pardonnez-nous de vous déranger mon père. Nous sommes à la recherche d'amis qui nous auraient donné rendez-vous à votre église.

- *Prêtre :* Vous ne me dérangez aucunement. Je dois célébrer trois baptêmes aujourd'hui. Est-ce pour cette raison que vous êtes venu ici?

- *Marie-Hélène* : Non, nous recherchons David Cooper, vous le connaissez?

- *Prêtre :* Bien sûr! Je pourrais vous conduire à lui si vous le désirez. Vous êtes certainement Marie-Hélène de la Renaissance?

- *Marie-Hélène* : Oui, je suis heureuse d'être au bon endroit.

- *Prêtre :* Je vous propose de prendre la journée pour visiter le secteur de l'Île du Havre Aubert où s'installèrent les premiers Acadiens. On y trouve encore des témoins de cette histoire.

- *Marie-Hélène* : Nous ne sommes pas préparés pour une visite sans guide.

- *Prête* : Nul besoin de guide, l'Île du Havre Aubert regroupe deux localités principales, Havre-Aubert et Bassin, subdivisées en hameaux qu'on appelle aux Îles des cantons. Je vous suggère particulièrement de vous rendre à Portage-du-Cap, à L'Anse-à-la-Cabane et à L'Étang-des-Caps. De plus, l'Île du Havre Aubert possède la forêt la plus grande de tout l'archipel. Elle se prête bien aux randonnées pédestres et à la découverte de la flore forestière. Il suffit de choisir son itinéraire pour aller de la plage à la montagne ou inversement et profiter au maximum de la nature de cette partie de l'Île sous ce magnifique soleil printanier. Nous faisons partie de l'Association des plus beaux villages du Québec.

- *Marie-Hélène* : Quelle direction devons-nous prendre?

- *Prêtre* : Restez simplement sur le chemin de Bassin. Cette route panoramique serpente entre les maisons, de Portage-du-Cap jusqu'à L'Étang-des-Caps et la belle plage de l'Ouest où le soleil miroite avec majesté sur les caps et la Dune de l'Ouest.

Le prêtre les accompagna vers la sortie et pointa son bras vers la mer.

- *Prêtre* : Au large, vous pourrez apercevoir le rocher solitaire, appelé Corps Mort. Tout au long du chemin, vous saurez remarquer l'architecture des maisons, qui demeure typique de l'archipel avec la grange-étable et la petite remise. En cours de route, portez attention au phare de l'Anse-à-la-Cabane qui se trouvera sur votre gauche, depuis lequel il est possible d'admirer l'anse, le port de pêche et le relief vallonné de l'Île qui est un havre naturel de pêche et de plaisance. C'est là qu'on peut admirer les buttes aux formes douces et arrondies que l'on nomme Demoiselles. Au pied de celles-ci, passe le chemin d'en Haut, une route panoramique bordée de maisons traditionnelles. Cependant, l'attrait le plus important de Havre-Aubert reste sans contredit le site historique de La Grave. Cette petite plage de galets, qui fut un endroit de prédilection pour les pêcheries et le commerce, a préservé son cachet bien maritime. De nombreuses boutiques d'artisans, de commerces, de restaurants et de cafés, font encore aujourd'hui de ce lieu un rendez-vous incontournable. J'attendrai votre retour à l'église et vous conduirez ensuite à David. Prenez tout le temps qu'il vous faut, vous arrivez d'un long voyage.

- *Jean :* Merci pour les conseils, nous reviendrons après vos célébrations.

- *Prêtre :* Au plaisir!

Marie-Hélène et Jean saluèrent gentiment le curé et retrouvèrent les autres au pied des escaliers pour leur partager les possibilités de visites. Ils se donnèrent rendez-vous à 17:00 dans le stationnement de l'église, afin de pouvoir retrouver leurs hôtes.

Au départ du presbytère, Chris, Dan et Mike se dirigèrent vers le phare de l'Anse-à-la-Cabane. Les trois hommes voulaient simplement manger un sandwich acheté sur le bateau, en contemplant la vue près du phare. Ce dernier donnait une vision panoramique sur l'ensemble de la région et la mer.

Après avoir profité de la splendide vue et de la chaleur du soleil près du phare, l'état de santé de Mike commençait à se dégrader. Les frissons le gagnaient malgré le chaud soleil printanier.

Par la suite, son teint devint très pale et ses yeux légèrement vitreux. Chris et Dan le gardaient bien en vue au grand air. Ils vérifiaient son état régulièrement.

- *Dan :* Penses-tu qu'il souffre d'une infection?

- *Chris* : Possiblement, mais je n'en sais rien, je vais en parler à Bryan au retour afin qu'il l'examine de plus près.

- *Dan* : Il serait plus prudent de se préparer à partir si sa situation empire. De plus, nous ne sommes pas très loin du point de rencontre.

Presqu'inconscient, Mike se leva et fit un tour sur lui-même à la recherche de repère. Les deux autres le regardaient sans comprendre. Puis, il se retourna vers les deux hommes avec un sourire étrange.

- *Dan* : Que fait-il? Pourquoi nous dévisage-t-il ainsi?

- *Chris* : Il n'est pas lui-même.

- *Dan* : Je ressens une étrange sensation que je ne peux identifier.

- *Chris* : Moi aussi!

- *Dan* : Assieds-toi Mike. Ne t'épuise pas. Nous rejoindrons les autres bientôt et Bryan pourra t'examiner afin de t'aider.

Soudainement, Mike s'effondra sur la pelouse humide. Son corps entier devint flasque. Seul son regard perdu demeurait présent. Chris et Dan s'approchèrent de lui afin de comprendre la situation.

- *Dan* : Son pouls est stable et bon. Ses pupilles ne répondent plus, cependant.

- *Chris* : Cela me dépasse, rapprochons-nous du stationnement de l'église, Bryan pourra l'aider rapidement.

Ils décidèrent de le transporter sur la banquette arrière. Mike conservait le regard vide et fixé devant lui. Dan rangea les chaises pliantes dans la valise et rejoignit Chris. Ils prirent aussitôt le chemin du retour vers le presbytère.

Au presbytère, tous étaient heureux et satisfaits de leur magnifique journée sous un ciel bleu ensoleillé. Chacun partageait avec joie leur aventure et les richesses L'Île-du-Havre-Aubert découvertes lors de cette première journée.

Lorsque Chris arriva dans le stationnement, le Jeep noir de Bryan s'y trouvait déjà. Il stationna son véhicule près de celui-ci et Dan fit signe à Bryan de venir en urgence.

- *Chris* : Son état s'est beaucoup détérioré cet après-midi.

- *Bryan :* Très étrange, son pouls semble bon, il ne fait pas de température, mais ses pupilles ne répondent plus. Je vais lui donner son antibiotique et le surveiller. Je vais rester avec lui, un de vous deux devra prendre le volant du Jeep.

- *Dan :* Je m'en occupe.

Pendant ce temps, le curé sortit de l'église et s'avança vers eux. La porte de l'église s'ouvrit de nouveau derrière lui et David sorti, accompagné de Lisa. Par la suite, William et Frank suivirent.

- *David :* Je suis heureux de vous voir tous enfin rassemblés avec nous.

Ils s'avancèrent regroupés vers l'escalier afin de rejoindre David. Le silence régnait. Nancy sortit de la foule et attrapa David par le coup en le serrant très fort. Des larmes de chagrins et de joie coulaient sur son visage.

- *William :* Marie-Hélène fut très forte. Elle a réussi à décrypter et à vous transmettre l'information pour nous rejoindre.

- *Sam :* L'énigme n'était pas facile! Elle a travaillé avec acharnement pour y arriver.

Marie-Hélène rougit sous le regard de tous qui l'applaudissait pour cet accomplissement.

- *William* : Nous devions brouiller les pistes afin de rester hors de portée de l'organisation criminelle qui nous persécutait. L'énigme se devait donc d'être corsée, ce qui est tout à son honneur. Vous revenez d'un long périple et nous vous accueillons dans une magnifique auberge très près d'ici.

- *Lisa* : Vous serez ici en sécurité avec nous. Nous bâtirons l'avenir ensemble. Je vous propose de nous suivre jusqu'à l'auberge afin de prendre le temps de vous installer.

Pendant ce temps, le prêtre avançait sa voiture afin de prendre la tête en compagnie de David, Lisa, William et Frank.

Ils se dirigèrent tous vers une magnifique auberge de l'autre côté du chemin du Basin. Une grande allée menait au bâtiment principal, en retrait du chemin. Revêtu de lattes de bois bleu garni de boiseries blanches, cet immeuble fut fort bien rénové.

La résidence se trouvait entourée de magnifiques arrangements floraux. Les couleurs de l'auberge en complément des fleurs rendaient celle-ci paisible et très agréable à regarder.

Derrière, un immense terrain les attendait avec vue panoramique sur la mer. Les voitures se stationnèrent près d'un second bâtiment aux couleurs similaires qui se tenait fièrement derrière l'auberge. Renaldo, Justin ainsi qu'Ann-Marie revenaient du garage pour les rejoindre.

Une grande remise faisait face au garage. On y trouvait des balançoires et un immense carré de sable pour les enfants, offrant toujours une belle vue sur la mer. Les enfants se dirigèrent tous vers ce parc enchanteur dès qu'ils purent l'apercevoir. Après ce long voyage, prendre le temps de jouer s'imposait et était bien mérité.

Un sentiment de joie profonde était ressenti par chacun. Le curé regardait la scène avec un immense plaisir, car ces gens semblaient si unis.

Pendant ce temps, Mike sortit de la voiture derrière la foule et s'avança vers David. Les gens le laissèrent passer en ressentant une étrange sensation à son passage. David fut surpris par la présence de Mike, qu'il voyait pour la toute première fois.

Le Chasuble du curé se mit à battre au vent sans pour autant qu'il n'y ait la moindre brise. Lisa recula d'un pas. Mike s'arrêta devant David et se mit à léviter légèrement de quelques centimètres. Les mains et pieds pointaient vers le bas et son corps crispé se tenait légèrement incliné vers l'avant, droit et immobile, les yeux vitreux fixés sur David.

- *Mike :* Heureux de vous revoir mon jeune Cooper!

La foule fut prise d'un vent de panique et la peur alimentait l'entité qui prenait le contrôle de Mike. David regardait l'homme calmement.

- *David* : Repars d'où tu viens. Tes pouvoirs ne sont qu'illusoires, car nous possédons tous en nous la faculté de te repousser, et ce, depuis toujours.

- *Mike :* Ah! Tes belles paroles ne te sauveront pas cette fois-ci! Je te laisse la chance de te soumettre à mes nouveaux pouvoirs grandissants. En l'absence de ta soumission, je vous détruirai tous.

L'atmosphère devenait très froide et la peur était visible dans les yeux de tous. Le vent s'intensifiait. Le curé sortit un crucifix puis le dirigea vers Mike en lui ordonnant de le quitter au nom du seigneur. Mike tourna la tête et le regarda froidement. Le prêtre ressentit une forte pression sur ses épaules, suivi de la perte de contrôle de son corps, puis il s'agenouilla violemment au sol en laissant tomber le crucifix. Ensuite, Mike se retourna vers David qui fermait les yeux.

Soudain, une énergie pure enveloppa David. Une sorte de sphère qui le protégeait. Il ouvrit les yeux et s'avança doucement vers Mike, avec compassion.

- *David :* Avant que je te chasse, dit ce que tu veux!

- *Mike :* Décevant! Tu ne me reconnais pas jeune Cooper? Tu as refusé mon hospitalité, maintenant tu vas te soumettre et te prosterner devant moi. Je suis revenu parmi vous, je vous vois et je sais où vous trouver maintenant.

L'entité continuait de générer la peur autour d'elle. Cette énergie négative la nourrissait et lui donnait du pouvoir.

- *David :* Le mal ne peut exister en présence de l'énergie qui anime la vie en nous et autour de nous. Cette force est présente partout dans l'univers et le mal n'a pas sa place. Ian Falken, je vous laisse la chance de retrouver la paix. Vous pouvez changer et vous libérer de ce démon qui vous consume. Soyez présent, écoutez le silence en vous et les bruits qui vous entourent. Ce démon perdra sa force puisqu'il ne pourra plus se nourrir. De ce fait, vous retrouverez la paix.

- *Mike :* Soumets-toi et prosterne-toi devant moi, c'est ta dernière chance.

David s'approcha de Mike, une brume noire opaque émana de ce dernier. Elle ne pouvait cependant atteindre David. Lorsqu'elle l'entourait, une forme sphérique d'énergie positive comparable à une lumière l'en empêchait. L'épais brouillard s'intensifia jusqu'à sortir complètement de Mike. Des chuchotements et des bourdonnements étaient perceptibles autour de la scène.

L'entité sous forme de nuage noir entourait David, elle se concentrait et tentait d'entrer à l'intérieur de l'énergie qui le protégeait. Elle reculait et revenait sans résultat, telle une mouche autour d'un casque.

Soudain, un bruit strident se fit entendre, les bourrasques s'intensifièrent. Le brouillard maléfique devenait plus opaque et entourait la bulle qui protégeait de David.

Mike redescendit à genoux sur le sol, épuisé, pendant que la brume tentait d'attaquer David en vain. Le vent se leva et les multiples attaques de l'entité ne pouvaient toujours pas atteindre David.

Soudainement, Nancy rejoignit David sans ressentir la peur également. La brume opaque se déchaîna sur elle et se heurta sans pouvoir l'atteindre. Elle mit sa main sur l'épaule de Mike.

- *David :* Bienvenu parmi nous mon ami.

Mike sourit à David et l'énergie de ce dernier l'enveloppa également. Les gens comprirent que la peur n'avait pas lieu d'être, une énergie collective se mit à croître et à fusionner. Ce qui fit dissiper une fois pour toutes l'opaque brume qui les entourait. Le mal ne possédait effectivement aucun pouvoir sur l'humanité, outre celui qu'on lui donnait volontairement.

La bulle d'énergie qui les enveloppait se dissipa dans la lumière du jour et la chaleur du soleil revint de nouveau.

Plusieurs remarquèrent qu'en aucun moment, David ne fut projeté hors du moment présent. Il continuait de vivre pleinement et sereinement, sans peur, en laissant l'univers dissiper cette entité.

La sérénité de David se propagea rapidement en chacun. Le sentiment de sécurité, après les derniers événements, s'intensifia sainement.

Enfin, ils pouvaient tous profiter d'un répit. C'est alors qu'en groupe, ils se dirigèrent vers l'auberge fraîchement rénovée où une nouvelle vie les attenda

«Dieu ne joue pas aux dés»... disait Einstein, incrédule devant les résultats (pourtant) implacables des expériences validant la théorie quantique. Peut-être serait-il aujourd'hui rassuré. « Un jour après avoir maîtrisé les vents, les vagues, les marées et la pesanteur, nous devrions exploiter les énergies de la conscience de l'univers! »

Remerciements

J'adresse mes remerciements au Dr. François Gagnon de la clinique Médicale Val Bélair pour ces précieux commentaires.

Également, j'aimerais souligner le talent de la jeune artiste peintre Laurie Marois que j'ai connu par le biais de la galerie d'art Guilaine Fournier de Baie St-Paul. Cette dernière est l'auteur de l'aigle qui m'a inspiré afin personnifier le Dr. Falken.

Mes derniers remerciements son pour Marie-Chantale et mes deux enfants, Josie-Anne et Emrick, qui m'ont accompagné tout au long de l'œuvre.

www.ingramcontent.com/pod-product-compliance
Lightning Source LLC
Chambersburg PA
CBHW061549170626
46811CB00001B/138